科 幻
硬阅读
DEEP READ
献给那些聪明的头脑
和有趣的灵魂

第3季

扭曲时空

TWISTED SPACETIME

何夕 分形橙子 等 著

北京理工大学出版社
BEIJING INSTITUTE OF TECHNOLOGY PRESS

科幻硬阅读

—— 献给那些聪明的头脑和有趣的灵魂

独立思考，个性书写，充分表达，拥有独属于自己的风格和调性——郑重向喜欢阅读和思考的读者，推出一套虽然烧脑，但能让神经更粗壮大条的作品："科幻硬阅读"系列图书。

科幻不是目的，思考才是根本。有趣的灵魂诗意栖居大地。理性使其无惑，感性助其丰盈，个性使其独特，青春致其张扬，而奔向星辰大海、诗与远方的冲动，则为灵魂刻下一抹深沉隽永……

所以这套书里除了"烧脑"科幻，兼或还会有其他一些提神醒脑类作品，希望它们能给读者朋友带来一丝极致的阅读体验——极致的思考或震撼、极致的美丽与忧愁、极致的愉悦和放松……不求完美，但求在某方面达到极致——极致，便是"硬阅读"的注脚。

但这种"硬"绝不应该是艰深晦涩，故作深沉！

好看的作品通常都是柔软而流动的，如水、亦似爱人或者时光，默默陪伴，于悄无声息间渗透血脉、融入心魂，让我们在一条注定是一去不返的人生路上，逐渐、逐渐，获得一分坚强和硬度！

愿所有可爱而有趣的灵魂，脚踩大地，仰望星辰，追逐梦想。

—— 小威

目录

科 幻
硬阅读
DEEP READ
不求完美 追逐极致

盘 古

何 夕\作品

长着金属翅膀的人在现实里飞翔，

长着羽毛翅膀的人在神话里飞翔。

——题记

科幻
硬阅读
DEEP READ
不求完美 追逐极致

◆ 1 ◆

　　在大劫难到来之前我们有过很多阳光明媚的日子。大学时每逢这种好天气我和陈天石便常常有计划地逃课。请不要误解我是一个坏学生，其实我正是因为太有上进心了才会这么做 —— 我的综合成绩一直是全系第二名，而如果我不陪着陈天石逃课的话他就会在考场上对我略施惩戒，那么我就保不住这份荣誉了。要知道这份荣誉对我有多重要，因为我的父亲何纵极教授正是这所名校的校长，同时还是我和陈天石的导师。教授们从来没能看出我和陈天石的答卷全是一个人做出来的，它们思路迥异却又殊途同归。陈天石的这个技巧就如同中国人用"我队大胜客队"和"我队大败客队"两句话来评价同一个结果一样，只不过陈天石把这个游戏玩得更巧妙、更完美、更登峰造极。

　　但不久之后我的名次却无可挽回地退到了第三，同时陈天石也成了第二名，原因是这年的第二学期从国外转来了一位叫楚琴的黄毛丫头。就在我和陈天石配合得越来越驾轻就熟的时候楚琴却突然找上门来要求我们以后逃课时也叫上她，她说这样才真正公平。此后陈天石和楚琴便一边逃课一边轮流担当全系第一的角色，我们三人差得出奇的出勤率和好得出奇的成绩使得所有的教授都大惊失色、大跌眼镜。

在写完了毕业论文的那天下午，我们三个人买了点吃的东西到常去的一个小树林野餐。这是一次略带伤感的聚会。因为校际优秀生交流项目，我们三人已被选送到三所不同的学校攻读博士学位，分别已是在所难免。不过大家都尽力不去触碰这个问题，分别纵然真实但毕竟是明天，而现在我们仍然可以在阳光下举起晶莹剔透的酒杯大声欢呼"我们快乐"。

那天楚琴也破例地饮了点薄酒，以至于后来的她齿颊留香。在陈天石出去补充柴火的时候她探究地望着我说："我感觉你似乎有点怕陈天石。"

我自然连声否认。

楚琴轻轻摇头："别想瞒我，你和陈天石之间的小秘密我早看出来了。你不必担心，凭自己的力量你也能应付今后的学业。我不是在安慰你，我真的这样认为。"

我疑惑地反问："你是说我也可以和天石一样？"

楚琴笑起来："为什么要和他一样，做一个真正的天才未必就快乐。"她突然止住，似乎意识到这句话等于直说我是个冒牌货，声音也顿时一低："对不起，我并没有别的意思。也许你不会相信，其实我一直以为人生最大的不幸正是成为天才。人类中的天才正如贝类受伤产生珍珠一样，虽然光芒炫目但却毫无疑义地属于病态。造物主安排我和天石成为这样的人，你永远不会知道我们身上流动着一种怎样可怕的血液，你知不知道在夜深人静的时候，我常常被内心那些巨大的说不清来处的狂热声音吓醒，我……"楚琴陡然一滞，泪水在一瞬间里浸过了她的眼睑。

我不知所措地站立着，心中涌动着一股想要扶住她那瘦削的肩头的欲望，但在我做出绅士的举动之前她已经止住泪水微笑着说："谢谢你花时间陪伴一个喜怒无常的女人，有时候我总觉得你就像是我的哥哥。"

"你们在谈我吗？"陈天石突然笑嘻嘻地冒了出来，抱着一捆柴禾。

楚琴微微脸红，快步迎上前去帮忙，却又急促地回头看我，目光如水一般澄澈，竟然，仿……佛……爱……情……

之后我们开始烧汤，看着跳荡的火苗大家都沉默了。楚琴像是想起什么，她犹豫地问陈天石："你还记不记得昨天的实验——那个孤立的顶夸克？"

天石添了一把柴说："估计是记录仪器的错误造成的。"他转头望着我说："你父亲也这样认为。昨天我们观测了包括上夸克、下夸克、顶夸克、底夸克、粲夸克、奇异夸克在内的六百万对夸克子，只有一个顶夸克没能找到与之配对的底夸克，这应该属于误差。"

"可是……"楚琴艰难地开口，仿佛每说一个字都费很大力气，"我是说如果仪器没有出现错误呢？我们以前观测都没出过问题。"

"那也没什么，最多不过意味着……"天石的声音戛然而止，就像是被一把看不见的刀斩断。他大张着嘴却吐不出一个字，过了几秒钟他翻翻白眼大声说，"我看就是仪器的错误。"

"天石……"楚琴提高了音量，"你不能这样武断，难道我说的不是一种可能性，天道循环周而复始，你能否定一切？"

天石哑然失笑："你来中国不久，但老祖宗的毒却中得不轻，以后你该少看一些老庄。"

"我摒弃装神弄鬼的巫术，但赞叹精妙的思想，这也不对？"

"那些思想虽然有田园牧歌式的浪漫但无疑只是神话。记住一句话吧：长着羽毛翅膀的人只能在神话里飞翔，而只有长着金属翅膀的人才能在现实中飞翔。你难道还不明白？"

楚琴黯然埋首，旋即又抬头，目光中有一种我不认识的火苗在燃烧。末了她突然淡淡一笑，竟然有种孤独的意味："可我们把前者称为天使，因为她没有噪声和空气污染。"

陈天石沉默半晌，站起身来踏灭了炊火："走吧，野餐结束了。"

　　第二天传来惊人的消息，楚琴连夜重写了毕业论文。我父亲为此大发雷霆，校方组织了十名专家与楚琴争论，这在这所名校的历史上绝无仅有。这天中午我在自己的课桌里找到一张写着"何夕：带我走"几个字的纸条，纤细的字体如同楚琴的容颜一样秀丽。此后的半天我在一家啤酒馆里喝得酩酊大醉。

　　这之后我便没有见到过楚琴，她和支持她的陈天石一起被学校除名了。本来我可以去送送他们的，但我不敢面对他们的眼睛。两个月之后我踏上了去另一所学院深造的旅程，在轰鸣的飞机上望着白云朵朵我突然想到此时自己正是一个长着金属翅膀飞翔的人，而那最后的野餐也立时浮现眼前，就像一幅从此定格的照片。楚琴如水一般澄澈的目光闪过，陈天石笑嘻嘻地站在旁边，手里抱着一捆柴禾。

　　……

◆ 2 ◆

　　我有些留恋地环顾四周，在这个实验室里工作这么多年毕竟有了感情。我知道几分钟后当我走出地球科学家联盟的总部大楼之后我的科学生涯也许就结束了，对从事物理学研究的我来说这意味着生命的一半已经逝去。昔日的辉煌已经不再，十年来我的事业曾备受赞誉，而现在我甚至不知道出门后能否有一个人来送送我。我提起行李尽力不去注意同行的讪笑，心中满是悲凉之感。父亲现在已是地球科学家联盟副主席，他以前曾多次劝诫我不可锋芒毕露，否则必定树大招风，但我终究未能听进去。不过我是不会后悔的，从一个月前我宣布"定律失效"的观点之后，我就只能一条路走到头了。

大约在六个月前发生了第一起核弹自爆事件，而检查结果证明当时的铀块质量绝对没有超过临界质量。此后这样的事情又出现了几次，同时还有地磁紊乱、基本粒子衰变周期变短等等怪异现象，我甚至发现连光的速度也发生了变化。要知道，每秒三十万公里的真空光速正是现代物理学最根本的一块基石。也就是这时我和同行们发生了分歧，他们认为这也许意味着某些新发现将出现了，但我却对外宣布了"定律失效"。作为物理学家我完全清楚这意味着什么。牛顿定律、麦克斯韦电磁方程、相对论、量子论支撑着我们对世界的理解，宣布它们失效等于是宣布我们的世界将变得无从认识更无从控制。但我只能这么做，当观测事实与定律不再吻合的时候我选择了怀疑定律，而也就是这一点使我遭到了驱逐。

不知从哪道门里突然传出一个高亢的声音："看那个疯子！"这个声音如此响亮，原本很静的大楼也被吵醒，更多的人开始叫喊："滚吧，疯子！""滚吧，异教徒！"我开始小跑，感觉像在逃，可憎的声音一直追着我到大门前。我一直在跑，我想一直这么跑下去……但我被一束娇艳欲滴的鲜花挡住了。我缓缓抬头，看见两张笑脸。

……

沙漠。

下了很长的舷梯才听不到地面的风声了。我环顾这座大得离谱的球形建筑说："原来十年来你们就住在这里，挺气派嘛！"

陈天石揶揄地笑道："这哪比得上联盟院士何夕住得舒适。"

我反诘道："现在我可不是了。"

"下野院士还是比我们强。"陈天石不依不饶地说。

我正要反驳却被楚琴止住了："都十年了还是老样子，我真怀疑这十年是否真的存在过。"楚琴的话让我们都沉默了。天石掏出烟来，点火的时候他的额头上映出了深长的皱纹。

"外面死了很多人吗？"楚琴问我。

"有几万人吧！一些建有军事基地的岛屿已被失控的核弹炸沉，过几天联盟总部也将移入地底。军队已接到命令尽快将纯铀纯钚都转为化合物。这是目前最大的危险。"

"最大的危险？"楚琴冷笑一声，"这还算不上。"

我盯着她的眼睛："为什么铀的临界质量改变了？"

楚琴没有回答，却转问我一个问题："还记得那次野餐吗？"

我一愣，不知道她为何这样问。难道我会忘吗？那最后的相聚，以及之后的十年离别。我不知道他们怎样度过被人类抛弃的十年时光，但我知道那一定很曲折艰难，就如同天石额上的皱纹。

"算了，今天何夕很累了，还是休息吧！"天石说了一句。

我摇头："你别打断楚琴。"

楚琴的眼神变得有些恍惚："还记得我提的那个问题吗？那个孤立的顶夸克。现在我还想问你，如果不是仪器错误这意味着什么？"

这是一个离经叛道的问题，一个荒诞不经的问题，但这是两位天才在历经十年磨难之后向我提出的问题。十年前我也许可以学天石付诸一笑，但现在我却知道没有人再能这样做。可是楚琴为什么要这样问，难道眼下的异变竟然与十年前的那场争执有关？我扶住前额，感觉大脑里一片空白："我还真的有些累了。"

他俩对望一眼默默离去，走进了同一个房间，他们丝毫没有注意到我立刻怔在了门口。

◆ 3 ◆

……时间源头空间源头宇宙源头……非时间的时间，非空间的空间，非物质的物质……爆炸……虚无与万有交媾……上夸克下夸克…顶夸克底夸克……粲夸克奇异夸克……它们是孪生兄弟……耦合……力……轻子重子……原子分子……星系……恒长世界。

但某一天有个底夸克不见了，剩下一个顶夸克孤孤单单，亿万年中从未分离的孪生兄弟少了一个，这怎么可能……

“不可能的……”我大叫一声从梦中醒来，却发现楚琴正仪态庄严地站在我的床边，她断喝一声：“佛陀说，色即是空。”刹那间慧光照彻，巨大的冲击之下我几难成言。“你是说……逆过程？”

“秋千下落是因为它曾经上升。”天石漫不经心地晃荡手中的怀表，“最初的宇宙学认为宇宙是静态的，但这意味着在热平衡作用下我们将看到一个熵[①]趋于零从而‘热死’的宇宙。后来由于哈勃等人的贡献，我们发现宇宙其实是持续膨胀的。虽然这可促使不同形态的物质产生温差从而避免‘热死’，但如果这个过程持续下去，我们将看到一个总体温度趋近绝对零度从而‘冷死’的宇宙。这两种模型都无法解释长存至今的宇宙为何还有活力，想到这一点之后，一切便好办了。宇宙应该是一个秋千。你因为提出‘定律失效’而被驱逐，其实你是对的。宇宙现在正处于即将从膨胀转入回缩的时刻，那个陪伴了牛顿的一生，陪伴了爱因斯坦一生的时空正在发生巨变，他们在当时的时空里发现的定律怎能不变？当年那些卫道士们把我和楚琴从学院的围墙里驱逐出来，但却让我们发现了整个天空。我蔑视他们，当秋千就要开始下落的时候，他们还不相信势能也可以转化为动能。”

“铀的临界质量改变也是这个原因？”我没忘记问最关心的问题。

“当宇宙开始回缩，一切定律均会改写，常温宇宙回缩为高温

---

① 熵：单位时间内高温物体与低温物体之间的热交换量。

高能的宇宙奇点①，这本身就是一个颠倒的热力学第二定律。"楚琴肯定地回答。

我已说不出话来。我想象一个秋千在寂寥的虚无中晃荡，它在最高点的突然俯冲带给我的惊骇无法言表。原子在颠倒的秩序里崩塌，而曾经包罗万象的宇宙正向奇点奔去。我想象着包含无数生灵种族连同它们的爱与梦想的世界将如同一笔错画的风景般消逝无痕，但我其实找不出这风景究竟错在了哪里！

也许他们说出了真理。也许时空无限现在即是永远，可谁又能活在一个永远的年代里呢？隐隐地我似乎听见了一个声音，像梦一样缥缈：天塌了。

◆ 4 ◆

"零并不是虚无，它等于所有的负数加所有的正数，这实际上就是包罗万象。当你掌握了它，你就会面对一个两方等重的天平，这时哪怕你只吹一口气也足以随心所欲地操纵一切。物质与能量、时间与空间都存在于你的转念之间，多么壮观多么美妙……"

我大汗淋漓地惊起，心中怦怦乱跳。四周是浓稠的黑暗，但我却感到有什么人在角落里窥视着我，这种感觉是那样强烈。我猛地

---

① 奇点：大爆炸宇宙论所追溯的宇宙演化的起点，或者黑洞中心的点。

摁亮照明灯，没有人，的确没有，我暗暗吐出口气。我不想再回到刚才的梦境中去，也许可以出去走走。

在这座建筑的东部一块面板挡住了我。我试着按住一处掌形的凹陷，显示器开始显出几行字：一号特权者楚琴，二号特权者陈天石，三号特权者何夕。我盯着屏幕，想不到自己已被吸纳。这时显示器又出现一行字：确认为特权者。随着一阵轻微的声音面板移开了，然后我便看见了——巨人。天哪，那真的是一个巨人！我下意识地想逃。在巨大的阴影压迫下我简直难以呼吸，我甚至根本调动不了自己身上的肌肉。背后又传来响动，我悚然回头，是陈天石和楚琴。

楚琴从舷梯登上四十米的高度，在那儿正可摸到巨人的光头。"他站起来能有七十米高，不过他却只是个胎儿。是我和天石的孩子，他是个男孩儿，我们叫他丑丑。"丑丑似乎很惬意被人抚摸，竟然无声地咧嘴一笑，脸上漾出酒窝。

我怔怔地望着这个巨大的婴儿嘴边挂着的口水，喃喃道："怎么做到的，是基因突变技术？"

天石含有深意地摇头："人类目前还不能纯熟运用那种技术，而且即便用此技术造就巨人也没有什么意义，身躯庞大不过表明力气大点而已。与其那样还不如造一台力大无比的机器。"

"那丑丑……"

"你知道，恐龙的祖先只有壁虎那么大，但千万年后它们中产生了数十米高体重达几十吨的庞然大物。我们当然不可能有这么长的时间，但是楚琴那些奇异的思想终于造就了奇迹，一个长达一百二十亿年的时间奇迹。"

"奇异的……思想。"我觉得自己都不大会说话了。

"那些让楚琴醉心的神秘哲学其实是一道药引，用它酿出的美酒芳香迷人。还记得那句话吗：长着羽毛翅膀的人在神话里飞翔。中国神话里的哪吒是其母怀胎三年所生，禀天地异赋超凡入圣。这似乎真是神话，但它何尝不是蕴藏着一个正确的科学理论。人在十月怀胎中由细胞变成鱼，又经过两栖爬行等几个阶段最终成为万物之灵，而这在生物进化史上便意味着长达三十亿年以上的时间。丑丑被我们留在胚胎阶段已经快四年了，他一刻不停地朝着造物主给人类指引的方向演化。我和楚琴按照我们的理解对这个过程做了少量的干预，去除掉某些我们认为明显不利的变异。其实我们也并不知道该怎样称呼比我们先进了一百二十亿年的丑丑，即使不考虑生命进化的加速性，他的生命进程也已经是整个地球生命史的五倍，这么漫长时间的造化之后他也许都不该称作'人'。"

很长时间都没有声音，我觉得自己此刻的表情一定可以解释"惊呆"这个词。但是我突然想清楚了一件事，我一字一顿地说："有件事你们没有说实话，丑丑这个名字是假的，我知道他的名字，他叫盘古。"

天石和楚琴对望一眼，然后楚琴说："是的，他就叫盘古，同远古神话里的那个开天者一样。"

◆ 5 ◆

我推开门进屋。

父亲正坐在沙发上看报纸，看来他已经等了一阵了。

我向他陈述这段时间的经历后表示不想干下去了："我不想再欺骗他们了，而且这也没有必要。"

父亲摇头："我做这番安排也是迫不得已，难道我们要放弃对'零状态'的研究？"

我想起一个问题："当年你为何开除他们？"

父亲不置可否地笑笑："当时全体教授都反对他们，我作为校长不开除学生难道开除教授？"

"这不是真话，我想清楚了，你说的'零状态'其实就是宇宙由膨胀转为收缩的那一瞬间的状态。你当年知道天石和楚琴是对的。"

父亲叹了口气，语气变得苍凉："这个秘密已经埋藏了十年。老实说我也是见到楚琴的论文后才隐约意识到了这是个多么了不起的发现，直到今天也没有几个人能相信这套理论，因为它完全超越了时代。我开除他们在那个时候是必须的，他们后来的研究经费其实是我通过中间人暗中资助的，你可以去调查，那个人叫欧文。不过我很遗憾他们并没有想到这其中暗示的另一种结论，即零状态，那是个美妙的天平。"

"可如果宇宙回缩到奇点一切都不存在了。"

"我的儿子，零点并非一个，宇宙由胀而缩，由缩而胀，这有中生无、无中生有的两极都是零。记住一句话，生命不挑剔物质，掌握了零状态的生命体可以存在于宇宙的任何状态中。想想看，当人类以有知有觉的生命去把握零状态的宇宙后该是一种何等美好的感受。你可以吞吐天地、纵横八荒，那是伟大的飞跃，人的终极。"

临走时父亲送我一句话："我们利用但不改变宇宙周而复始生生不息的演化，这是顺天而动；如果天之将倾而欲阻之，这是逆天而行。天石和楚琴都是旷世奇才，有一天他们会明白的。"

……

"你是说欧文？"天石看着我，"对啊，他是个热心的好人，一直无偿资助我们的研究。"

我眼前闪过父亲慈祥的笑容，差点脱口说出真正的资助者其实是他，但我终于忍住，父亲告诫过我不要这样做。我转过头去看盘古，直径两米的脐带正源源不断地为他输送养分。还有十五天左右他就该降生了，这是现有技术条件下能维系他的胚胎状态的最后时限，同时根据测算宇宙平衡时刻也差不多是在那个时候。有时想起来都觉得可怕，十几天后的某一微秒将裁定耗尽天才心血的十年时光，我甚至不敢去猜度天石和楚琴心中对于这一点的感受。天石曾说他们的工作是一场造神运动，当时我并没有把这句话认识得很清楚，但当我有一次试图想象一百二十亿年这个时间概念时却感到了深深的茫然，并第一次真切地认识到仅仅是这个时间便已构成了神话。一切造化均源于时间，高山大洋的距离就在千万年之间。我无法知道盘古的大脑比我们复杂了多少倍，也无法知道他的眼中是否已经看见了向我们紧闭着的另一层世界。

我又想起那句话了：长着金属翅膀的人在现实中飞翔，长着羽毛翅膀的人在神话里飞翔。

◆ 6 ◆

"你带回的资料很有用，极大地丰富了我们对宇宙天平的认识。"父亲满意地看着我，"等时机成熟我会向科学界宣布天石和楚琴的成果，十年来他们失去的太多了。"

"可是，如果他们阻止宇宙的自然演变，宇宙天平就不存在了。"

"这正是我所担心的。仁者见仁智者见智，有些事情很难说谁对谁错。不过我的确希望把握这次促使人类飞跃的机会，一百八十亿年一次的机遇，居然我们有幸与之相逢。你明白我的意思吗？"

我注视着父亲充满忧虑的眼睛。记忆中我们已很久未有这样的深谈了，一时间有种温柔的东西从胸中泛起。我说不出话，只用力地点头。

父亲拍拍我的肩："所以我想要你完成一件事，我派几个助手协助你。等办完这件事之后你把他们俩带来，我要收回十年前的驱逐令。"

宇宙天平的美妙姿态在我脑中浮现，一想到自己已经置身于人类有史以来最伟大的事业中，我就兴奋得浑身颤抖。但直到我使得某些事情不可逆转地发生之后，我才发现自己竟然一直都忘记了天平最基本的特征是什么。

出发之前我发了个通知支开了天石和楚琴，我不想做无谓的冲突，以后我会向他们坦白事实真相的，现在就算是最后骗他们一次吧。基地静悄悄的，我打开面板开始指挥助手们在盘古的脐带上安装支管，等一下我们会把大量神经破坏剂注射进去，盘古出生后将会是一个平凡的巨人。趁安装支管的时候我和电脑专家开始入侵计算机系统，十分钟后我们找到了突破口。这时我支走旁人独自搜寻有用的资料，遇到重要的东西就把它们发送回联盟总部，后来我发现一些文本，那是天石的日记。

"我告诉楚琴，何夕其实很笨，他的试卷全是我代做的。但楚琴似乎就是喜欢他。"

"我现在还不理解楚琴的观点，但学校开除她，我也不想留下。"

"楚琴是对的！"

"今天是我们流浪一周年纪念日，楚琴吻了我。也许人生的幸福莫过于此。"

"也许她还没忘记何夕，我早就不介意了，老夫老妻难道还兴吃醋，哈哈，我儿子都十米高了。"

……

看着这些文字我如坐针毡，心中乱了好一阵，让我稍微好过一点的是我至今没有爱过别的人。我不知道楚琴当年为何有这样的选择。天石不知强我多少倍。我开始阅读最后一篇日记时支管已经装好，我下命令说开始吧。

天石的这篇日记很难得地写了点儿女情长之外的事。"如果宇宙回缩至奇点，似乎会毁灭万物，但把握了零状态宇宙天平的生命体仍旧可以生存，并跨越宇宙的爆发期以至于永恒。我就此和楚琴讨论，她说如果这种生命体个数不受限制倒也可以考虑，但可惜天平的基本特征是只有一个支点。我永远无法忘掉楚琴当时的话，她说如果她成为支点而坐视我和亿万生灵的死则她生又何欢。我立时就掉泪了，我觉得这是佛陀的语言。"

我开始止不住地冒汗，前尘后事关联起来……父亲慈祥的笑脸变得扭曲……吞吐天地纵横八荒……突然间我几乎坐立不稳。这时我才想起一件事 —— 我下的命令！

我惊呼着奔向盘古的所在，一股墨绿色的液体正从支管灌进他的脐带，我来不及思索便抽出激光枪打断脐带，空气立刻充满腥臭的味道。但我忘了一件事，盘古是个胎儿，脐带断离在生理学上便意味着诞生。这是个多么可怕的结果，因为天石曾告诉我他们准备在盘古降生前的一天进行胎教，以使他明晓善恶。否则让一个具备摧毁世界的能力但却完全无知的婴儿出世这实际上就是放出魔鬼。

虽然没有镜子但我知道此时我的脸色一定苍白如纸，在本能的驱使下我开始奔逃，虽然我知道这根本就没有意义。身后传来了洪钟般的啼哭声，我感觉到了巨人挥舞手掌带起的大风，几声细弱的喊叫声告诉我那几名助手已经遭遇不幸。我开始惨叫，不是为自己就要死去，而是为自己犯下的错误。盘古，拥有神的力量但却是白痴的盘古，会怎样对待这个他也许用一个手指就能毁灭的世界？这是个何等可怕的问题啊，我竟然对答案一无所知。这时一股力量击中了我的后脑，眼前一片晕眩。

……

谁在唱歌，这么好听，很熟的调子，没有歌词。简单到极点也美到极点。

我醒了。楚琴正温柔地抚摸着盘古的脸蛋，一种动人至深的光泽在她的眉宇间浮现。她的口唇微张，优美的旋律回荡四周。刹那间我有种想流泪的感觉，我明白正是楚琴非凡的智慧拯救了我以及这个世界 —— 除了母亲的摇篮曲之外还有什么能使一个婴儿平静？

"为什么救我，你们看到了，我是另一战壕的人。"我惨然道。

天石笑嘻嘻地止住我："我只知道你开枪救了我儿子。再说我们太了解你了，你就算想坏也有限，因为你缺乏某些必要的素质。"

我看着他和楚琴："可我不能原谅自己。同时……我也没有勇气离开那个世界。也许，我们又该分别了，就像十年前一样。"

◆ 7 ◆

我直接找到联盟主席哈默教授，虽然我不能成为天石和楚琴的合作者，但我希望能尽量帮助他们。哈默听完我的陈词后很是震惊，然后他宣布要召开一次会议。

我在会场外等待两个小时后听到了哈默的一句话，他说："请转告他们，所有的委员都认为这仅是一种假说，并且如果实施他们的方案还会对现在的人们带来危险。此外最重要的是，即使假说成立，受到毁灭威胁的也只是一百八十亿年后的生命体，很难说那是否还包括人类。我们只对人类的生命负责。"

我心中一阵难过，话语也变得失去控制，我大吼道："可你知道佛陀吗，你知道佛陀说众生之苦皆我之苦吗？"

哈默稍怔，然后他厌恶地看了我一眼匆匆离去。

我脚步踉跄地在空无人迹的城市里晃荡，引力失常使得我感觉像在飘。我知道有很多座城市已经在劫难中消失了，死神的灵车正一路狂啸着飞驰。这时路旁的扬声器传来新闻："著名物理学家何纵极宣布，目前的宇宙失常状态将于今日结束，这是值得庆贺的日子。"

我开始哀号，直到发不出声，今天正是宇宙平衡点到来的日子，宇宙嬗变导致的异常的确要结束了，可谁会去关心另一场不会结束的劫难将降临在一百八十亿年之后？那是真正的毁灭。而且这样的毁灭将每隔三百六十亿年发生一次。亿万年的时间即是无数次梦魇般的轮回。

现在我已无处可去，跟随哈默的背影离去的是整个世界。咸涩的泪水浸进嘴里令我开始呕吐，我一边吐一边漫无目的地走，末了我发现自己歪斜的脚印竟然踩出了一个清晰的方向。

陈天石和楚琴在地面上迎接我。"逃兵回来了。"天石过来握住我的手。

我低低地问："为什么上地面来。"

"盘古在思考问题，我们不想打搅他。你还不知道，昨天盘古已经掌握了我们所知的全部知识，而现在我们都不知道他在想什么了。"

"他将要做什么？"我追问道，"以后的宇宙会是什么样的？"

天石犹豫了一下："也许盘古可以将宇宙改变成一种进行有限的周期性膨胀与收缩的状态，也就是说宇宙的收缩不会发展到奇点的程度，而是变成一种类似振荡的行为。到时将消灭奇点，当然也就不存在什么大毁灭了。"

我突然地问："那他会不会死？"

天石大笑："他是神怎会死？"

我对他的俏皮一点都笑不出来，幽默只是一张纸，可以糊住窗户挡风，却堵不住漏水的船："宇宙半径超过一百八十亿光年，质量无法估计。盘古要改变它的运行规律必定受到难以估计的应力反抗，他会不会死？"

天石的笑声像被斩断般地停止，他望了楚琴一眼后说："我不知道他会不会死，也不知道他能否成功。以前我们对很多事都有信心的，但这次一点都没有。与至高无上的宇宙为对手，'信心'二字根本就是奢谈。"

他停下来望着我身后："有人来了。"

几架直升机降落在沙漠上，看到父亲我便知道上次我犯的错误有多严重。当时的几名助手一定向他报告了基地的位置，否则任何人也无法识破天石与楚琴设下的重重伪装。

父亲摘下护目镜："久违了我的好学生。现在想来你们在我所有学生中都算是最杰出的。怎么我儿子还和你们在一起？"

天石和楚琴回头望着我，我镇静地说："你还记得这一点吗？从你想成为宇宙支点的那一刻起，我就不再有父亲了。如果我告诉你天石和楚琴早就发现了宇宙天平，你一定不会相信的。你永远不懂为什么有人甘于受难而不去当上帝，这已经不是科学的范畴了，而是取决于一个人的心灵。"

父亲哑然失笑："我不知道你在说什么。"

陈天石环顾四面荷枪实弹的士兵："也许你可以凭借宇宙的运转成为支点，你可以成为永恒，时间空间对你失去意义，你还会看着你的儿子以及所有人的生命渐次老去，看到三百六十亿年一次的大埋葬，但这些都与你无关，丝毫对你没有影响，因为你已是上帝。也许你有素质来做上帝可我没有，最起码，我无力面对我所爱的人在我的永恒生涯中死去。"

天石不再有话，黑发张扬于风中，楚琴轻轻挽住他的手臂，极尽温柔。我注视着他们，想象不出世上还有谁能在这样的时刻显露温柔，同时我也不知道温柔至此的人还会惧怕什么。

父亲突然用力鼓掌，竟然充满欣赏："我一直资助你们的研究，也许有借助的念头，但我知道这里面也有惺惺相惜，只可惜我们的路太不同了。如果你有一个保留了十年的心愿再过几小时就要实现的话，你会不会改变主意？"

我立刻意识到有什么事情将会发生了，但我还来不及喊出一声，士兵们已经开火了。激光炮揭开了地表，一个大坑显露出来，已经可以看见基地的金属外壳。天石和楚琴开始奔跑，他们脸上的神色告诉我他们并非想挽救基地而是想保护他们的孩子。他们跑到坑边便被爆炸抛向空中，听到他们落地的响声我便知道这个故事已经接近了尾声。

◆8◆

　　天石已不能说话，血从他的嘴角沁出来。我按照他眼神的意思把他抱到楚琴身边。父亲微微摇头："为何如此？我知道你们认为正义在你们那边，其实这是一个错误。你们是少有的天才，但却事事不顺，我来告诉你们原因，你们马上就会知道。"

　　他说完话便传来了渐近的喧嚣，片刻之后我们已被望不见边的人群包围。无数的垃圾连同咒骂向我们铺天盖地飞过来，我拼尽全力想要护住天石和楚琴，但我的肩膀太窄了，挡不住那些仇恨。一块碎石打中楚琴的额头，她发出痛苦的呻吟。

　　"你干了些什么？"我愤怒地大吼道。

　　"别瞪我，我没叫他们来，我只是告诉他们有人为了一百八十亿年后与他们毫不相干的一些玩意来拿现在冒险。"

　　"可你知道，假使他们失败损失也很有限，相比于宇宙末日的毁灭而言根本不算什么。"

　　"你又错怪我了，我阐明过这一点。可人之十伤怎比我之一伤？"

　　我懂他的意思了，刹那间我有种顿悟的感觉。天石和楚琴实在大错特错了。他们的悲剧从一开始便已注定。神话已经不再而他们依然徒劳地坚守，欲望编织的世界哪里容得下神话的存在呢？

父亲又摇摇头："离开他们吧，我约束不了人群。"

我听出了他的意思，然后我忍不住大笑，眼泪都笑出来了。之后有无数的重物击中了我，但我依然大笑。

这时一切突然停止下来。震耳欲聋的声音从地底传来。不远处的地表开始翻腾又急速陷落，片刻之间球形基地已耸入云霄，矗立在天地之间，如一枚巨大的卵。

卵破裂开，一个孤独的巨人显露出来，眼中竟然有隐隐的悲伤显现。如果说几天之前他还只是个胎儿，那么现在他已经站在了古往今来任何人都无法企及的高度上了。天才的灵与肉连同一百二十亿年时间的造化，这就是盘古。

他不动，他在等待，等待一个壮丽的将成为传奇的时刻。

"盘古……"是楚琴的声音，我垫高她的头让她看清楚。一朵微笑在她苍白如纸的脸上绽开，竟然美得刺目，"我见到神话了，对吧？"

我用力点头："是的，见到了。"

楚琴的眼光变得飘忽："我在想……也许我们应该完成这个神话。"

我立时明白了她的意思。盘古，这个千万年来的传说也许是真的。不，它应该是真的！它必须是真的！因为它带着天才的泪水和憧憬，带着佛陀的仁心和苦难。

"带我回去……"楚琴的话没能讲完，她美丽的睫毛已缓缓坠下，我伸出手去阻挡这个令我心碎的结局，但她渐冷的额头证明一切都已属徒劳。我掉头去看天石，他仍然盯着楚琴，但眼中那颗无力淌出的泪珠证明一切都结束了。

我费力地站起，心中一片麻木。我，何夕，一个庸人，但这个灰尘般的庸人的生命却长过两位天才，仅此一点便令我知晓这个世界上根本就没有公道可言。

我朝着应该走的方向走去，天地间的巨人在等我。身后传来激光发射的声音，但盘古的力场保护了我。我仰头望着盘古，他的眉宇让我想起两位故人。时间不多了，但我忽然间发觉不知该如何下达命令。我知道在开天的那一刹那盘古将化为尘埃，就如同在上古的传说里一样。我的两位故人为了让他在开天的时刻死去而让他诞生，这正是巨人的宿命。

"一号特权者楚琴已删除，二号特权者陈天石已删除。"我说到这里的时候便看到两颗大得惊人的泪珠自巨人脸上蜿蜒而下，滴落在地发出清亮的声音。一个初临人世的婴儿在旷野中无声呜咽，这样的场景令我几乎不能成言。"三号特权者何夕，发布特权命令……"

天空已变得鲜红，像是在出血。一种不明来由的空灵之声遥遥传至，震荡着大地苍穹，如同宇宙心有不甘的挣扎声。最后的时刻正在走来……

而那天地间的巨人依然沉静，他不动，他在等待。

"盘 —— 古 ——"他突然仰首向天大声喊出自己的名字，似乎想为这个星球留下点关于巨人的证明，与此同时他的身躯开始以不可思议的方式和不可思议的速度飞升，苦难与智慧、泪水与痴心，连同一百二十亿年造化共同凝铸的巨人 —— 在飞升。

颤栗中我跪倒在地，我知道盘古会做什么，我也知道他不再回来。片刻之后我和天石、楚琴将从这个现实的年代消失，凭借盘古的力量回到一万年前产生神话的年代里去。这是我下的命令之一，我知道这也是楚琴和天石的心愿，因为那里有断头而战的刑天，有矢志不渝的精卫，有毁于火又重生于火的凤凰。现实不能容留的也许神话会容留，现实里只能死去的将在神话里永生。

可怕的闪光出现在宇宙的某一处，天空大地在刹那间变得雪白。我意识到那件事情发生了，我们的人力胜过了天道。又一道白光划过，我坠入迷雾。

尾声

我在湘江中游寻找了一个风景绝佳的地方埋葬了天石和楚琴，也许潇湘二妃的歌声会陪伴他们，也许有一天他们会见到治水的大禹路过这里。

现在我只剩下一件事可做了。我用树枝和马尾做了一把琴，然后我开始唱歌。

从黄河到渭河，从山林到平原，我一路唱下去，踏过田畴走过先民的篝火我一刻不停，我的歌流向四方，先民们同声歌唱。

　　那个神奇的时刻啊那时有个巨人，那时天地将倾啊那时巨人开天，巨人名叫盘古啊盘古再不回来，天地从此分明啊盘古今在何方⋯⋯

后来我死了，再后来我的歌成了传说。

"盘古执斧凿以分天地，轻者升而为天，浊者降而为地，自是混沌开矣。"

　　　　　　　　　　　　　　　　　　——古书《开辟演绎》

楚秦

小 述／作 品

人算终究不如天算。看透了时局大势又能怎样？

你如何能料到，身边藏着这等自以为是

又胆大妄为的蠢夫？

科幻
硬阅读
DEEP READ
不求完美 追逐极致

暮色慢慢降临。外面的风越刮越大，厚实的军帐也开始轻轻摇晃起来。

秦始皇想要起身出去走一走，吹一吹风，看一看夕阳，可却虚弱得连头都快抬不起来了。

五十岁，朕才刚刚五十岁而已呀！五十年的时光如白驹过隙，一转眼朕就已经老了。

不应该呀。

朕不想死。朕不会就这么死去的。

秦始皇的心里这样想着，可是却分明能够感觉到，自己的生命正在一点一点流逝，浑身上下，四肢百骸，没有一处不难受的。这具躯体分明已经朽坏。

秦始皇微微侧过头，向旁边瞥了一眼，几位文武重臣都战战兢兢地垂首守在龙榻周围，他的心中忽然涌起一阵无比的愤怒：这些文武百官，平日里夸夸其谈，好似无所不能，临到最关键的时候却什么都做不了！这偌大的天下，难道真的就找不到一个能人异士，可以让朕逃过一死，重焕青春吗？

一阵疲倦汹涌袭来，秦始皇脑袋里晕晕的，意识渐渐变得模糊，很快沉沉睡去。

每一次入睡都是无知无觉；每一次醒来，都是庆幸而又后怕，担心这会不会是最后一次醒来。

不知昏睡了多久，始皇帝被一阵急促的车马声惊醒，他意识依然迷迷糊糊的，脑袋痛得厉害，恨不得下令将帐外喧闹的一干人等统统杀掉，但是他太累了，累得不想动弹，连话也不想说。

过了片刻，始皇帝听到丞相李斯凑到近前，正在急切地低声唤他："陛下，陛下。"

始皇帝微微睁开了眼。丞相是个聪明人，如果不是有什么很要紧的事情，不会来打扰他休息的。

"陛下，东海仙岛上的三位异人……寻到了，正在帐外候着呢！"

东海仙岛上的异人？始皇帝的精神略微一振。这些年，他派出了许多人马，天南海北寻访各路神仙，求取长生不老或是延年益寿之法。然而派出去的人，要么从此杳无音讯，要么空手而归，要么带回来一群装神扮鬼的方士骗子，没有一个能成事的。

这东海上的异人，也是他寻访的一路神仙。传闻这一群人住在东海的一座仙岛上，个个法术高强，神通广大，可逆生死、肉白骨，时常救济海上落难的渔民。始皇帝所遇到的骗子，总是爱自称神仙，或是神仙的子弟传人，可是这一群人却恰恰相反，总是坚称自己不是神仙，而只是普通的凡人，不过是与中原百姓不同的人种而已。于是，渔民们便称他们为东海异人。

神仙也好，凡人也罢，能救命就成。

"三位异人说，他们有法子可让陛下长生不老。"李斯小声补充道。

始皇帝暗暗叹了口气。被蒙骗了那么多回，现在不敢再奢求长生了，只要能再多活几年就好。他抬起右手，冲帐外勾了勾手指。李斯会意，躬身退下了，宣三位异人入帐觐见。不多时，一群军士拥着三位异人进入了帐内。

这三位异人，果然名不虚传，仅仅从外形上看，便与常人大异，个个身形瘦长，比帐内最高的军士都要高出一大截，三人都身披着灰色的长袍，长袍连着兜帽，遮住了头脸。三位异人入帐后，各自摘下了兜帽，露出了脸庞，三人的相貌各不相同，但是肤色却是一般的苍白如雪，脸上都白白净净的没有胡须。

"你们……有什么法子，可令朕得长生？"始皇帝在近侍的搀扶下从床上坐起，虚弱地问道。

三位异人闻言，向两旁让开，始皇帝瞧见他们身后的几个军士，正抬着几样稀奇古怪的物事。这几样物事，由各色金属制成，大者有如钟鼎，微者可置于掌心，每一个的样式都无比的精巧繁复，始皇帝见所未见，闻所未闻，不知该如何来形容。居中的一位异人神色凝重，嘴里叽里咕噜地说着什么，指着几样古怪的物事，冲始皇帝比画了一番，可是他说的话，始皇帝一个字也听不懂。

李斯道："陛下，这三位异人说的是仙岛上的仙语，臣特意寻到了一位早年到过仙岛，会说仙语的臣子，来为陛下释义。"

始皇帝微微颔首。

一个皮肤黝黑、年约四旬的校尉军官从军士们身后走出来，为始皇帝翻译道："陛下，这位先生说，这几样物品乃是仙岛的神物，若是组合在一起，便可聚集神力，能够移魂易魄，到时只需用神器将陛下的魂魄，移至选定的青壮男子体内……"

"咳咳！"校尉说到此处，站在一旁的李斯丞相忽然浑身一阵激灵，大声一阵咳嗽。校尉被吓了一跳，不明所以地望了丞相一眼，一时不敢再继续讲下去了。但是，他的意思已经很明白了：只要运用东海异人带来的神器，将始皇帝的魂魄转移到年轻男子的身体里，就可以让皇帝躲过一死。如此反复施行，便可以让皇帝永远年轻不老。

没错呀，三位异人就是这么说的呀，没什么不对呀！校尉又望了丞相一眼，满心困惑不解。

李斯微微侧过身，悄悄望了皇帝一眼，额头上渗出了丝丝冷汗。他心中不禁阵阵懊悔，为什么不提前问个清楚，就急匆匆地向皇帝禀报。始皇帝虽然一心求取长生之道，但是他毕竟是雄才大略之主，并不糊涂，不会因此就听凭摆布，而且这些年屡屡被人蒙骗，陛下对于长生不老之说，比之从前更要谨慎了许多。所谓长生之道，若说些什么服用仙丹、祭天拜神之类的法子也就罢了，有用没用都不打紧，可这移魂易魄……陛下若是疑心他们阴谋勾结，篡位夺权，那可就是要命的事情了。届时，此刻守在皇帝身边的人，谁都别想落得什么好下场。

然而，始皇帝却并没有像李斯设想的那般勃然大怒，而是许久不语，两眼直直地盯着军士们手里抬着的几样神物。移魂易魄……若是在往常听到这般荒诞的说法，他早就砍下了这几个人的脑袋，然而今日的情形，确实与往常有所不同。眼前的这三位异人，的确大有不寻常之处：他们的外貌与众不同；他们所说的话语与寻常听到的不同；尤其是他们带来的这几样神物，虽然不明白都是些什么物事，但如此细致精巧之物，绝对不是凡夫俗子可以铸造的，定是仙家之物！

始皇帝沉吟半晌，徐徐道："将这几样神物组装在一起……难吗？"

一位异人用仙语做了回答。校尉翻译道："先生说不容易。但是如果广招天下的能工巧匠，再派一千兵士辅助，假以时日，是可以办成的。"

始皇帝长长地出了一口气，道："那就赶紧去办吧！有什么难处，只管与丞相讲。"

始皇帝感觉到自己快不行了。

正是三位东海异人的出现，让他的心中生出了一丝希望，又苦苦支撑了两个月之久。在这两个月的时间里，三个东海异人率领能工巧匠和一千兵士，日夜赶工修建一座十丈高的长生塔，以塔身将几件神物拼接组合在一起。此塔造型神异奇特，透出一股难以形容的魔力，一见便知不同凡响，不似尘世之物。始皇帝由此更加确信，三位东海异人所言并非虚妄，心中不禁生出了更多的希望。

然而仅凭希望，无法改变残酷的现实。长生塔的竣工依然遥遥无期，可是始皇帝的健康状况每况愈下，身体已经撑不住了。就在这两天了吧，不能再等下去了。

又一个黄昏来临，始皇帝派人召来了丞相李斯，询问长生塔工程的进度。李斯面色犹疑，期期艾艾道："禀陛下，长生塔主体部分已经修筑完成，几样神物已经拼接完成，只是……据三位先生讲，若要聚集足够的神力，还需……还需再铸造一样神器，置于塔顶……"

始皇帝不耐烦道："啰里啰嗦，你就说……还需多久。"

李斯吸了一口气，硬着头咬牙道："据先生们讲，还需……约莫三个月。"

"三个月！"始皇帝勃然变色，奋力想要从床榻上坐起，却只引来一阵猛烈的咳嗽，"咳咳咳咳……你瞧朕这模样……乱臣贼子，我看……是你们不想让朕活下去……"

李斯吓得面无血色，"扑通"一声跪倒在地上，磕头如捣蒜。

"陛下息怒！臣万死不敢啊！只因那长生塔太过玄妙，最关键的部分只有三位异人能懂，再多的能工巧匠，再多的兵士也插不上手呀！故而……故而……"

始皇帝无奈地摆摆手，示意他不必再多说了。始皇帝招呼近侍上前，扶着他从床上坐起，他扭头痴痴地望着行宫的外面，暮色渐浓，天际的最后一抹余晖，也正在被黑暗点点吞没，就好像他的生命。为什么，仅仅只差了三个月而已呀！那么多年了，派出了那么多的人马，为什么直到今天才找到这三位异人？为什么就不能提早三个月呢？难道真的是天意吗，是老天爷不想让朕继续活下去吗？想朕一生戎马峥嵘，并吞八荒，扫荡六合，一统天下，平息数百年的战乱，功盖千古！若是连朕都没有资格享受长生不老，那还有谁能够有这个资格？若是没有谁享有这个资格，为何世上偏偏确有长生之术？

始皇帝越想越是愤怒，气得浑身瑟瑟发抖，双眼远望着已被夜色笼罩的天空，眼睛里几乎要喷出火来。

李斯跪伏在地上，身上的衣衫都已被汗水湿透。他紧闭着双眼，嘴唇颤抖了许久，终于还是吐出了一直憋在嘴边的那句话："禀陛下，其实……也并非完全没有别的法子……"

始皇帝两眼一亮，忙道："讲！"

"喏。"李斯直起了身子，深吸了一口气，神色仿若慨然赴死的义士，"臣依稀记得三位先生曾提起过，若是不能及时聚齐神力，也可引下天雷以启动神器。只是雷霆之力过于迅猛，难以控制，所以如若引用天雷以启动神器，恐后果难以预料……"

"如何难以预料？"

"即是……无法预知，陛下的魂魄……会被移至何人的躯体中。"

始皇帝沉默不语。李斯悄悄抬头看一眼，始皇帝没有看他，两眼放空地望着外面的夜色。李斯刚才几乎是冒着抄家灭祖的风险说出的那一番话。如果说"移魂易魄"四个字已经弥漫着一股谋权篡位的阴谋味道，那么李斯片刻前的一番话，就已经让这股味道变得更浓烈了十倍。

沉默，延续着沉默。行宫里的空气仿佛凝固了一般，时间慢如蜗行，李斯感觉仿佛正在被置于烈焰上炙烤。

终于，始皇帝开口打破了沉默，他依然没有发怒，只是淡淡地问道："可以确保朕重返年少吗？"

"臣……不知。这需得问过三位先生。"

"去问。"

"喏。"

李斯从地上爬起，躬身退下。片刻过后，李斯返回了行宫内。

"禀陛下，三位先生说……可以。"

这一次，始皇帝几乎没有丝毫的迟疑，即刻道："那就去办吧！"

李斯吃了一惊，抬起头惊诧地望着皇帝，似乎一时不敢相信自己的耳朵。

始皇帝暗暗地叹息一声：总比就这么死掉要好呀！

长生塔的模样实在太过古怪，不知应该如何形容。始皇帝原本觉得长生塔像一只伸向苍穹的巨掌，可是现在三位东海异人又在塔尖上竖起了一根十余丈高的青铜长杆，用以接引天雷，它的模样变得更加奇怪了。如今，长生塔就是长生塔，它什么也不像。

几位近侍搀扶着始皇帝走到长生塔前，三位东海异人上前一阵摸索，从塔身上拉开了一扇十分隐蔽的石门，露出隐藏在塔内的一间中空的石室。石室被修建得富丽堂皇，仿佛一间小小的宫殿，石室的正中摆放着一张气魄非凡的金漆宝座，这让始皇帝想起他远在咸阳大殿上的龙椅。

在三位异人的指挥下，近侍们将始皇帝扶上了宝座，小心地取下了他的旒冕，拆散了皇帝的发髻，让他的长发顺势披散。一位异人从宝座的后面取出了一顶样式奇异的金色头盔，圆滚滚的好像是中秋时节从夜空中取下的明月。异人伸手从头盔的内侧掏出了一大把金灿灿的丝线，每一根都细如发丝，丝线的尽头都连着一枚指甲盖一般大小的银色金属亮片。三位异人围上前，将丝线根根分开，异常小心地将丝线一端的金属小片贴在始皇帝头上的各个部位。

这个过程持续了约半个时辰，所有的丝线都已经连接在了始皇帝的头上，三位异人又将圆形头盔轻轻戴在了始皇帝的头上。冰冷的金属触碰到了始皇帝的头皮，始皇帝忍不住轻轻打了一个寒战。三位异人从宝座周围退下，齐齐向始皇帝躬身行礼，而后缓缓退出到塔外。始皇帝的心头忽然涌起一阵从未有过的恐惧：这就要开始了吗？或者说……就要结束了吗？如果移魂失败，或者这三个东海异人根本就是骗子，甚至是图谋不轨的乱臣贼子，那么……一切很快就要到头了。

他的心头甚至涌起了一种想要逃出去的冲动。

外面的天空阴沉沉的一片，离天黑还有好一阵子。东海异人预言今日入夜前会有暴雨雷电。或许他们只是看天色瞎猜，也许根本就不会有雷电。始皇帝的心中甚至隐隐期盼着事情会是这样，他弄不清楚自己是怎么想的，不知道自己在害怕些什么。如果在天黑前，没有出现暴雨和雷电，就把这三个怪人全都杀掉，自此生死由命吧！始皇帝暗暗下定了决心。

然而，天空中的乌云越积越厚，越压越低了，不多时一道刺目的闪电划过天际，一阵轰隆隆的雷鸣滚滚而来，天空仿佛塌下来一般，暴雨倾盆而下。电闪雷鸣再没有停过，每一声的巨响都仿佛是重锤击打在始皇帝的心头。征战一生，面对无数的敌人和各种险恶的处境，他从来都没有这样紧张过。

又是一道扭动的闪电从天际横跨而过，将塔外的世界照得一片透亮。始皇帝忽然感觉到，无数股细微的暖流，顺着那一根根的丝线，流入了他的头颅里，刹那间，他的一生从眼前一闪而过。始皇帝猛地睁大了双眼，他的视线慢慢变得模糊了，视野里的所有物体都开始散发出莹莹的白光，那些光芒越来越亮，随即连成了一大片。

在柔亮的白光里，始皇帝感觉到自己的身体忽然变得轻飘飘的，像风中的柳絮飘舞而起，渐渐越飞越高，越飞越远。

周围的一切都是那么温暖，那么柔和，像是寒冬里的一汪温泉。他的意识慢慢融化在里面，变得模糊一片。而那莹亮的白光，闪烁着，闪烁着，渐渐吞没了整个世界……

一阵火辣的剧痛从左肩一直延伸至腰际，将始皇帝从昏睡中惊醒。他刚一睁开眼，便看到一条黑乎乎的东西落在自己的胸口，又一阵剧痛袭来。始皇帝很快反应过来，是有人在拿鞭子抽打他！

有刺客！

这是始皇帝脑袋里冒出的第一个念头，他迅速翻身站起来，向一旁躲开，口中大声呼喝着："护驾！护驾！快来护驾！"

"护什么护？瞎喊什么？"身后传来了一阵粗鄙的咒骂，一个人影从后面追上来。始皇帝匆匆扫了一眼，对方是一个个头瘦小，长着两撇小胡子的军士，身上穿着秦军的战甲。小胡子继续挥舞着长鞭，鞭子雨点一般落在始皇帝的身上，痛入骨髓。

"我就说这小子在装死吧！装呀，装呀，你接着装呀！"小胡子嘴里继续骂骂咧咧，手上丝毫不停。始皇帝肺都要气炸了。自从八岁离开赵国回到秦国后，这四十多年来都没有人再敢随便碰他，就更不用说殴打他了。可是，始皇帝已经挨了好几鞭了，依然没有人赶过来救驾。始皇帝迅速做出了决断，不再逃跑，他抬起左手护住了面部，转过身去猛地往回冲，拼着硬挨了一鞭，飞起一脚踢中了小胡子的肚子。

"敢踢我……造反了！造反了你！"小胡子被踹翻在地，一手捂着肚子，哼哼唧唧的好半天都爬不起来。

始皇帝些微呆愣了一下，心想这应该是我要说的话才对吧？周围迅速又冲过来几个秦军士兵，个个手按刀柄围上前来，始皇帝大声下令："快拿住这个刺客……"可是话还未说完，便觉腰背处一阵疼痛，被人从后面猛踹了一脚，几个士兵一拥而上，抓住了他的双手，将他按在了地上。"你们……好大的胆子……"地面上泥泞一片，始皇帝的脸被按进了一滩冰冷浑浊的泥水里，他浑身一阵激灵，心里猛地冒出了一连串的问题：这是什么地方？地上怎么会有这么多的泥水？究竟发生了什么事情？这些人……都是什么人？

"……狗崽子……要他的命……"始皇帝感觉到有一只脚踩在了自己的头上，他听到小胡子在大声地嚷嚷着，可是泥水灌进了他的耳朵里，他听不清对方在说什么。几个士兵押着他的双臂将他从地上拖了起来，他刚刚站直了身子，一个拳头狠狠地击中了他的腹部，他猛地倒吸了一口凉气，痛得再次弯下了腰，头发上的泥水顺着他的脸庞流到了他的身上。

始皇帝猛地一下呆住了。

他看到了自己的身体。

几块褴褛的破布包裹着的，年轻而结实的身体，虽然略显瘦弱，虽然布满了伤痕、血迹和污泥，可是依然结实而充满了生命力的身体！他扭过头，望了一眼自己被人按住的手臂，黝黑粗糙，肌肉盘虬，粗壮而充满力量感！这是一个年轻人的手臂！

他的意识很快完全清醒，他回想起了之前发生的事情，很快明白了：是东海异人的神器起作用了！他的魂魄被转移到了一个年轻人的身体里！

小胡子怒气冲冲地对着他的肚子又是狠狠的几拳，始皇帝痛得全身缩成了一团，鲜血从嘴角边流出，可是他却哈哈大笑了起来，随后仰起头来，笑得浑身乱颤。几个士兵一下被唬得面面相觑，不知所以。

始皇帝仰天大喝一声，笑得更加畅快了。

我没有死！我大秦始皇帝嬴政，又重获青春了！

"狗崽子，你笑什么，发疯了吗？"小胡子一头雾水，恶狠狠地冲他喝道。始皇帝大笑了一阵子，慢慢缓过了一口气，淡淡地横扫了众人一眼，目光中透出不怒自威的气魄，让周围的士兵们都忍不住一阵心虚胆怯。始皇帝也很快看清了四周的环境：这里是一段偏远崎岖的山路，视线范围内没有看到有人居住的地方，因为刚刚下过一场暴雨，路上泥泞一片，山路上聚集着几百名衣衫褴褛，神色愁苦的农夫，另有十几名披甲带刀的秦军士兵守在山路各处。所有的农夫围着小胡子和始皇帝，自动让开了一个大圈子，似乎生怕被卷入这场是非，只有一个高个子的方脸汉子站在圈内，手扶着一棵大树，神色焦灼，跃跃欲动。

始皇帝很快明白了，这是一队秦军士兵正在押送一群被征募的民夫。始皇帝飞速地思考着：究竟要不要向这些人亮明身份？如果亮明了身份，要如何才能说服他们相信自己？会不会招来危险和麻烦？可是如果不说清楚，又该如何摆脱眼前这莫名其妙的麻烦境地呢？

他心中不禁暗暗懊悔，为何不在转移魂魄前，提前做好安排，确保在移魂易魄完成后，王公大臣们可以第一时间找到自己？不过回头细细想想，当时的自己已是风中残烛，连是否能够活下去都难以确保，确实没有多余的时间和精力去考虑别的事情。

几个士兵都已从片刻前的诧异中回过神来，小胡子的一双小眼睛里重新透出凶光。始皇帝迅速做出了决断：不能再犹豫了。他无法完全弄清自己的处境，不知道在自己的魂魄进入这具躯体前，究竟都发生了些什么，因而也就无法预判事情的发展走向。也许下一刻小胡子就会拔出军刀，在自己的肚子上捅出一个大窟窿也说不定，到时候再后悔可就已经太迟了。

"寡人的父王年幼时被送往赵国为质，因而寡人出生在赵国。其时秦赵两国交恶，寡人年幼时处境堪忧，甚至曾经被送往木场做木工，时常会有性命之忧。而后幸遇仲父吕不韦，从中斡旋，设法将我父子二人带回秦国。不多久，父王即位，寡人也被立为太子。父王在位一年即病逝归天，寡人即位为秦王，由仲父辅政，总揽大权。而后，寡人年岁渐长，才慢慢将大权夺回。其后，长信侯嫪毐得势，与仲父不合。时有宫廷内侍密报寡人，称嫪毐秽乱后宫，与太后有染。寡人正自将信将疑，嫪毐这贼子已心虚反叛。寡人遣王师讨之，将恶贼车裂，夷其三族，并亲手诛杀嫪毐与太后所生的两个贼子。叛乱被平定后，寡人借此缘由，罢免了仲父的相邦职务，将他徙往蜀地，密令他自我了断，并许诺会厚葬他并善待他的家属门客……"

始皇帝语如连珠，一口气道出了长长的一段自白。他甚至不惜自曝家丑，道出了许多只有自己知晓的秘辛，只盼能够一举说服周围众人，尽快以皇帝的身份重返咸阳。果然，始皇帝的话语一停，长长的一段山路上陷入了一片死一般的寂静中，几百束目光定定地落在始皇帝的身上，所有人都被这突如其来的一段独白给惊呆了，只有树叶上的水珠在"滴滴答答"地落下，无知无觉地欢唱着单调的曲子。

始皇帝稍稍停顿了片刻，深吸了一口气，接着说道："你们听着，朕并非你们所以为的那个人。朕乃大秦帝国的始皇帝，只因神仙施法，将朕的魂魄转移到了这具躯体中以延续寿数。朕命尔等即刻护送朕返回咸阳，刚才发生的事情，朕可以既往不咎……"

砰！

始皇帝话语未毕，小胡子的军官已抡起刀鞘，重重地砸在了他的脸上。始皇帝眼前一黑，被砸翻在地，脸上血流如注，鼻子被砸歪了，牙齿似乎也松动了几颗。

"你们听到他在胡说些什么吗？我就说吧，这小子他娘的是发疯了！"小胡子用刀鞘指着始皇帝，神色愤怒而又惊恐，"你们听听这些大逆不道的话，这要是传出去了，那还得了哇？"

其余的众人尚未能从片刻前的震惊中完全回过神来，你望望我，我望望你，一时都不知该做何反应。小胡子"仓啷啷"拔出军刀，架在了始皇帝的脖子上："我早就看出来了，这小子不是个善茬儿，尽会惹是生非！依我看，干脆一刀剁了他，免得日后受他牵连！"

冰冷的刀锋触碰到了脖子上的肌肤，始皇帝轻轻打了一个寒战，他不敢再多说什么了，心中不禁暗暗一阵哀叹：任凭往日里如何英明神武，指挥千军万马，雄才伟略，扫六合并八荒，落入了这般境地，仍是半点法子也没有。

"住手！"一旁传来一声断喝，一个须发半白的年长军官快步上前，怒气冲冲地一把拨开了小胡子手中的军刀，"各地征募的壮丁，都已登记造册，上面都是有数的。你把他给砍了，等到了地方人数不够，难道你来凑数吗？"

小胡子被同僚一阵抢白，依然愤愤不平，道："赵爷，你就别再护着这个贱东西，人数不够，总还是可以想法子解决的；若是等到这狗崽子惹出大乱子来，到时候可就真的后悔莫及了！"小胡子顿了一顿，忽然两眼一亮，又举起军刀指向始皇帝的嘴巴，"要不，咱就割掉这小子的舌头吧！这样一举两得，既不误事，又省得这小子再胡言乱语惹是生非！"

始皇帝闻言大惊失色，慌忙翻身想要爬起，小胡子又抡起了刀鞘一把将他砸翻在地上。

"李爷，李爷，不要动怒！不要动怒！"那方脸的汉子，原本见年长的军官出面替同伴说话，情势稍有缓和，便已犹豫着要不要出面周旋，救下同伴。谁知他略作迟疑，情势便又急转恶化，他慌忙冲上前去，护住了始皇帝。

"李爷不要动怒，三哥这一路又累又饿，刚刚又淋了雨，这是发了高烧，烧糊涂了，才会这样胡言乱语，还请李爷不要见怪。我们一定好好看着他，一直等到三哥退烧为止，绝不会再让他胡言乱语了！"方脸汉子满面堆笑，冲小胡子连连点头哈腰。

"怎么，你小子也是皮痒痒了吗？"小胡子挽起了鞭子，还没有抡下去，便听到周围响起了一片整齐的低呼和喘气声。小胡子抬头一望，围在四周的民夫们，一个个瞪眼望着自己，神色隐隐透出愤怒，有几人双手握成了拳头，还有人悄悄向前迈出了一小步，仿佛跃跃欲试。小胡子心中一阵害怕，气势一下子就矮了。这方脸的汉子，讲义气，好为旁人出头，在众人中向来人缘极佳，不少人都和他有着过命的交情。小胡子手举着鞭子，迟迟不敢挥下去，这一鞭子若是落在这方脸汉子的身上，指不定就会激起变故，想想自己一口气也出得差不多了，也许是时候见好就收了。

小胡子咳嗽了两声，收起鞭子，装模作样道："这小子刚才踹了我一脚，小爷我大人大量，可以不计较，但是他要是再这样胡言乱语的，到时候倒霉的可是大家呀！"

方脸汉子道："那李爷的意思是？"

"我要这小子跪下给我磕头赔礼，并发誓保证再不会胡言乱语。"

始皇帝闻言心头狂怒，一股傲气上涌，怒骂道："好你个贼子！朕誓要将你五马分尸，夷三族……"

"你这贼子！还敢在这里胡言乱语！"小胡子狠狠一脚踹在了始皇帝的脸上，将他踹倒在泥水里。

方脸汉子慌忙扑上去，抱起了始皇帝，将他从泥水中扶起，凑近他的耳朵，咬着牙焦急地低声劝道："三哥，就算大头求你了，就不要再这么倔了，好汉不吃眼前亏，保住性命要紧呀！"

始皇帝只觉得脑子里"嗡嗡"作响，脸上一阵阵剧痛，直怀疑自己的颅骨都被踢碎了。他"哇"地吐出了一大口血，血水和泥水混合成了一种骇人的颜色，身上各处的伤口也还在不断往外渗血。始皇帝浑身发冷，他这一辈子几乎没怎么受过伤，此时此刻，他也弄不清自己的伤势究竟有多重。

我是不是快要死了？

这个念头一冒出来，立刻像是冰面上出现的一道裂纹，飞快地向四周蔓延，很快布满了整块冰面。冰面破碎，巨大的恐惧滚滚而出。

朕不能死。

朕好不容易找到了长生之术，绝不能就这么莫名其妙地死在这里！

朕要世世代代，统御大秦；朕还要挥师北上，踏平匈奴，继而征服西域各部，然后继续向西……

这一辈子，朕什么大风大浪没有见过？什么问题，都是小事情；唯一的大问题，是不能死。

始皇帝一手撑地，从方脸汉子的怀里挣脱出来，他咬紧牙关，一口钢牙几乎咬碎，缓缓跪伏在冰冷的泥水里……

"李爷，我这里给你赔个不是……"

"你说什么？我听不太清，大点儿声！"小胡子故意侧过脸，一脸的戏谑，引得周围士兵们哈哈大笑。

"行了，行了，差不多就得了。"年长的军官心善，拉了拉小胡子的手臂，劝说道。小胡子又骂骂咧咧了一阵子，才志得意满地离去了。

"三哥，可以了，他们都走了，起来吧！"方脸汉子上前抓住了始皇帝的手臂，将他从泥水中扶起。始皇帝冷冷地一把甩开了他的手，冰寒的目光缓缓向四周扫视了一圈。

约莫七八百个被征募的民夫，十六七个押送的官兵。

这些人，一个都不能活下去！

这里发生的事情，绝对不可以让世人知晓！

溅起的泥沙一点点沉入了水底，涟漪一圈圈荡漾开来，虽然肉眼难以察觉，但是水纹始终是一圈弱过一圈，水面终归于平静。

他耐心地等待在水潭边，望着水面上自己的倒影。剑眉星目，高挺的鼻梁，宽宽的下巴让面庞的轮廓显得刚毅而俊朗，充满男子汉的气概，只是肤色太过黝黑，满面的泥垢和伤口流出的血污混杂在一起，再加上一头乱糟糟纠结成一团的长发，脏兮兮的活像一个乞丐。

虽然眼下的处境令人颇为头痛，但是不得不说，对这具新的躯体，他还是非常满意的。

从这一刻起，直至成功返回咸阳，重登大宝，他不再是大秦的始皇帝嬴政，而是来自楚地阳城的民夫老三。

队伍里的民夫，每个人都有一个或几个绰号，这些乡野村民都习惯用绰号相互称呼。这里年纪较大的人叫他"老三"，年纪较轻的喊他"三哥"，都已经两天过去了，他还不知道自己的本名叫什么。

"三哥，要继续赶路了。"大头在不远处的林子边唤他。大头便是两天前仗义从小胡子军官手中救下他的方脸汉子，老三也没弄清他的真名是什么，只晓得大头和老三关系非常亲密，而且大头在众人中人缘极佳，威望也挺高。要设法返回咸阳，少不了要他相助。

老三起身跟上了移动的大队伍，可是走出了没几步，两脚便一阵阵发软。这两天的时间，他几乎是粒米未进。队伍里配发的口粮，比他这辈子吃过的最难吃的东西还要更难吃十倍，再加上小胡子总是刻意使坏，每次在发放粮食的时候都要故意往老三的口粮上溅上些泥水、沙子什么的，他哪里能够吃得下？

老三咬牙硬撑着，可是还没有走出多远，便忍不住两眼冒金星，脚下踉踉跄跄几欲晕倒。大头早已察觉到异样，慌忙赶过来搀扶住老三。他扭头四下一阵张望，从怀里掏出了一个干净的布包，悄悄塞进了老三的手里。

"这是什么？"老三好奇地拆开布包，一阵香气扑鼻而来，原来是一张白净细软的大饼！老三的肚子适时地"咕咕"叫唤了起来，他来不及想太多，一把将大饼塞进嘴里，一阵狼吞虎咽，三两口就吃了个精光。

肚子里有了货，腿脚立刻生出了几分气力，老三抖擞起精神，跟着队伍向前赶路。忽然，老三发现队伍里有几个年轻人正在偷偷望着自己，相互窃窃私语，神色怪异，目光里隐隐透出了一丝鄙夷。

老三抬起手抹掉了嘴边的大饼残渣，略加思索，扭过头来向大头问道："大头，刚刚这个饼是哪里来的？"

大头答道："哦，是苍叔让我给你的。他瞧你自从生病晕倒后，这两天粒米未进，他很担心你的身体，所以特地省下了自己的口粮，让我给你。"

老三恍然大悟地点点头，怪不得那几个年轻人会那样看着自己。苍叔是众人当中年纪最大的一位，被征募的民夫里有不少是他的后辈，所以他的威望非常高，就连负责押送的几个军官也得给他几分面子。苍叔的身体很差，牙齿和肠胃都很不好，所以给他准备的口粮是全队所有人里最好的。老三想都不想就吃掉了苍叔的口粮，自然被大家所鄙视。

不过，老三自己心里却颇不以为然。朕乃大秦的皇帝，普天之下，莫非王土，率土之滨，莫非王臣。这天底下的一切都是朕的，自然也包括这张大白饼。当然，苍叔献饼有功，朕记在心里，日后自当重重有赏。

朕向来赏罚分明，从不例外。

中途休息的时间，老三特意摸到了苍叔的身边，正色对苍叔说道："苍叔，谢谢你的大饼，我一定记在心里。等哪一天我富贵了，必定重重酬谢你的一饼之恩。"

老三觉得自己很有必要和苍叔说一声，许下一个承诺，让他知晓。毕竟受了人的恩惠，却一时给不出赏赐，也不知道什么时候能够给出赏赐，这在他的人生当中还是第一次。但是他一定会报答苍叔，迟早的事情，他一直都坚持有功必赏，他很确定这一点。

苍叔却只是淡淡地一笑，不以为然地摆摆手说道："小伙子有这份心就很好了。不过，叔还是要奉劝你一句，还是多想想怎么活下去吧！"说着，苍叔神色悲悯地扭头四下张望了一圈，"我们这些被征募的人啊，日后能够再活着回来就已经是万幸了，就不要再奢求什么富贵了。"

老三的心头顿时涌起了一阵狂怒。自从他亲政掌权后，几十年来身边的人莫不对他唯命是从，可是这短短的这一路上他却备受轻视，没有人相信他的话，甚至连他的赏赐都没有人稀罕了。虽然他很明白这些都是事出有因，但是却依然抑制不住地感到愤怒。他恨不得现在就跳起来，冲周围所有人呼吼："我是大秦的皇帝！我就是始皇帝！"但他压制住了自己心头的冲动，小胡子军官就坐在不远处，他不想给自己招来不必要的麻烦和危险。

小胡子似乎是听到了他刚才的话，时不时便面带嘲讽地扭头瞥他两眼，然后和身旁的同僚们说说笑笑，似乎是在拿他打趣。老三实在憋不住心中的一口恶气，冲小胡子所在的方向，低声骂了一句，愤愤起身准备离去。

"小伙子，"苍叔瞧出了老三心中有气，招招手喊住了他，"小伙子，你如果真的有心，老汉确有一事想求你帮帮忙。"

老三闻听此言，心头怒气稍减："大叔有什么心愿，尽管对我说，我一定替你办成。"

苍叔略作迟疑，说道："小伙子，你日后若是能够平安回到阳城，能不能替老汉去寻一寻我的家人？若是死了的，劳烦给他坟上添一抔土；若是万幸还活着……唉，只要还活着，就什么都还好啊！"

他郑重地点点头，说道："好，老三谨记在心。大叔，你的家里都还有些什么人呢？"

苍叔凄然一笑，摇头叹息道："我也不知道。老汉家里一共兄弟三人，两个哥哥都死在了战场上，老伴儿几年前病死了，留下了子女六人，病死了两个，打仗死了两个。最小的儿子被征募，至今音讯全无，也不知是去戍边了还是被送去修长城了。最小的女儿才十岁，被独自留在家中，也不知道现在怎么样了。"

老三心头微微一震，沉默着缓缓点点头。

老三已经打定了主意，需得从长计议，先活下去再说。而后，再寻机会向外传递消息，只要能够联系上某一位知晓内情的大臣，便可逃离这里，得返咸阳。

他对自己挑选的重臣很有信心。

他们不敢违抗自己的命令。

不知不觉，时间就已经过去了大半个月。老三已经渐渐适应了这个新的身份，慢慢融入了这个队伍里。在半路上，老三特意剥下了一大块桦树皮，在上面刻下了所有帮助过自己的壮丁的名字。他原本是打算日后将这一队人全部杀死的，发生在这里的事情不能够泄漏出去。可是在后来几天的时间里，他屡次得到大头和苍叔的帮助，便逐渐改变了主意。他或许是一个铁石心肠的人，但绝不是一个忘恩负义的人。

大秦始皇帝有功必赏，有恩必报。

大头和苍叔不能杀。

然而，这一路上艰险异常，沿途麻烦不断，帮助过老三的人越来越多，很快他就不怎么记得住这些人的姓名和模样，所以才特意制作了一块桦树皮的"功劳簿"，以待日后论功行赏。

可是，又过了几天，小小的一块桦树皮便刻不下了。老三还在考虑新的解决办法，不料当天在翻越一段山路的时候，不小心跌了一跤，将早已经干枯的桦树皮摔了个粉碎。这下子，老三算是彻底记不清了，身边的这几百名民夫，哪些是有功之臣，而哪些人该杀。

思虑再三，老三很快有了新的主意：待日后返回了咸阳，可派人修筑一座大殿，周围的这一群人除了李姓军官和他的几个朋党，其他的人都可以不杀，一律请入大殿里，好吃好喝供养着，并派重兵看管着，不许这些人娶妻生子，也不许他们与外界有任何的接触，直至全部老死。这样一来可以保守住自己的秘密，二来可以回报众人襄助之恩。

老三对自己的妙计感到很满意。

大秦皇帝有功必赏，有恩必报。

论军功行赏，厚待烈士的家属，这是秦国得以崛起并最终吞并六国的重要原因。

慢慢地，老三对这支队伍里的情况越来越了解了：被征募的民夫们处境很艰难，前路渺茫，所以往往只有团结一心，相互扶持，才能有更大的希望活下去。反倒是自己，一心想要重返咸阳宫，对旁人的死活不闻不问，显得自私小气。再这样下去，只会越来越被众人所鄙夷厌弃，若是日后再遇着什么难事，恐怕再没有人愿意施以援手了。

于是，老三开始刻意地效仿大头，悄悄在队伍里拉拢人心，建立个人威信。他这一辈子都生活在政治旋涡的正中心，这些政治手段他早已经玩得炉火纯青，如今不过是稍稍改换一下方法，用在这些民夫走卒们的身上，实在是牛刀杀鸡。况且，他虽然换用了一副身躯，可是神韵未改，仍然一派帝王气象，轻而易举便震住了这些乡野村民。不多时，老三隐隐然便已成了这群民夫的头领。

然而就在此时，一件很奇怪的事情发生了——这一队民夫，原本是要被征调至渔阳戍守边境的，可是行至中途，忽然接到了上头的命令，要他们转道向东，说是另有重任要交给他们，但是却又不肯告诉他们最终的目的地，只说沿途会有人来指引他们前行。

消息传来，并没有在众人中引起多大的反应，往东就往东呗，反正渔阳也不是什么好去处，就算早日到了目的地，也不一定能过上什么安生的日子，东边反而是中原富庶的地带，也许去了东边，活下来的可能性反而要更大一些。

然而，这个消息传到了老三的耳朵里，却犹如一记晴空霹雳：朕流落在外，谁人胆敢下达这样的命令，擅自调动征募的戍卒？往东？往东去哪里？东边既非边境，也非都城，征调这么多民夫去做什么呢？

上头下令的人，似乎刻意不想让众人知道此行最终的目的地，陆续派遣了几路信使前来引路，尽挑些荒僻的山路，弯弯绕绕的，行了十多天，众人都不知道到了哪里。一路上，大家又遇到了几路同样被征募而来的民夫。几路人汇集在一起，竟有两三千人之多！而且这几路人，都是来自全国不同的地方。老三很快判断出，这应该是一次全国规模的征丁行动，被征募的民夫应该远远不止这么几千人。

可是，这究竟是什么人下达的命令呢？

而且，往东，往东，帝国的最东边不是一片汪洋大海吗？

老三不禁想起了从东海上来的那三位异人。正是那三个怪人，施法延续了他的寿命，却也将他推入了这样尴尬的境地里。帝国东方的大海，不正是他们的故乡吗？眼下所发生的事情，是否与他们有关呢？

队伍开进了一片大山林里，人们开始听到传言，说目的地就是前方，最迟明天就会到达。怎么，最终的目的地居然是在大山里吗？征调这么多的人到山林里来，能做什么呢？肯定不是为了修建宫殿，这里不是适合大兴土木的地方；也不像是为了修皇陵，始皇帝的寝陵早就开始修建了，绝对不会是在这种地方。

众人心头困惑，可是却懒得多想。这不是他们该操心的事情。

天色渐晚，天空中开始阴云密布，眼瞅着一场大雨就要来临，带队的长官下令，所有人就地寻找避雨的地方，休息一下。老三斜倚着一棵大树，远望着阴沉沉的天际，几道耀眼的闪电无声无息地划过，短暂地驱散了正在聚集的暮色。他微微蹙起了眉头，心中忧虑重重。他不禁回想起了移魂仪式举行的那一天，便也是这样的一道闪电，将他送到了这里。他第一次开始怀疑，即使他成功地将消息传回了咸阳，联系上了知晓内情的大臣，可能也没有那么容易找回自己的身份，重新变回大秦皇帝。

外面的世界，是不是正在发生着什么大事情？

"三哥，干吗一个人在这里闷闷不乐？有心事吗？"大头嘴里叼着一根野草，来到了老三的身旁，肩靠着大树的另一边。

老三神色凝重，喃喃道："可能是……要变天了吧！"

大头笑道："三哥，这不是已经变天了吗？"

老三苦笑着摇摇头，道："我说的不是这个。"

大头顺着老三的目光，向着天边望着。他疑惑地挠挠头，不解道："不是这个？难道世上还有两个天吗？"

传言是真的。第二天的晌午时分，大家到达了此行最终的目的地，那是一大片十分开阔的山谷，谷里的树木全部都被砍光了，在靠近山脚的位置搭建起了一圈帐篷。被征募到这里的壮丁，足有上万人之多，黑压压的一大片，在山谷里摩肩接踵，仿佛是蚁巢里的群蚁。

刚刚行至谷口处，众人便已被眼前这壮观的一幕给惊得呆住了。这一片小山谷，隐隐然已变成了山林里的一个小小的国度。面前这人流穿行、忙碌不止的画面，让所有人都恍然觉得，自己仿佛被缩小了千万倍，变成了这个蚁窝里的一只小蚂蚁。

"发什么呆，往前走，都往前走！不要堵在路口！"后面负责押送的士兵们在大声催促着。众人有些反应迟钝地缓缓挪动步子，走进了山谷中，惊诧地穿行在来往的人流中。

山谷里的情形，就更加令人惊叹了。在山谷的另一头，有一条颇为隐蔽的大道，一队官兵驾着一辆巨兽一般的大车，载着一根几人合抱的大木运进山谷里，一群被征募的民夫围上去，艰难地合力将大木从车上搬下来，然后在几个监工的监督和指挥下，对大木进行刀劈斧凿的加工。山谷里的一万多人，都在做着相同的木工活儿，有几根木料已经被加工完毕，整齐地码放在地上。这些木料都被加工成了相同的形状，流畅弯曲的弧线，仿佛是一张巨大的弓弩。然而，每一根木料都足有数十丈长，如果这些真的是弓弩，那么它们射出去的箭，恐怕都能将天扎破一个大窟窿。

"都别傻站着了，快过来帮忙！"一群民夫围过去，开始搬运一根被加工好的木料。一旁的监工大声冲刚刚到达的民夫们呼喝着，人群跟着开始涌动，老三和大头等人也被挟裹着围上去。

"三哥，你说这么大的木头，是做什么用的呀？"大头抚摸着光滑的木料，好奇地问。

老三细细打量了一阵子，猜测道："应该是造船用的。"

大头惊诧地瞪大了眼睛，似乎不太相信地前后望了几眼，惊奇道："这么大的木头，如果拿去造船，那得是多大的船呀！"

听大头这么一问，老三的心里也不禁有些犯疑了。看这些木料的形状，应该确是用于造大船无疑，可是就像大头所说的，世上哪里能有这么大的船呢？就算是统一六国后的自己，穷尽天下人力，也没有把握能造出这等大船来。要完成这样的大工程，需得求得百年一遇的奇才巧匠，否则普通的劳力再多，也是不能成事的。

况且，这一处山谷似乎只是专门生产这一种木料，如果这真的是造船用的，那么说明在别的地方，还有人在负责生产造船用的其他部件，按照眼前所见到的这等规模，这得造出多少的大船来？如果真的倾尽大秦国力，能够造出这么多的大船来吗？这个问题，就连老三也给不出答案来。

再说了，造出这么多的大船能有什么用呢？这么多的大船，恐怕都足够满足几个大秦帝国的河运需求了。

"一，二，三，起！"老三正自困惑不解，众人已将手臂粗细的绳索套在了木料上，监工在一旁喊起了号子，众人合力将木料吊起，缓缓搬运至旁边空出来的大车上，大车慢悠悠地掉过头，发出"咯吱咯吱"的巨响，仿佛巨兽的低吼咆哮，隔着这么近的距离，更是令人心神摇动，深感自己的脆弱与渺小。

就是这运木头的大车，都不是那么容易能够造出来的。

老三呆立在原地，望着大车摇晃吼叫着，沿着来时的路，扬尘而去，心头蒙上了一层厚厚的阴影。

无论这些木料是做什么用的，反正不是他下令制造的，而帝国里除了他，没有别人有权力启动这样的大工程。

在他离开后，外面的大世界，已经发生了什么不得了的大事情。

众人很快被安置了下来，当天下午就全部投入劳作中，和山谷里的其他一万多名民夫一起，开始加工那种形如巨弓的木料。劳动的强度非常大，远远超出了老三的预料。这第一天，众人就一直忙碌到深夜时分，才被允许休息，大家都已经累得筋骨欲散。到了次日清晨，天光未亮，众人又被监工的官兵们唤起，继续劳作。

众人都精神恍恍惚惚，手脚发软，结果在搬运木材的时候，一不留神，晃动的木头撞到了苍叔的脑袋，苍叔当即吐血不止，而后陷入了昏迷，当天晚上就气绝身亡。弥留之际，苍叔的嘴里一直在含糊不清地呼喊着什么，声音凄然，令人动容。老三听不清楚他在喊些什么，后来听旁边的民夫解释，才知道他是在呼喊自己儿女的名字。

老三心头满不是滋味。他并不是一个心软多愁之人，相反一生征战杀伐，一向有着嗜杀的名声。然而，无论是诛锄异己，还是攻灭敌国，他都是通过命令来杀人，杀死的也都是自己的对手或仇敌，像这样近距离地眼睁睁看着身边的人慢慢死去，这样的经历在他的人生中倒并不多见。

更重要的是，他对苍叔承诺过的赏赐，是真的要落空了，起码苍叔是看不到了。自己变成了一个活该被人轻视的无信之人，这让他感觉到虚弱无力。这种无能为力的感觉，是他所难以忍受的。

老三想起了苍叔提到过的家人。只希望苍叔的家人，都依然活在世上，让自己有一个可以实现诺言的机会。

　　然而，木场里的环境十分恶劣，类似的悲剧，在此后的每天都在上演，每天都会有不少的苦役，因为饥饿、劳累、病痛或是意外而死去。每一次，有相识的民夫在木场中死去，老三都会忍不住站在他的遗体旁，细细打量他的遗容，很用劲地去回想，这是否是曾经对自己有过恩情的人，然而大多的时候，他都什么也想不起来。

　　这时候，老三会忍不住去幻想死者在外面的家人。他们还有家人在世吗？他们的家人在哪里？他们是什么样的人？他们可还安好？

　　朕会找到他们的。朕会善待他们。

　　老三这样对逝者说，也这样对自己承诺。

　　有人离开的同时，也有人来。

　　差不多每隔三五天，就会有新的一批民夫被征调到这片山谷木场，外面世界的消息，就这样源源不断地传入了这个原本荒僻闭塞的山谷中。

　　老三一心想要逃离这里，返回咸阳，因而对外界的信息，格外关注。谁知两个多月里，他接连听到的都是惊天的噩耗。事态的发展早已远远超出了他的预料，老三备受打击，已然濒临崩溃。

　　首先听到的是新皇帝登基的消息。对于这件事情，老三还是早有预料的。毕竟国不可一日无君，他已经失踪了这么久，朝中众臣不知他的下落，却又不能大张旗鼓地派兵找寻，以免有乱臣贼子借机生乱。在这样的情况下，让新皇帝早日登基，以维护时局的稳定，也是情理之中的事情。

扶苏是个仁孝的孩子，即使他做了皇帝，也不会违逆父亲的旨意，所以老三只需找到扶苏，设法告知并证明事情真相，便可重回帝国权力的巅峰。这一点老三十分确定，他对自己的长子扶苏很有信心。

然而紧随其后，他便悚然听闻：刚登基的新皇帝居然不是始皇帝的长子扶苏，而是最小的儿子胡亥！而大公子扶苏已经和蒙恬将军一起，在始皇帝临终前被下旨赐死！

起初，老三抵死不肯相信这个骇人的消息。他肯定是没有下达过赐死扶苏和蒙恬的圣旨，那么谁有这样的胆量矫诏篡国？东海异人施法为他移魂易魄，知道这件事情的大臣并不多，若想要趁此机会作乱篡权，则必须要让知晓内情的李斯和赵高也都参与进来。这两人是他亲自挑选的重臣和亲随，他信得过他们，李斯和赵高干不出这种大逆不道的事情。

退一步来讲，就算他看走了眼，没有瞧出这二人的狼子野心，扶苏和蒙恬也不是愚蠢迂腐之辈，况且蒙恬手中还掌握着镇守边关的三十万大军，怎么会因为一道矫诏就真的自杀了呢？

然而，众口一词，铁证如山。胡亥承继大位，称秦二世，扶苏和蒙恬被赐死，这已经是天下皆知的大事件，老三就算再怎么不愿意接受，也无法改变已经发生的残酷现实。

慢慢冷静下来后，他慢慢想明白了：当初他和真正的老三交换了魂魄，占据了老三年轻强健的躯体，可是却也将自己业已老朽的躯壳留给了老三，留在了东巡的途中，这岂不是给那些心怀不轨的贼子留下了一个绝好的傀儡吗？就算李斯和赵高原本没有不臣之心，可是这大好的河山，这执掌帝国的权柄忽然递到了他们的面前，唾手可得，他们也未必能抵挡得住这般诱惑！

恨只恨自己当初一心求生，被迫近的死亡吓昏了头，没有提前做好安排，甚至也没有派出亲信，将这件重要的事情告诉他的继承人扶苏。

噩梦，才刚刚开始。越来越多的坏消息，仍然在不断传来：胡亥登基后，很快表现出了他的残暴和无能，大权都落到了赵高的手里。秦二世继续大量征发全国的农夫修造阿房宫和骊山墓地，近乎达到了疯狂的地步，陆陆续续下达了几道命令，全国的青壮年劳动力几乎全部都在征募之列，各地的农田被大量荒废。始皇帝在位的时候，也时常会征发农夫修建长城和皇陵，但是征发的人数是有限制的，国家再如何强盛，国力也是有一个限度，如果超过了这个限度，就可能引发大乱。然而胡亥对此似乎毫不在意，只想着在最短的时间内，将整个帝国的力量压榨到极限，在登基短短几个月的时间里，就已经将这个庞大、强盛的帝国，搞得乌烟瘴气，百业凋零。

老三对此备感愤怒，也备感困惑：骊山墓地事实上在始皇帝在位的时候，就已经修造完毕，只是封闭了消息，没有让世人知晓，这一点他自己最清楚。而修建区区的一座阿房宫，是不需要征发这么多劳役的。胡亥这孽子，将整个帝国的力量都聚集了起来，他究竟想要做什么？

想到此处，老三不禁扬起头，望了望身处的这座山林木场。两根已经被加工好的木料静静地摆放在不远处，弯曲流畅的弧线，像一把巨大的弓弩。他仿佛看到一个巨人从山林中走来，弯腰拾起了这把巨弓，将一支他看不见的巨箭，射向了一个他看不见的地方。

此后，陆续又有很多坏消息传来：秦二世和赵高为了稳固篡夺而来的权位，还在朝中大肆排除异己，陷害忠良，朝里的忠臣良将几乎被残杀殆尽，就连李斯也已经被腰斩弃市。而后，胡亥又将自己的二十几个兄弟姐妹，陆续杀害，手段之残忍，全无人性！

这可是始皇帝从来都没有料想到的。自己那天真憨傻的幼子胡亥，居然是这么一个残暴狠毒的角色！

朕的孩子，全都没有了。朕现在真的是孤家寡人一个了。

老三心神俱碎，精神恍恍惚惚，耳畔不时回响起苍叔临终前那一声声的凄凉呼唤。今时今日，他竟忍不住有些羡慕起苍叔，为什么不就那样死去？何苦去求什么长生之道？费尽了周折，求来了这些时日，难道就是为了眼睁睁地看着自己一生的辉煌，这般被人践踏和摧毁吗？

这是否便是上天对我贪求长生的惩罚？

在此后的一段时间里，老三被一种绝望的情绪包围着。

有时，他觉得自己是不是该一死了之，就像他早该接受的那样，可是却舍不得这好不容易才得以延续的生命。

有时，他躁动不安想要从这里逃出去，觉得自己总该做点什么，不能任由自己一手缔造的大秦帝国毁在他人的手里。

可是，能做什么呢？这里地处荒山野岭，如果一个人逃出去，就算能够躲过搜捕的官兵，也未必能够躲过山林里的蛇虫猛兽；就算躲过了蛇虫猛兽，也很可能会饿死在中途。就算万幸他活着逃出了山林，又能如何？他没法儿向别人证明自己的身份，而一旦暴露了身份、行踪，反而会招致那帮乱臣贼子的追杀。

他实在已是无路可走，或许就只能以苦役老三的身份，苟延残喘度过余生了吧！

就这般浑浑噩噩，不知又过了多少时日，老三每天都在尽力去忘记，自己就是大秦始皇帝的这个事实，否则很多时候，实在是没有勇气就这样活下去。每天的白天都要片刻不停地进行着繁重的劳动，到了夜里已经是累得筋疲力尽，倒头便呼呼大睡。这样的情况下，想要去忘记一些事情，并不是很困难。老三慢慢便进入了麻木的状态。

也许，真的可以就这样活下去。

时间在痛苦的煎熬与日渐的麻木中一天天过去。

然而，便在此时，木场里却突然接到调令，要将老三这一队人，按照原来的计划调往渔阳戍守边境。当真是树欲静而风不止，老三心中那一团都已经快要熄灭的火焰，瞬时又被撩拨得熊熊燃烧了起来：如此说来，我又有机会，可以逃出这里了吗？虽然，他还尚未想好，离开了山林后能做些什么，但是只要活着离开了这里，便有希望，只要步入了尘世俗流，便总有事情可做。

朕，才是大秦的皇帝！这天下的一切，都是朕的！

朕倒要好好瞧一瞧，这帮乱臣贼子，究竟能把朕的帝国，折腾成个什么样子。

原本七百多人的队伍，如今只剩下了不到五百人。木场总监工从别处又调集了一些人手，凑足了九百人，仍由原来的官兵们押送，离开了山林木场，向着渔阳的方向进发了。

这个时节，正好赶上雨季。队伍行出没多远，就遇上了一场绵延大半个月的暴雨。道路泥泞一片，队伍行进的速度被大大拖慢，众人大多数时候找不到避雨的地方，所携带的衣物都被淋湿，一路上苦不堪言。

而整个队伍里，只有老三一人对这样的处境浑不在意，他甚至有些感激和庆幸老天爷赐给了他这样的一场大雨。淋漓的雨水让他在疲惫中神智更加清醒，头脑更加冷静。他需得尽快想出一个可行的计划，摆脱眼下的处境，最好能有一队可供自己驱使的人马，这样才方便推行日后的计划，才有希望重掌大权，夺回自己的帝国。

这一日的黄昏，大雨终于停歇了，天空中阴云散尽，如洗碧空趁着暮色尚未浓重，短暂地露了一面，天际的晚霞如同燎原的大火烧红了一大片的云彩，预示着明天终于可以有一个晴朗的好天气。老三将身上湿透的衣物一件一件脱下来，只留下一条遮羞的短裤，露出了精瘦黝黑的体魄。他找到了一棵大树，寻了巴掌大小的一块干燥的草地，靠着树干坐下，闭目休息。这恼人的天气，让他已经很久没能好好睡上一觉了，现在刚一闲下来，脑袋两边便开始"突突"地胀痛。

迷迷糊糊的，老三才刚入睡不多时，忽然一阵颇为凄厉的哭喊声传来，将他从睡梦中惊醒。老三蹙起眉头，恼火地睁开了眼睛，循着哭喊声传来的方向望去，却看到颇为熟悉的一幕 —— 负责押送的小胡子军官面色凶狠狰狞，正用力挥舞着手中的皮鞭，疯狂抽打着面前的一个小个子民夫，一边挥鞭一边破口大骂："贱骨头，贱骨头！非要老子动鞭子！跑啊，跑啊，看你这贱骨头往哪儿跑！"

被鞭打的民夫双手抱头，痛得满地打滚，嘴里不住地求饶："李爷，我错了……我错了！我再也不敢了！再也不敢了！"

老三浑身一阵颤抖，那火辣的鞭子仿佛落在了自己的身上。

已经快一年了吧！

老三两眼直直地望着眼前的这一幕，脑海里第一时间跳出了这个念头。他的魂魄进入这具躯体，居然都已经快过去一年了。当初，他第一次在老三的躯体中醒来，就是被小胡子的皮鞭给抽醒的，他被迫跪伏在泥水中向小胡子求饶时的屈辱画面，历历在目。不知不觉，已经过去了一年，不仅苍叔等人施以援手的恩情迟迟未能报答，就连当初在小胡子手下遭受的奇耻大辱也未能洗雪，这样活下去，岂不是还不如死掉算了？

老三眯起了双眼，目光聚成一条线，仿佛一道冰寒的刀锋，心中涌起了一团可怕的杀气。他站起身来，不动声色地走到近前，地上正被鞭打的民夫，眉眼稚嫩，分明就只是个半大的孩子，周围所有的民夫都在沉默地望着这边，一个个脸上的神情，愁苦麻木，还有不少人居然跟着挨打的孩子一起，低声呜咽了起来。小胡子一边挥动着鞭子，一边咧着嘴，眼睛里闪烁着快意的光，就好像一头正在享受美餐的饿狼。

真是个卑微扭曲的小人物！老三太熟悉这种人了，可悲又可恨。从小他的身边就环绕着许多这样心性扭曲的小人物，他最瞧不上眼的就是这种人，向来是见一个杀一个，自以为已将这般小人杀得绝了迹，不想却还有这样的漏网之鱼。

老三慢慢扭头，环视了众人一圈，这群胆小懦弱的征夫，这些色厉内荏的小卒！他的心中一阵鄙夷，随即涌起一股傲气：朕乃是大秦始皇帝，岂可与这般凡夫俗子混同一气！朕成为一统天下的雄主，旷古烁今的始皇帝，难道仅仅是因为我生在了帝王之家吗？自从周平王迁都洛邑，建立东周以来，五百多年间，天底下出了多少诸侯王公，还不都是庸庸碌碌，又有谁能建立起我这般旷古未有的功勋？

朕，乃是天降的雄主，命定的人皇！便是坠落到了尘埃里，失去了权势，没有了地位，却又如何？我依然是我！且看朕白手起炉，照样重铸起一座强盛的帝国来！

老三的胸中顿时生出万丈的豪情，仿佛始皇帝的灵魂，这一刻才真正在这具年轻的躯体中复活过来！既然生为嬴政，这世间还有什么事情是他所不能做到的？原本，已在脑海中慢慢成型的计划，这一刻瞬间变得无比清晰了。

"喂，你瞧什么瞧！也是皮肉痒痒了吗？"小胡子见老三站在近前，立刻威风地挥舞着皮鞭，冲他骂骂咧咧。

老三微微侧过脸，冷冷地斜睨了他一眼。小胡子只觉得对方的眼神里，一股无俦的威压汹涌而至，仿佛一个百丈高的巨人冲他当头一脚踩下来，他两脚一阵发软，差点冲对方跪下了。他不能再直视对方的眼睛，慌忙扭过头避开了对方的目光，可是心口却还在"噗噗"狂跳，身上的衣衫都被汗湿了。

"都看什么看！一帮贱骨头！老子丑话说在前头，谁再敢说什么逃跑的话，老子打断他的狗腿！"小胡子心头一阵阵发虚，掩饰性地冲周围的众人破口大骂，可是握鞭子的手却仍然在剧烈地发抖。

"奇怪了，真是中了邪了吗？"小胡子小声咕哝了两声，逃也似的从老三的身旁跑开了。

老三缓步上前，将被鞭打的少年从地上扶起来，凑到他的耳边沉声道："小子，放心吧，三哥一定会带你报仇的。"

"报……报仇？"少年捂着身上的伤口，一脸茫然地望着老三，仿佛无法理解这个词语的意思。

"报仇。"

老三很确定地重复了一遍，笑着拍拍少年身上的泥土，转过身走开了。

是时候开始行动了。

又是一个暮色苍凉的黄昏。

黄昏是一天的结束，却常常是各种故事的开始。

队伍行进到了一大片的荒草地里。地里的野草长得齐肩高，遮住了众人的身影，众人行走在荒草地里，仿佛在趟水过河一般。大头把脱下来的湿衣服缠在脖子上，并肩走在老三的身旁。已经好几次了，大头扭头望望老三，好像有什么话，可是犹犹豫豫了好半天，最后还是什么都没说，只是轻轻叹口气，又回过头去，一副心事重重的样子。

"大头，你是不是有什么话想要对我说？有话你就说吧，在我面前还需要这样扭扭捏捏的吗？"

大头深吸了一口气，用力点点头，似乎终于下定了决心。他谨慎地扭头四下张望了一阵子，见附近没有旁人，才凑到老三的耳边，小声说："三哥，你说……我们是不是该采取点什么行动了？"

老三心头微微一动："行动？什么行动？"

大头张了张嘴，没有发出声音，不过老三从他的嘴型可以看出，他想说的是一个字——逃。

老三心中感到一丝失望，他冷冷一笑，问道："然后呢？"

"然后？"大头愣了一下，似乎没太明白他的意思。

老三拨弄了一下身旁的野草，指了指四周无边的旷野，道："然后我们去哪里？怎么活下去？怎么躲避官兵的搜捕？找个山头，落草为寇，还是躲进一片林子里，像野兽一样地过完下半辈子？"

大头急道："那也比就这么死掉要好啊！我们已经在路上耽误了太久，铁定没法儿按照期限到达渔阳了，按照大秦的律法，失期当斩呀！"

失期当斩。老三心里头忍不住暗暗一阵苦笑，这四个字，就是近些时日众人愁苦和哀叹的原因吧！几天前，当他第一次从旁人口中听到这四个字的时候，心头着实一阵恼恨，暗暗地痛骂了一通：这究竟是哪个没脑子的家伙，定下了这般严苛的法令，径直便将误了期限的征夫们逼上了绝路！人一旦被逼上了绝路，还有什么事情是他们做不出来的呢？这样的严刑酷法，迟早是要酿出大祸来的。

不过，事后老三细细回想，这条严令……似乎就是他在位的时候定下来的吧。那时候的自己，可真是不把人命当一回事呀，当然自己的性命例外。他可能也不会想到，自己有一天会站在一个征夫戍卒的角度来看待这个问题。

"大头，你信我，逃跑是没有用的，迟早还是死路一条。我们要想活下去，只有一条路可走。"

"什么路？"大头的呼吸顿时变得急促了。

"大头，你听着，我有些很重要的事情，想要你帮我去办。"老三没有直接回答大头，他伸手揽住了大头的肩膀，没有转过脸，也没有很小心紧张地四下张望，只是若无其事地行走在野草间，很平淡自然地，不急不缓地便将近日来自己一直在筹备的计划，一点一滴告知大头。

大头静静地听着，始终不发一言。老三说完了自己的计划，也不再多说什么，两人默默地一路向前，不知不觉竟走到了野草地的边缘，前方不远处出现了一座小村镇，一眼看过去，竟然颇为繁华。老三终于有点耐不住性子了，用力捏了捏大头的肩膀，似乎想要向他的体内注入一点力量。大头猛地抬起头来，仿佛刚刚从昏睡中被惊醒，瞪大着眼睛直直望着前方，又走出了几步，才如梦初醒一般重重地点了一下头，嘴里低声却有力地吐出了一个字："好。"

老三满意地一笑，又用力捏了一下大头的肩膀，然后松开了手，大步向前走出了野草地，向着前方的小村镇走去。

好一座漂亮的小村镇，好久没有见到这般有生气的地方。

正是办事的好地方。

这一路从荒山野岭里走出来，众人都已经被折腾得够呛，好不容易遇到一处可以歇脚的地方，负责押送的官兵们恨不得就赖在这个地方不走了。而被押送的征夫们，心态就要复杂得多，毕竟最终的期限还没有到，有些人依然心存侥幸，幻想着如果加紧赶路，是不是仍然有可能在期限内赶到渔阳；不过转念细细一想，还是别做梦了吧，这会儿除非众人都背生双翼，一路飞到渔阳去，否则已经没有什么可能如期到达了，又何必着急忙慌地赶去送死呢？

老三是希望可以在这里多停留一阵子的，就像前面已经提到过的那样，这里是个办事的好地方。队伍刚刚进入小镇，大头便已开始了他的行动，暗地里联络了几个靠得住的兄弟，悄悄地布置安排。老三不动声色，但是一切都被他看在眼里。

仅仅一夜过后，老三走在路上，便能感觉到有无数异样的目光落在自己的身上，身后总有人在窃窃私语。他知道，自己的计划已经奏效。他的计划其实很简单，但是一定会有作用，这一点他十分确信。没法子，乡野村民，就爱吃这一套。

队伍在这个小村镇逗留了几日，终于还是要离开了，再往前走，估计又得过一阵子风餐露宿的生活。官兵们有些舍不得离开，于是两个校尉带着他们的手下，到村镇里大吃大喝了一顿，也算是一种告别。这一顿饭，一直从早上吃到晌午时分，官兵们才醉醺醺地离开饭馆，回到了队伍里。

瞧见官兵们摇摇晃晃的身影逐渐靠近，老三对大头使了个眼色，示意他：好戏到了该要开场的时候了。

大头会意地点点头，深吸了一口气，镇定心神，起身从人群中走出来，向四周环视了一圈，几个壮汉立刻默默地起身围上前来。大头带着几人来到路口，围成一个圈子，盘腿坐下来，故意开始大声议论了起来。

"大头哥，你说我们真的要逃吗？"

"不逃怎么办？难道留在这里等死吗？"

"我们都听你的。大头哥，我们什么时候开始行动？"

"且再等等吧。能不能活下去，关键就看我们要从哪里逃……"

"逃跑？"正醉得飘飘欲仙的小胡子刚走近，便听到了这个敏感的"逃"字，他顿时精神一振，醉意消了一大半，自以为征夫们私下里的密谋被自己撞见，心中扬扬自得，却不知自己已经一脚踏进了别人为他设下的死亡陷阱。

"你们几个！在这里鬼鬼祟祟的，说什么呢！"小胡子从腰间抽出了皮鞭，脚底下跟跟跄跄地冲上前去。

然而，今日的情形与往常有些不同，这些征夫们既没有惊惶地四散逃走，也没有满脸赔笑地上前向他解释。众人维持着诡异的沉默，只有大头转过脸来，似笑非笑地对他说道："李爷，我们坐在这光天化日之下，煌煌大道的正中央，怎么能算是鬼鬼祟祟呢？"

小胡子被噎，顿时火冒三丈，用皮鞭指着大头，怒气冲冲道："你们几个别以为我没有听到，你们在商量逃跑的事情！"

大头哼了一声，站起身来，直面着小胡子："既然李爷听到，那我们就明说了。现在我们已经延误了许多时日，不可能在期限内赶到渔阳了。误了期限，我们这么多兄弟可都是要被杀头的，李爷你若还有点良心，不如就干脆放我们走吧！"

"你放屁！放了你们，我们可就没命了！"小胡子气得暴跳如雷。

赵姓的年长军官也在一旁威胁道："大头，你向来明白事理，今天可不要在这里惹事！"

大头沉声答道："不是我要惹事，是有人要我们死！如果再没有别的活路，那我们还是只有逃……"

唰！

小胡子狠狠的一鞭冲大头抽过去，大头不挡不闪，任凭皮鞭落在了自己的脸上，留下了一道血红的鞭痕！围观众人一片哗然，一群人围上前去，七嘴八舌地大声斥责小胡子。大头向来人缘极佳，队伍里有不少人都和他有着过命的交情，他们自己挨了打可以不吭声，可是见到大头挨打却都不乐意，一时场面几近失控。小胡子有些慌张了，依然强作镇定，故作凶狠地大声嘶吼着："怎么，想造反吗你们！我早就跟你们说过了，谁再说逃跑的话，我就打断他的双腿！我看你们的腿，是都不想要了吧！"

大头咬着牙，一个字一个字地从牙缝里蹦出来："腿我们想要，命我们更想要！"

小胡子又惊又怒，又一鞭朝大头的身上抽过去，可是他的双手抖得厉害，这一鞭抡得软弱无力。大头一抬手，就把鞭梢牢牢抓在了手里。

"你、你……要造反吗你！"小胡子慌了神，下意识地伸手去摸腰间的佩刀，可是却摸了一个空，他一回头，看到那个招人厌的老三，像一个幽灵一般飘到了自己的身边，手中握着原本属于他的佩刀，浑身散发出一股骇人的杀气。

"你……你想造反吗？"小胡子心中残存的最后一丝愤怒也化作了恐惧，可是嘴上却依然强硬，重复着这句已经显得有几分无聊的话。

"正是。"老三冷峻地吐出了这两个字，手中军刀一挥。小胡子只觉脖子上一阵冰凉，他抬手一摸，摸到了一片温热的黏糊糊的液体，他慢慢拿开了捂住脖子的手，体内的血液立刻喷涌而出，像一朵娇艳绽放的巨大红花，眨眼间便又凋零得满地都是。小胡子扭头想要逃跑，可是跌跌撞撞跑出了没几步，便仆倒在地上，不再动弹。

"啊！"众人发出一片恐惧的惊呼，纷纷向两边避让，本能地想要和此事撇清关系。赵姓军官第一个回过神来，慌忙伸手去拔自己的军刀，可是大头的几个兄弟已经一拥而上，牢牢按住了他的双手。大头一个箭步上前，从对方的手中一把夺过了军刀，锐利的刀锋反射出一道寒光，扫过了对方惊惧苍老的面庞。大头一下子呆住了，手中高举着军刀，却不知该要如何是好。他还从来没有杀过人，更何况相比起已经被斩杀的小胡子，眼前这位赵姓的年长军官对他们一向是很不错的。

老三默默等待了片刻，然后冷哼一声，一把推开了大头，上前利落地一刀扎进了赵姓军官的心窝。年老的军官茫然地张大了嘴，望着老三似乎想要说点什么，可终究还是什么话都没说出口，佝偻的身形慢慢委顿在地。

小村镇的路口，陷入了死一般的寂静，只有老三手中的军刀上，尚且温热的血滴缓缓汇聚成一颗颗的小珠子，"滴答滴答"滴落在地上。老三背过身，脚踩着小胡子军官的尸体，一步跨上了路旁一堵半人高的土墙，他慢慢转身，如炬的目光从众人茫然的脸庞上一一扫过，而后高举着手中的军刀，大喝一声："王侯将相，宁有种乎！"

最后片刻的沉默。

"咱们反了！"大头带头一声高呼，仿佛一颗飘飘荡荡的火星，落在了一片茫茫无际的枯草原上，立刻燃起了燎原的大火。

"反了！反了！反了！"九百多名征夫，齐声怒吼，仿佛要将这一生所遭受的所有压迫、苦痛和羞辱，全部化作力量吼出来。大地仿佛也在微微颤抖。

"大楚兴，陈胜王！大楚兴，陈胜王！"又是大头带头，高声喊出了这句谶语。这句话，事实上是几天前的夜里，大头带着一位擅长口技的弟兄，在树林里点燃了一堆篝火，在篝火旁假装成狐仙喊出来的，故意想引起大家的注意，为今日的行动埋下了伏笔。短短几日的时间，这句谶语已经传遍了整个队伍。

"大楚兴，陈胜王！大楚兴，陈胜王！"众人没有任何的迟疑，随着大头齐声高呼。陈胜称王，既然是上天的旨意，那么跟着他造反，最终必定可以成功！这不仅仅是一条活路，而且是一条通往富贵之门的康庄大道！

老三胸中豪气翻涌，浑身的热血几乎要燃烧了起来。虽然面前只有区区就九百余人，不过已经足够了。只要让他执掌一支军队，那么一切都会回来的。用不了多久，他将重新成为帝国的主宰，这天底下的一切，依然都是他的！

而这些时日里，遭受的所有磨难、屈辱，最终的奖励，便是这具年轻的躯体。

值了。

从这一刻开始，他不再是老朽的大秦始皇帝嬴政，也不再是卑微渺小的楚地民夫老三。

他是"伐无道，诛暴秦"的农民军领袖陈胜！

陈胜，是他现在的大名。

事情进展得相当顺利。顺利得让陈胜都有些不太敢相信了。

自从大泽乡起义爆发后，他带领着九百多名戍卒，在不到一个月的时间里，接连攻克了大泽乡、蕲县和陈县，四方的百姓云集响应，起义军的队伍很快就扩大到了几万人。陈胜顺势称王，以昔日楚国大将军项燕和已经自杀的秦国大公子扶苏的名号，在陈县建立起了张楚政权，意为"张大楚国"。

陈胜如此安排，是有深意在其中的：他们此时身在楚地，为了拉拢和稳固人心，所以暂时需借用昔日楚国英雄项燕的名号，将国号定为"楚"。但是，他可不想来日功成之后，自己的帝国换了名号，要做还是得做大秦的皇帝。所以，他同时借用了长子扶苏的名号，埋下一个铺垫，日后可借此慢慢将国号改换回来。

这样，也是对扶苏，这可怜的孩子的一个纪念吧！

现在，起义军已经站稳了脚跟，接下来只需稳扎稳打，再打赢几场胜仗，攻占几处要地，这天下就基本会重新回到他的掌握之中。

眼下的情况，就是这样。

可是，不应该呀！

虽然，赵高和秦二世已经将帝国折腾得不像样子，可是毕竟才只有一年的时间，当年横扫六国的虎狼之师依然还在镇守着这个庞大帝国，怎么可能任由一群刚刚从农田里走出来的农夫们大逞威风呢？

起义爆发以来，各地守军连战连败。这绝对不是秦军该有的战斗力。这一点，陈胜再清楚不过了。这近一个月的时间里，可以说他们还没有碰到过一个真正的秦军士兵。

那支自己一手打造起来的可怕的军队，现在究竟在哪里？

此时，陈胜心头的困惑忧虑，远远多过喜悦。

因此，当立稳脚跟后，陈胜并没有急着去扩充地盘，开始新的征伐，而是耐心地巩固手中的力量，派出大量的哨探四处打探消息，分析当下的时局。自从移魂易魄结束后，他从这具年轻的身体中醒来，就一直隐隐感觉到，咸阳那边似乎发生了一些很不得了的大事情。至于究竟发生了什么，他一点头绪也没有。如果解不开这个谜题，他日夜不得心安。

可是，陈胜能够沉得住气，他手下的将军们却很快沉不住气了，都纷纷催促甚至逼迫陈胜尽快挥师攻打其他的地方。最初的九百余名戍卒跟着陈胜造反，只是为了求得一条活路而已，可是后来加入的许多百姓，或是各路豪杰，许多都是为了谋取富贵，只有打下了更大的江山，才能有机会获得封赏，敲开富贵之门。造反这种高风险的事业，不管日后能不能成功，怎么着也得风光一回，享受一番，若是一直窝在这几个小县城里，或许还没等自己熬出头呢，朝廷大军就已杀到，就那么没声没息地被人给砍了。

陈胜独自琢磨了很久，对于自己心头的疑问，依然没有任何解答的线索。想想也不能一直这样按兵不动，陈胜决定顺应众人的意愿，派出了一支数千人的部队，试探性地攻打周边的城镇。没想到，这支小小的起义军队伍，居然如入无人之境，一路势如破竹，十多天的时间里就攻占了十多座城镇，楚国的版图顿时扩大了近一倍！

然而，战事越是顺利，陈胜心头不安的感觉就越是强烈。当年雄视天下的秦军，到底去了哪里？两个乱臣贼子，难道还能将百万雄师凭空蒸发掉不成？

义军攻克武关的当天夜里，陈胜盯着一张地图一夜未眠。次日的清晨，陈胜做出了一个重大的决定：任命起义军的二号人物吴广——也就是大头——为假王，率领起义军的主力西进，攻打荥阳。

荥阳是通向关中的重要通道，自古以来就是兵家必争之地，附近还有秦囤积大量粮食的敖仓。拿下荥阳，就打开了通向关中的门户，再取敖仓，即可切断秦军粮草供应，然后便可取道函谷关，直捣秦都咸阳。

不管秦二世和赵高在耍什么花样，不信到了此刻，他们还能镇定自若！

事态的发展，果然便如陈胜所预料的那样：义军一路战无不胜，攻无不克，直至荥阳城下。荥阳城有两万秦军镇守，这两万秦军，和义军此前遇到的所有敌军都大不相同，他们纪律森严，勇猛无比，十几万义军攻打了十多日，寸步未前，反而伤亡惨重！

义军西进受挫，陈胜的心头竟隐隐感到一丝快慰。

这，才是当年攻灭六国的秦军真正的实力！

然而，这些还远远不够，为何只有区区的两万人？义军可是已经精锐尽出了，如果秦军多派出几万人主动出击，完全有可能将起义军一举扑灭的呀！秦二世和赵高，到底在想些什么？到底在做些什么？

陈胜决定继续进行试探。他任命手下周文为大将军，另率一支军队，绕过荥阳，直取函谷关。

　　这一次的西征和上一次情形极度相似。周文的大军一路斩关夺隘，势如破竹，很快攻打到了距离咸阳只有百余里的戏地，队伍也在进军途中不断扩大，很快便拥有了战车上千乘，步卒数十万人！声威浩大，比起陈胜执掌的义军主力，犹有过之！

　　到了此时，陈胜都有些糊涂了，直怀疑是不是自己想太多了，会不会十天半个月后，强大的秦国就被周文的大军所灭亡，所有谜题的答案都将被埋葬在咸阳宫的废墟底下？或者其中根本就没有什么秘密，都是自己臆想出来的而已？

　　不过，事态毕竟没有像这样发展下去。在大秦危亡之际，秦二世接受了少府章邯的建议，大赦天下，释放了骊山的数十万刑徒，发放给他们武器，命章邯率领这数十万的刑徒，迎击周文。双方在戏水展开大战，周文的军队被击垮，一路逃至曹阳；章邯率军追击，攻破曹阳，周文又逃至渑池；章邯继续追击，周文再度被击败，在渑池自刎身亡。

　　战无不胜的起义军，居然被一群奴隶给彻底击垮了。

　　这样的一个结果，既在陈胜的意料之中，又令他颇感意外。说是意料之中，是因为他早料到会有此败，希望这场大败可以让手下那帮早已被胜利冲昏头脑的将领们尽快清醒过来。刚刚从田地里走出来的义军，与正规的军队相比，在战斗力上还存在很大的差距！之前的一路连胜，根本就只是侥幸罢了。

　　而让他感到意外的是，最终击败周文大军的，居然只是一帮被释放的刑徒，依然不是秦军的精锐部队！周文都已经打到咸阳的门口了，胡亥这小子再怎么愚钝，也不会拿自己的小命开玩笑吧？难道，大秦真的已经没兵可用了吗？

大秦六世先祖攒下的这么厚的家底，这败家子再怎么能折腾，也不可能在这么短的时间里悄无声息地就给全部败光了呀！

陈胜心头的疑云一时更浓了。

这时，秦军派遣了一名密使，给陈胜送来了一封密信，希望可以和陈胜进行一次秘密的会谈。随信附赠的还有一个小小的信物，那是一个只有核桃大小的小物件，通体由金属铸造而成，在阳光底下显得金光灿灿，仿佛黄金一般，可是却比黄金还要重不少。它的主体部分是一块圆形的金属薄片，周围有一圈凸起的细齿，像是一枚小小的齿轮，可是这一圈细细密密的轮齿足有上百个，每一个轮齿比头发丝也粗不了多少，所有轮齿的形状，还有轮齿间的间距，都是一模一样的！

多么精巧绝伦的小东西！这样的物品，绝对不是凡人可以铸造出来的！

陈胜反复拨弄着掌心的金色小物件，他并不知道这究竟是一个什么东西，但是第一眼看到它，他的眼前很自然地浮现出一座高塔的影子。那是一座十余丈高，造型繁复奇异的高塔。那是三位东海异人为他所铸造的长生塔。当初，第一次瞧见东海异人用以铸造长生塔的几样神物时，他便有过和此刻相似的感受：完全不知应该如何来形容眼前看到的东西，只知此物绝不是凡人所能创造出来的，不该是俗世所有。

这个金色的小物件，很可能便是从那几样神物上拆卸下来的。

陈胜隐隐间，似乎已经明白了送信人想要传达给他的信息。那是三位东海异人在隔空向他喊话：是我们在找你。

虽然手下知晓此事的几个将领们都认为，此时已经没有什么必要和朝廷谈判，但是陈胜还是毅然接受了密谈的邀请。

如果拒绝了这次的会谈，他心中的困惑可能永远都没有办法解开，永远都没法知道，这一年多的时间里在咸阳城里究竟都发生了些什么。

不过这些事情，起义军当中，也只有陈胜一人知道。

提议进行这次密谈的，不论是秦二世或者是其他的什么人，都显得颇有诚意，为确保陈胜的安全，会谈的时间和地点，都由陈胜来定。陈胜不想多做等待，便将时间定在了次日的晌午时分，在地点的选择上，为免中计，陈胜听从了手下的建议，做了一点精细的安排：会面的地点定在了陈县边界处的一块平原上。平原上一望百里，情况一目了然，选在这里会面，可以避免被敌人伏击暗算。双方各派出了一队工匠，一起在平原的正中央搭建起了一座营帐，营帐内摆放着一张两丈长的席案，除此以外什么都没有。会谈时，双方便盘坐在席案的两端，不得靠近对方。

会谈开始前，双方各派出十名精明能干的心腹侍卫，不携带任何武器，入营帐内查看，确认没有任何异常的情况后，双方使者方可入内。

次日，陈胜早早地来到了营帐中等待，他端坐在席案一端，有些失神地望着营帐另一头的入口。外面刮起了大风，四周的光线陡然变暗了些，毛毡门帘随风一下一下地摇动，仿佛门后隐藏着一条幽深的隧道，穿过隧道，就能去往另一个世界。

门帘被掀开，朝廷的使者走进了营帐，陈胜的心头不禁一阵失望：秦使身穿着一件银灰色的长袍，头上戴着一顶兜帽，遮住了他的脸庞，这副装扮倒是挺像那三个东海上来的异人，只是来者的个头明显矮了一大截，一看就只是凡人而已。

秦使在陈胜的对面坐下了，掀开兜帽，露出了他的脸庞。陈胜顿时睁大了双眼，胸中一团怒火猛然窜起，从全身上下的每一个毛孔喷薄而出，他"噌"的一下就从蒲团上跳了起来。

"做什么！"秦使的侍卫们慌忙涌上前，拦在了两人中间。

"不打紧。"秦使淡然一笑，轻轻摆摆手，示意侍卫们退下。

陈胜咬牙切齿，恨恨从口中吐出了对方的名字："赵——高！"

眼前来人，年约四旬，面白无须，眉眼低垂，这张脸庞，他再熟悉不过了！中车府令赵高，原本是赵国的疏远宗室子弟，家族流亡至秦国，年少时入宫当了太监。始皇帝见他为人勤奋，处事机敏，又精通律法，因而对他颇为赏识，提拔他为中车府令，负责安排掌管始皇帝的车舆，还让他教授幼子胡亥判案断狱。

就算再给他十次重来的机会，陈胜也不会料到，就这么一个低三下四、谄媚卑贱的阉人，居然会断送掉他一手缔造起来的强盛帝国！

就在这几个月的梦里，这奸猾的阉人，已经被他用各种酷刑处死了几百次。然而此刻，这阉人便好好地站在他的面前，他却什么都做不了。这世间的事，当真难以逆料，什么事情都有可能发生。

赵高依旧满脸淡然的笑容，冲陈胜微微颔首示意："陈王殿下。"

陈胜些微愣了一愣，两眼直直望着赵高的脸，沉默着缓缓坐回蒲团上。眼前这人……有点不太对劲。赵高曾贴身侍奉他多年，他对赵高的性情气度再了解不过了。赵高是个出身低贱的阉人，他的母亲早年因触犯刑法，被处刑后身体残缺，被安置在专门收容出狱刑徒的隐宫里，赵高就是在这个地方出生和长大的，这样的成长环境，都不是"贫苦"二字可堪形容的。年岁稍长，赵高就入宫当了十几年的小太监，也是宫里身份最低微的一类人，这十多年里自然也是饱受欺压和羞辱，所以，赵高城府极深，为人谨小慎微，从来笑容满面，对谁都和和气气，就算有再多的怨气和恼恨，也只会深藏在心里，不会让任何人看出来。

可是眼前的这人不同……刚才只是一个淡淡的笑容而已，那份雍容高华、藐视天下的气度便显露无遗，仿佛他生来便是天之骄子，这世间的一切，哪怕是皇帝，都不在他的眼里；这世上只有他智慧超群，世人在他的面前都只是愚顽的猪狗。

没错，他的眼神分明就是这个意思。

赵高是个自卑的人，他的手中就算掌握着再大的权势，也不可能拥有这一份自信和傲气。

再者便是他说话的口音，十分的生硬怪异。赵高口齿伶俐，说话才不是这个样子。这生涩怪异的口音，听起来似乎还有几分熟悉，好像一个刚刚来到中原不久的外邦人……

外邦人！陈胜心中一动，脱口而出："你不是赵高！"

对方并不否认，淡淡地点头笑道："只怕，殿下您……也并不是真正的陈胜吧？"

陈胜心神剧震，暗暗责备自己，原本早就该料到的：这一切的一切，都是从那东海的三个妖人施法为自己延续寿命而开始的，这一年多的时间里，所发生的种种异事，也都是这三个妖人在背后兴风作浪！他们既然有能耐将自己的魂魄转移到陈胜的躯体中，自然也可以将他们的魂魄，转移至胡亥、李斯和赵高的躯体里！

他早应该料到的。

陈胜冷冷道："你怎么知道我不是陈胜？"

赵高笑道："瞎猜罢了。我们只是觉得，像陛下这等千古未有的雄主，无论落入了怎样的境地，都不会甘于寂寞，迟早还是会闹出一番大动静来。当初你们一帮戍卒，在大泽乡发动叛乱时，我们便暗自揣测，这会不会是陛下您鼓捣出来的乱子。现在一瞧，我们猜测的果然没错，是吧，始皇陛下？"

陈胜冷哼一声，沉思片刻，强压着心中的愤怒，问道："寡人心中有一事不明，还望先生能为寡人释疑。"

"陛下请讲。"

陈胜道："三位先生神通广大，施法救了寡人的性命，寡人心中常怀感激。三位先生若是想要什么赏赐，只要寡人力所能及，必定无不应允，管保三位世世代代荣华富贵，你们又何必要行这等大逆不道之事，谋权篡国？三位先生既能逆转生死，必非庸碌无能之辈，既然已大权在握，为何不好好治理天下，让百姓安居乐业，自己也好安享荣华，却为何非要这般倒行逆施，将这大好的河山，搅弄得这般满目疮痍？"

赵高"嗤"地轻笑了一声，面带轻蔑地瞥了陈胜一眼，不屑道："陛下是想太多了吧？我们对陛下的乞丐帝国没有半点兴趣，至于陛下的赏赐，更不在我们的眼里。"

"乞丐帝国？"陈胜胸中一番翻腾，脸膛瞬间涨得通红，好似被人狠狠地扇了一耳光。他这一辈子最得意的事情，就是建造起了一个统一强盛的大秦帝国，这是千古未有的壮举，是何等的气魄和功勋！大秦……是乞丐帝国？这贼子，怎么敢！陈胜听到有人辱骂他的帝国，比旁人当面辱骂他自己更加难以容忍！

赵高不去瞧陈胜脸上愤慨的神色，而是两眼望天，落寞地一声长叹，脸上显出了追忆和神往的神色："陛下自以为大秦强盛，那是因为陛下没有见过我的家乡，那才是真正强盛繁荣的国度，那才是世人真正应该生活的地方。"

陈胜心中一百个不信，嘲讽道："先生的故乡……难道不是在东海的一片汪洋之上吗？先生口中的强盛繁荣的国度，莫不是海底的龙宫？"

"陛下说笑了。"赵高并不理会陈胜的嘲讽，继续说道，"东海上的小岛，只是我们一帮漂泊之人落脚的地方罢了。我们的家乡在更远的地方，那里是一个小岛国，疆域和人口都不及大秦的百分之一，可是却已经拥有了数千年的历史，我们的祖先在岛上建立起国度的时候，这片大陆上的百姓，都还在茹毛饮血呢！我们的国度，它的强盛和美丽，是陛下做梦都想象不出的！这种强大，来自那里的人们，岛上到处都是智者，随便拉出一人，都可能是某行某业的宗匠大师！那里有世上最好的工匠，所以百姓都住在石头堆砌成的房屋里，石屋虽然不大，可是每一栋都要比陛下的咸阳宫更华美、更牢固、更舒适！每一栋石屋内都安装着智者设计的神奇机关，可确保屋内冬暖夏凉，四季如春！那里有世上最好的厨师，所以即便是寻常的百姓，也能时常吃到陛下一辈子都不可能吃到的美味佳肴！那里有世上最好的大夫，大病小痛的，都可以药到病除。那里有世上最完善的法制，没有帝王侯爵，也没有贱民奴仆，人人都是平等的，任何人犯法都要受到惩处，所有人都和睦相处，相互尊重。最令人难以置信的是岛上的机关术，车驾都不需牛马来拉，自己便可行驶，比你们这里最快的千里马还要快上十倍！甚至还有高明的机关师，发明出了可以直冲云霄的飞车，飞车像大鸟一般翱翔在天上，人坐在飞车上，一日之内便可看尽万里河山！"说到此处，赵高不禁神色倨傲地望了陈胜一眼，"陛下虽贵为九五之尊，是这片大陆上身份最尊贵的人，可是恕在下直言，陛下这一生过得，确实连我们家乡的乞丐都不如！试问陛下，我说大秦只是一座乞丐帝国，可有说错？"

赵高这一番讲述，情真意切，那自傲和向往的神色实在不似作伪。陈胜也不禁听得将信将疑："世上当真有这么一座昌盛繁荣的岛国吗？为何寡人从未听说过？"

赵高长叹一声，神色黯然道："那是因为，我们的家园早在一千多年前，就因为一场大地震而沉入了海底，只有几百人逃了出来，从此在海上漂泊。我们一代一代传承着祖先们留下来的知识和记忆，可是生存环境艰难，我们的人数越来越少了。一百人，后来只剩下几十人，十几人，到了今天，只剩下了我们两个人。"

只剩下两人？陈胜略微错愕了片刻，随后很快回想起来：李斯已经被秦二世下令腰斩。看来这三个东海异人之间，也并非是铁板一块，也有分歧和争斗，阴谋和残杀。仅仅只是三个人，而且还是他们这一族硕果仅存的三个同胞，相互间的倾轧都这般血腥和残酷！权力，真是一个恐怖的东西。

他们三人之间，究竟为了什么而相互残杀？是为了这被扰乱的大秦天下，为了那千千万万枉死的异族百姓吗？陈胜心中暗暗揣测着。

"故乡当年的盛况，我们也只能从父辈的讲述中听到了。"赵高神色哀恸，似乎在感伤自己没能生在一个好时代，被美丽的故园所抛弃。他沉默了时许，忽然想到自己的话听起来似乎没有什么说服力，慌忙又补充了一句："虽然未曾亲眼看见，可是从祖辈传承下来的技艺、神器和史料中，我们可以确信，我们的家乡，那座伟大的岛国，是真实存在过的。"

陈胜早已被赵高的讲述所吸引，兀自幻想着赵高口中所讲述的那座仿若神之国度一般的沉没岛国，不禁一声感叹："实在是可惜了。"

"怎么，陛下也觉得可惜吗？"赵高心头竟涌起一阵感激。两人一时相对无言，气氛陷入了怪异的沉默，两人似乎都忘记了对方是自己的生死仇敌。

沉默时许，陈胜方才回想起自己此行的目的，质问道："既然你们瞧不上大秦这乞丐帝国，为何今日，我们又会以这样的面目，在这里密谈？"

赵高喟然长叹道："天意，或许这一切都是天意吧！这一切，原本都不应该发生的呀！若是我们没有来到这里……洪崖也不必死吧？"

约莫一千年前，强盛一时的岛国在一场大地震中沉入了海底，只有极少数的幸存者从岛上逃了出来，他们从此漂泊在海上，一心想要重建家园。可是，海上的生存环境极为恶劣，不要说重建家园，就连活下去都不是一件容易的事情。

他们这一支原本有一百多人，一路漂泊到了东海的一座小岛上，但是岛上的资源非常匮乏，一代又一代的，他们的人数越来越少，到了最后，便只剩下了赤松、毋忌和洪崖三人。他们三人都是男子，岛上已没有女性同胞存活下来。他们的生活原本应该非常简单，三人相依为命守在小岛上，守护着先祖们留下的技艺和那些几乎都已经朽烂的几卷古籍，直到——一老死，为那已经逝去的伟大文明悄然画下句号。

有时候，有一些不知从哪里来的蛮族渔民在小岛附近遇险，他们会忍不住出手相救，这是一个文明人应该做的事情，也是他们无聊生活中的一种调剂，一种还算有趣的游戏。不过，他们没有想过，就因为这种游戏，他们的事迹会被添油加醋、漂洋过海传播到一片遥远广阔的大陆上。

当始皇帝派出寻找神仙的使者找到小岛上时，他们三人并没有想太多，不过只是救人而已，不过是接受另一场游戏，或许还带有一点点的好奇吧！他们一辈子都生活在海上，也希望可以借此机会去看看，那大陆上的蛮荒帝国究竟是个什么样子的。

能够转移人类魂魄的神器名叫灵魂转录仪，是他们的祖辈在一次意外的冒险中得来的，他们三人学习过转录仪的使用方法，但是从来没有真正使用过它。转录仪的组装、启动非常麻烦，需要很长的时间，可是这个自称为"秦始皇"的蛮人领袖似乎已经等不了那么久了，如今唯一可行的法子，就是借用雷电作为能源米启动转录仪，不过雷电的能量太大，难以控制，会让灵魂转录的最终效果也变得难以预料。

他们三人将所有的情况如实告诉了始皇帝和他的臣子们，始皇帝只想要活下去，他同意了三人的方法。这一点，原本在他们的意料之中。三人随即开始动手改造转录仪，给它连接上了接引雷电的装置。

一切进展得相当顺利，始皇帝老朽的躯壳里，被转入了一个年轻农夫的灵魂，这也就意味着，始皇帝已经得到了他想要的，年轻的躯体。

他们的使命已然完成，三人准备离开大陆，返回海上小岛，继续他们原来的生活。然而这时，始皇帝的臣子们却变卦了：丞相李斯、中车府令赵高和公子胡亥，要求他们三人留在帝国，助他们找到移魂后的始皇帝。

当初始皇帝病重，他们束手无策；如今始皇帝不知所踪，他们又着了慌。帝国不可一日无主，然而始皇帝依然活在世上，他们又不能扶持新皇登基，否则日后始皇帝归来，若是降怒于他们，局面可就不好收拾了。而始皇帝失踪，事属机密，又不能公之于世，所以不能大举派兵去寻找始皇帝。他们全无办法，只得再度求助于"仙人"。

三人很明确地表示，他们对此也无能为力，始皇帝的灵魂被转移到了何处，根本无从知晓。可是这几个蛮族的大臣，根本毫不讲理，起初还客客气气地求助于他们，到后来干脆翻脸，派兵将三人抓了起来，声称若是七日内不能找回始皇帝，便要以谋逆罪名将他们三人车裂处死。

三人全然没有料到，这些蛮人居然会这么蛮横和恩将仇报，大感愤怒和无奈。时间一天天地过去，死亡在一点点地逼近，为了活命，三人只好一道筹思了一个计划，声称若想要找回始皇帝，首先需将尚未完工的长生塔修筑完成。大臣们相信了他们，将三人释放出来，命他们尽快将长生塔修筑完工。

趁着修筑长生塔的时机，三人开始偷偷学习这里的语言，三人当中，数洪崖的语言天赋最高，往日里也最爱和落难的渔民打交道，因而他最先学会本地的语言。他们三人早就看出来了，在这群蛮族的大臣里，丞相李斯是最有见识的一人，是他们的主心骨，只要能控制住了李斯，就能掌控住局面，便也就能躲过这一劫。所以，在长生塔最终修筑完工后，三人立刻以"找寻始皇帝"为名，设法诓骗李斯，同洪崖相互交换了灵魂……

"等等，"听到此处，陈胜忍不住抬手打断了赵高的讲述，"李斯可并不是一个糊涂的人，向来行事谨慎，极为精明。寡人非常好奇，你们究竟用的是什么手段，居然可以蒙骗到他，让他心甘情愿地走进长生塔，把灵魂都交由你们处置？"

赵高得意地一笑，道："这是我们先祖流传下来的技艺，我们称之为'心理学'，就算说了陛下也不会明白，陛下就当我们用的是妖术吧！"赵高顿了一顿，又苦笑着摇了摇头，"可惜，人算终究不如天算，我们以为这么做，局面便尽在掌控之中，不想却恰恰让一切都失去了控制。"

洪崖占据了李斯的躯体后，为了进一步掌控局面，防止其他的大臣生疑，他又设法蒙骗胡亥和赵高，分别同赤松、毋忌交换了灵魂，然后很快将交换了灵魂后的真正的李斯、胡亥和赵高三人关押了起来，并派重兵看守，隔绝了他们与外界的所有接触。

一切都进展得相当顺利，到了这一步，三人才恍然发现：现如今，不仅局面尽在他们的掌控之中，没有人再能威胁他们的生命，而且就连这整个庞大的秦帝国，都已经完全落入了指掌之中。

至此，三人的想法都开始发生了变化。一千年来，他们的族人一直在梦想着可以重建家园，可是在生存都是个大问题的环境里，重建家园不过是一个遥不可及的美梦而已。但到今天，情况终于发生了改变，大秦帝国就在他们的掌中，可以为他们所用。这个帝国虽然原始而落后，但是幅员辽阔，资源丰富，人口在千万以上，仍然是一股巨大的力量！如果将这股力量全部调动起来，重建家园的梦想，未必不能实现。

已沉没千年的海岛上，还有多少文明的遗迹留存了下来？在广阔无边的大海上，是否还有幸存的族人在漂泊流浪？

先祖们千年来的梦想可以在自己的手中得以实现，沉没在海底的故国可以在自己的手中重现辉煌！这个想法，让三人全身的血液都沸腾了起来，仿佛这么多年浑浑噩噩的生涯，从这一天起才真正有了意义，朽烂的枯木重新焕发出了生机！

　　这样的想法一旦萌芽，就再也无法阻挡，它以惊人的速度生长着，驱使着三人，一步步向前，越走越远。为了彻底控制住秦帝国，三人趁扶苏派遣使者看望始皇帝之际，操控已然成为傀儡的"始皇帝"，矫诏赐死了扶苏和蒙恬。扶苏所派遣的使者，是他最为信任的心腹，使者亲眼见到了仍然在世的"始皇帝"，因而扶苏对诏书的内容深信不疑，黯然赴死，蒙恬也乖乖交出了兵权，很快也在狱中吞药自杀。而后不多久，傀儡"始皇帝"病死，毋忌，也就是现在的胡亥，随即登上皇位，即秦二世。

　　一切都出乎意料的顺利，不到一个月的时间里，帝国就已经完全落入了三人的掌控之中。他们迫不及待地将整个帝国的力量调动起来，秦二世以修筑长城、修筑阿房宫、修建骊山皇陵为名，先后多次征发民夫，帝国全部人口只有两千多万人，秦二世征发民夫最多时达近三百万人！如果有可能的话，他们恨不得将全国各地的老弱妇孺也一并征募，为他们的宏伟大业添砖加瓦。

　　这数百万的民夫，被他们悄悄安置在了帝国的各个角落，建立起了数条隐蔽而完整的流水线，有条不紊地执行着他们重建故国的计划。为了确保计划能够顺利进展，防止民夫们逃逸或是生乱，他们又调动了帝国几乎全部的军队，对各地征募的民夫进行押送、看管和监督。

　　他们三人，只是那已逝去的古老文明的守灵人，并没有治理国家的才能，他们也并没有兴趣长期地占据、统治这个落后的帝国，只是一心想要借助它的力量尽快实现自己的目标。因而，他们对大秦国力的压榨粗暴而残酷。这种粗暴的方式无疑是相当有效的，计划进展顺利，推进的速度令他们感到欣喜和兴奋。

只是，他们的计划没有一直这样顺利下去。最坚固的堡垒往往会从内部被攻破。他们这个小小的三人团队，也出现了这样的情况。出现问题的是洪崖。当年在小岛上的时候，洪崖就一直与蛮人渔民最为亲近，与蛮人感情颇深，对他们心怀同情。而眼下，他公开的身份又是帝国的丞相李斯，许多任务都需要他具体去执行，三人当中，依然是洪崖与蛮人接触最多。

洪崖看到了满目疮痍，看到了无数的百姓因为他们的计划而家破人亡，他对这些蛮族生出了同情，他的信念开始动摇，他开始怀疑他们的计划是否值得，或者是否真的有意义。

洪崖与赤松、毋忌之间开始产生了分歧，他试图劝说二人放弃重建故国的计划，和他一起回到小岛上，继续像从前那样与世隔绝地生活。然而，走到了这一步，赤松和毋忌已经回不了头了，这个计划已经成为他们继续活下去的精神依托，变得比他们的生命更加重要。双方的矛盾开始激化。洪崖见无法说服同伴们，竟试图独自终止复国的计划！洪崖的举动激怒了赤松和毋忌，毋忌最先醒悟，意识到他们和洪崖之间的矛盾，已经升级为生死之争，毋忌先下手为强，成功将洪崖斩杀。

经过这一番争斗，他们的复国计划得以继续，然而他们一族也因此失去了三分之一的人口。

可是，解决了内部的矛盾后，没过多久，外面又出现了新的麻烦：一群误了期限的征夫，在大泽乡地带发起了暴动，他们杀死了当地的官员，攻城略地，在楚国旧地建立起了一个叫作"张楚"的政权，与朝廷对抗。

起初，刚听到这个消息的时候，赤松和毋忌并不在意，也不准备予以理会，反正他们也没打算长期占据这个帝国，按照目前计划推进的速度，要不了多久，他们就会离开这里，回到海上。所以，起义就起义吧，这朝廷推翻就推翻吧，也正好把这篡夺来的帝国还给她的人民，也算是了却了洪崖的一个心愿。至于到时候谁来统治，帝国的名字叫作"秦"还是叫作"楚"……随便吧，谁在乎？

可是，由于几乎所有的军队都被派去执行复国的计划，叛军扩张的速度远远超出了赤松和毋忌的想象，短短一个月的时间里，叛军人数就增加到数十万！叛军周文部孤军西征，一路势如破竹，直杀到了咸阳城外，此时咸阳城里已经没有了多少守军，可把赤松和毋忌吓得够呛。好在朝廷里依然还是有些人才的。在少府章邯建议下，他们释放了骊山流水线上的数十万刑徒、征夫，发放武器，组建起了一支临时的军队，由章邯率领，成功击溃了叛军，并一路追击，直至使周文被迫在渑池自杀。

然而，全国各地叛军的势力依然在稳步扩张，叛乱煽动了各条流水线上的苦役们，各种逃逸、冲突和暴动的事件变得越来越频繁。至此，大泽乡的暴乱已经严重影响到了他们的复国计划，数条生产线被毁坏或是被迫停工。对这场暴乱，已经没办法继续忽视下去了，他们决定要和叛军的首领陈胜好好谈一谈。

在叛乱爆发后的这段日子里，他们已经隐隐猜测到了陈胜真实的身份。这让他们对这次的谈判充满了信心。

"你们……要如何复国？"赵高的这一番讲述，已经将陈胜心头的困惑基本都解开了，只有这一点他依然想不明白：海岛已经沉没，族人也已近绝迹，能确知的就只剩下了他们二人，这还复哪门子的国呀？

赵高沉思许久，似乎在很认真地思索如何来回答这个问题，而后才沉声答道："我们眼中的国，和你们所想的不同。一个国家，最重要的不是它的军队，它的城郭，甚至不是它的子民，而是代代传承的文明！说明白些，便是祖祖辈辈遗留下的历史、技艺和智慧，譬如我们用以摆布李斯的心理学、为陛下延寿续命的移魂之术、制造百丈大船的手段技艺……这些是一个国家的灵魂。我们的故国虽已沉没千年，但是我们的先祖造楼筑城的技艺高超，必定仍有许多的遗迹留存至今，而这些遗迹中也会残留有许多珍贵的信息，这些信息，便是我们复国的关键。在毋忌看来，复国的关键，在于找回那些漂泊在别处的同族，我们聚集在一起，建造起和先祖们一样的城池，复原故国的文化，用和先祖们一样的方式生活下去；而在我看来，最重要的，是要让那些先贤们的名号，代代相传！那些伟大的名字，那些伟大的事迹，不应该因为一座海岛的沉没，就被这个世界遗忘。我要让这世上所有的人，都看到那会飞的车驾，看到那耸入云霄、壮美绝伦的楼宇，听到那些动人心魄的故事和史诗！我要让你们全部记住，那些智慧堪比神明的凡人，他们姓甚名谁！那些光芒闪耀的名字，不应该被忘记。"

讲述到最后，赵高颇为动情，神情几近癫狂，全身都止不住颤抖了起来。

陈胜也被他的情绪所感染，心跳和呼吸都忍不住变得急促，头脑里又开始情不自禁地去幻想那座沉没古国的模样。陈胜悚然而惊，不禁感到一阵惊惶：我这究竟是怎么了，难道是心神被对方用妖术摄住了吗？这难道就是他所提到过的心理学吗？陈胜尽力平复了一下心绪，问道："听先生的意思，你们莫不是……要把沉没的岛国再度打捞起来？"

赵高摇头笑道："我们哪有这样的本事？我们只是要让岛上的遗迹重现天日。如果不能见到实物，我们又如何能够造出能飞天的车驾，建造起冬暖夏凉的房屋，如何能知道发生在遥远过往的史诗故事？"

陈胜暗暗心惊：虽然赵高的话语轻描淡写，可是打捞起沉没海岛上的城池，和打捞起沉没的海岛，能有多大的区别？在他的眼中，这都是不可能完成的事情。

陈胜沉默不语，心念疾转，心中的很多困惑，很快都被一一解开。如今他终于可以确认，当初在山林木场中，他们制造出的那些数十丈长的木料，的确是造大船用的构件。他终于明白了，为何他们起义至今，都未曾遭到过像样的抵抗，因为他们的对手，这个国家此刻的主宰，根本就没想过要留在这里，只待大船造成，一切准备妥当，他们便会率领着大秦的军队，押送着被征募的百万民夫，驶往海上，寻找和发掘他们的故国。如此浩大的工程，得要消耗多少的人力和物力啊！数百万的壮丁在海上，他们的吃穿用度由谁来供应？陈胜到现在依然想象不出，届时到了海上，他们究竟能用什么样的手段，让海底的千年古城重现天日？

这些东海上的异人，或许有些他无法理解的高明手段，但是说到底还是用人命来铺路。仅仅是第一步，征发民夫来造大船，就已经弄得天下疲敝，百姓流离失所、困苦不堪，若是当真让这两个异族，成功将百万征夫带到了海上，届时能有几人可以活着回来？那时，即使他们推翻了朝廷，得到的恐怕也只是一个失去了生机和力量的老弱国度。

而且，秦军真正精锐的力量，还掌控在这两个异族的手中，只是被他们隐藏了起来，如若到时候他们的人力不足，恐怕还会率军返回大陆，掳掠人口以继续他们的复国计划。这天底下的百姓，恐怕难有生路。

大船，他们建造出的那些大船是一切的关键。

可是那些大船，究竟被安置在何处？

"怎么，难不成陛下，对这些蝼蚁贱民生出了怜悯？"赵高似是看穿了陈胜的心思，冷冷一笑，面带嘲讽道，"想当年，陛下攻灭六国，屠戮四方，而后又焚书坑儒，征发百姓修长城、建皇陵，何曾在意过这些低贱的百姓？我们所做的事情，和陛下其实是一样的。这世道无情，民生多艰，那些无权无势的百姓，与其苟且活着，不如为了我们的大业而死，陛下您说对吗？待我们的伟大理想得以实现，将故国复原，将先祖的智慧传之四海，那时活下来的人们，才算是真正地活着，那时候的流民乞丐，都可以比现在的王侯将相活得更有尊严，就更不必说陛下您了。"

那时候的流民乞丐，可以比现在的王侯将相活得更有尊严？陈胜怔怔说不出话来，刚刚平复下来的心绪，顿时又被撩拨得起伏难定，忍不住又幻想起那已然消逝千年，或者说还尚未出现的完美国度。

赵高等待了时许，见陈胜不做声，他躬身向前，似乎想要凑近到陈胜的耳边，用低沉的声音如耳语一般道："如果陛下愿意，我们也很欢迎陛下加入我们。陛下的手中，掌管着张楚几十万的大军，如果我们双方联起手来，两年之内，大事必成！到那时，陛下依然是大秦的皇帝，这天下依然是陛下的。而我们，只有全部掌握了先祖的智慧和技艺，才能真正让陛下长生不老，世世代代，统御四海。这，是我们给陛下的酬谢。"

赵高的低语，带着一种仿佛能够穿透人心的诱人魔力。长生不老，世世代代统御四海，这不正是他一直以来所梦寐以求的吗？只是现在，若要实现这个目的，就得拿大秦千千万万子民的性命去交换。这些时日，他已经有些适应了"张楚陈王"的身份了，伐无道，诛暴秦，带领天下的穷苦百姓逃离水深火热的生活，建立起一个人人安居乐业的新王朝，这是他此时肩负的使命。若是他此刻答应了和赵高联手，岂不是背叛了张楚百万子民，成了一个可耻的叛徒。

"陈王……殿下？"一个年轻的侍卫见陈胜愣怔半晌，一言不发，一动不动，似是被人摄走了魂魄一般，忍不住壮着胆子喊了一声。陈胜木木地回过头，看到了几张年轻而陌生的面孔，他茫然了好一阵子，才回过神来，意识到这些是他的侍卫，是他手下的大将吕臣为他挑选的，在这次谈判中负责保护他的精锐侍卫。

可是这几个年轻人，他此前从来没有见到过。如今，他的手下已经拥有了数十万的大军，可是当初在大泽乡随他起义的九百多人，除了大头吴广，其余的人几乎都已经在最初的几场大战中战死。

思绪一旦放开，便再也收束不住。陈胜一路回溯，又回想起了在起义之前，死在了路途中的那些弟兄们。陈胜的脑海里，又浮现出了苍叔临终前哀号的画面。靠着苍叔这些人的帮扶和救助，他才能够一直活到今天。他答应过苍叔，会重重赏赐他，报答他的恩情，可是就像苍叔所预料的那样，他没有做到。

而后，他又答应苍叔，一定会找到他的家人，全力照顾和保护他们。这个事情，他对很多死去的弟兄都承诺过，可是现在他依然做不到。大秦的天下已经被他搅乱了，他没办法知道那些弟兄们的家人姓甚名谁，身在何方，不知道他们是否还在世上。

在被二世和赵高征募的数百万民夫里，是否会有他们的家人？这个可能性是非常大的。至少他可以知道，因为二世和赵高的横征暴敛，很多弟兄的妻儿父母，被丢弃在家中忍饥挨饿。他已经失信于人，难道还要恩将仇报，为了自己的长生不老，将更多的壮丁送上大船，任由他们被带往茫茫的海上，踏上不归之路吗？

这样活下去，还不如死去！

"不知陛下以为如何？"赵高等待了好一会儿，不见陈胜回应，忍不住出声催促。陈胜抬起头，瞧见赵高满脸的倨傲和不耐，陈胜的心头猛地涌起一团怒火和一股傲气：这些个可恨的异族人，他们称我们为蛮人！他们败毁我们的国家，视大秦的子民为蝼蚁，就连朕在他们的眼中，也不过是一颗可任由他们摆布的棋子！

大秦，乃是当今世上最强大的帝国，岂可任人欺辱践踏？

"陛下以为如何？"赵高很不耐烦地又催问了一句。

陈胜涣散的目光忽地聚集在一处，仿佛两柄锋锐的长矛，刺向赵高。陈胜冷冷道："大秦的子民，不是蛮人。大秦是一个强盛伟大的国家，一向以法治国，尔等犯上作乱，败坏朝纲，按律当处车裂之刑，诛灭九族！"

赵高身形一僵，脸上倨傲的神情，仿佛是被烈日晒干的泥壳，一点点碎裂。赵高深吸了一口气，缓缓道："我们原本无意冒犯，一切都是为了先祖文明的延续。为了我们的将来，还请陛下体谅。也希望陛下可以为自己的将来好好考虑，切莫意气用事。"

说罢，赵高猛地起身，怒气冲冲地转身离去。走到了营帐的门口，赵高停下了脚步，微微侧过脸来，道："大秦的精锐仍在，陛下应该知道，再这么打下去，你赢不了！"

赵高的话，可不仅仅是在吓唬他们，若是义军将他们逼急了，暂时将复国计划搁置，调出精锐秦师来镇压起义，那么往后的仗就不好打了。

眼下，陈胜有三条路可选：

第一条路，就是和东海异人合作，将张楚大军也投入异族的复国计划中。选这条路，很多人会死，但是他的获益最大，可以保住帝位，安享长生，这是从前的始皇帝一直都想要得到的。只是这条路，也难免太过被动，等于将所有的决定权都交到了两个异族人的手中。

第二条路，就是假装对东海异人的一切全不知晓，继续率领义军攻城略地，夺取天下。只需谨慎行事，留下一条后路，任由二世和赵高将秦军精锐和百万征夫带往海上，这天下可说是唾手可得。

这第二条路，最为稳妥，可谓各得其所，基本符合他原来对谈判的期待。

第三条路，便是设法阻止东海异人，拯救天下苍生。

秦师的精锐还掌控在两个东海异人的手中，这第三条路，等于是要断他们的后路，逼迫对手全力相搏，所以这条路最为凶险。

只是，就算选择了这条凶险的道路，又要如何才能阻止他们？

大船，他们造出的那些大船是一切的关键。

　　和赵高密谈的这天夜里，陈胜又是一夜未眠。临近天明时分，陈胜坐得腿脚有些酸麻了，起身出了营帐，在军营内漫步散心。由于正值战时，军营里纪律严明，每隔一段距离，就有一队站岗的士兵，可是一路走过来，他居然一个人都不认识，也不知是不是因为自己年纪太大，记性不好。

　　陈胜又忍不住回想起了当初和他一起被押送往山林木场里的那帮弟兄们，那些弟兄们，几乎都已经不在了吧？不知是不是人上了年纪，就爱回忆过去的事情，就算是得到了一具年轻的躯体，也还是一样。

　　走出了一阵子后，陈胜困倦不已，就近走到一处士兵的营帐，靠着营帐坐下，就那么沉沉睡去了。

　　沉睡中，陈胜做了一个梦，他梦见自己重新变成了大秦始皇帝，来到了大海边。梦里的情境，他太熟悉了，这里是他当年东巡祭海时修建的望海台，只是在梦里，他的身边没有了随行的军队和文武百官，只有一个身形枯瘦、面容愁苦的老头儿，那是苍叔。这些时日里，陈胜经常会在梦里见到他。

　　"年轻人，你看那边，我的孩子就在那里。"苍叔颤巍巍抬起手，指向了海的尽头。陈胜顺着他手指的方向望去，看到海平线上出现了一排黑色的小点，排成了一条线，那条黑线在快速地向着这边逼近，像一道黑色的潮水，一直奔涌到近前，原来是一排排十余丈高的大船，不知有几百几千艘。大船上密密麻麻，挤满了衣衫褴褛的青壮年，所有人都神色木然，仿佛被摄走了魂魄一般。

天边响起一阵滚滚的惊雷，海面开始翻腾了起来，一阵悠远迷幻的歌声从海底传出，大船上的人们似乎受到了歌声的引诱，纷纷爬上了船舷，陆续纵身从大船上跳下。坠入了海里的人们很快清醒了过来，开始在海水中扑腾挣扎，可是已经太迟了，幽深的大海中仿佛隐藏着某种神秘的力量，将他们一一拖入海底。不多时，整片大海都变成浓墨一般漆黑的颜色，细细一看，到处都是涌动的人头。

海水开始上涨，浪潮淹没了望海台，海水没过了陈胜的膝盖，一双双惨白的手臂出现在海水中，如同一条条的海蛇，向着他的双脚游来。陈胜浑身毛骨悚然，慌忙向后躲避，可是一双手臂却从后面抱住了他的双脚。陈胜一低头，看到苍叔跪倒在海水中，紧抱着他的双脚，两眼空茫地望着海上，口中喃喃地念着："我的孩子，我的孩子在那里……"

陈胜猛然从睡梦中惊醒。

天已经亮了，朝阳刚刚从东方露出一线，和煦轻柔的晨光照射在陈胜的身上，这是新的一天，就像他当初的新生一样。陈胜擦去了额头上一层细密的汗珠，从地上站起来，大步回到了自己的营帐，随即下令，召集手下所有的将军，商议军事。

说是商议军事，事实上只是发布军令而已。往后的战略计划，陈胜都已经想好了：起义军将兵分五路，陈胜亲自率领主力部队西进，支援吴广部，继续进攻荥阳，兵锋直指咸阳；而其余的四路兵马则朝向四个不同的方向进发，攻城略地。分兵的目的，是为了能够更快地找到大船的踪迹，因而陈胜密令各路将领，每到一处，即派出全部哨探，找寻朝廷制造的大船，一旦找到，需即刻派遣信使回报，不得延误。

　　陈胜率主力兵马奔赴荥阳，行到半路上，便接到了吴广的加急密信。得知陈胜的战略部署后，吴广大为焦灼，在信里竭力劝说陈胜收回军令，尽快将各路兵马召回。张楚政权成立尚不到一年的时间，和已有数百年根基的大秦根本没法儿相比，起义军各路人马汇集，各路将领各怀心事，原本就没什么凝聚力，若是再任由将领们率军远征，不难预料，他们定会借机割地自立，各自为政，再不听陈王号令。眼下局势未稳，义军只可兵合一处，切不可分兵进击。

　　看完了这封密信，陈胜心中颇为感动，一路走到今日，也只有大头还在陪着他前行。当他下令分兵征伐，手下的那些将领个个喜形于色，他不是不明白这些人的心思，只是他有自己的隐衷，不得不如此。今时今日，也只有大头还真正与他同心同力。大头是个忠义之人。

　　陈胜不禁感到阵阵悲凉和孤寂。他是为了实现自己的承诺，为了天下苍生才做出如此决断的，他为此做出了多大的牺牲啊！他放弃了长生的可能，也几乎放弃了天下，可是又有谁人知晓？若是日后起义胜了还好，若是败了，世人只会怪罪于他，只道他是个胸无谋略的莽夫。

　　陈胜越想越觉得委屈，恨不得把这两年时间里所发生的一切，全都昭告天下，让世人知晓。

可是，他不能这么做。如果这世上还有谁能得到他的信任，可以告知这些关系重大的秘密，恐怕也就只有吴广了。

要把个中的原委，如实告诉吴广兄弟吗？

陈胜思虑再三，犹豫了近两日，终于还是抑制不住心中倾诉的欲望，写下了一封密信，将有关东海异人的种种秘辛，一一据实告知。

大头兄弟，我们造出的那些大船是个中的关键。我们必须找到大船，摧毁大船，否则很多人会死。

吴广有没有见到这封密信，陈胜永远都无法知道，因为就在信件寄出后不多久，荥阳方面传来噩耗：吴广的部将田臧，因与吴广意见不合，竟矫称陈王命令，将吴广杀害了！

然而，陈胜还未来得及做出反应，负责攻取魏地的义军周市部却传来了消息：他们在昔日的魏国都城大梁，发现了陈王所说的大船！

这就对了，当年魏国迁都大梁后，魏惠王曾多次兴修大型水利工程，苦心经营大梁城外围的水网。大梁虽地处内陆，但是水道纵横，航运发达，将大船安置在这里，隐蔽而又便利，一旦他们的复国计划筹备完毕，便可将造船的民夫们押上大船，顺江河而下，直达海上。

周市的军队已经在魏地攻占了许多城池，东海异人势必会对此做出反应，派出大军镇守大梁，以保护大船，战事刻不容缓。陈胜只得暂且抑制心头的悲痛，背负起杀害假王吴广的罪名，赐予田臧楚令尹印，任为上将，以稳定局势；而另一边，陈胜发布号令，召各路义军会师魏地，共取大梁。

然而，就像吴广不久前所预料的那般，陈胜派出去的几路偏师都已经各自为政，不再听从他的号令，武臣、邓宗两部各自仅派出了一小队人马，以示响应。不过，这样的情况早在陈胜的意料之中，他一早下令，让手下的主力兵马以最快速度急行军，奔赴大梁城下。

或许是为了掩人耳目，东海异人并未在大梁安排过多的兵马，陈胜率师与周市部会合后，立即下令攻城。这一仗，陈胜几乎是不计代价，命令手下猛攻不止，经过一番惨烈的搏杀，终于顺利拿下了大梁城。

陈胜率军来到了东海异人安置大船的地方。那是在颍水河畔，一大片广袤的河滩上，秦军在河滩上挖开了一个巨大的深坑，大船都隐藏在深坑内，然后用竹木将大坑封顶，在上面铺上茅草，盖上一层细沙，从外边瞧上去，和周围的河滩毫无二致，也亏得当初哨探能够发现。

陈胜派人找到了大坑的入口，正待入内查看，却被周市喊住了："殿下，这地方修得如陵墓一般，我总觉着有些不祥，还是不要进去了吧，不如让弟兄们把这坑上的竹顶全都拆开。"

陈胜只是淡淡一笑，道："不必这么麻烦，也没有那么多的时间。我们只是看看，无妨。"

说罢，陈胜跟在探路的侍卫身后，钻进了大坑里。周市跟在陈胜身后，心中暗暗纳闷：什么叫作"没有那么多的时间"？拆掉这坑上的竹顶，难道需要很多的时间吗？大梁不是已经被我们拿下了吗，还有什么好匆忙的？

大坑内的情形，当真如周市所言，居然和始皇帝当年为自己设计的陵寝有六七分相似，一艘艘大船整齐地排列着，好似是为了迷惑盗墓者而建造的假陵，一眼望去，看不到尽头，不知有几百几千艘。越往里走，光线越是昏暗，周围的情形越显得阴森可怖，一排排十余丈高的大船，投下一片高低起伏的巨大阴影，仿佛是一座座被埋葬在地底的城池，又好似一群沉睡的巨兽，随时都可能醒来，咆哮着冲出地底，将地面上的世界，变成人间地狱。

那两个东海上来的异族人，居然真的有这般能耐，能造出这等的大船！这，难道就是他们所说的文明吗？这些，恐怕只是万丈丛林里的一片绿叶而已。

陈胜的心中，对东海异人的故国，不禁生出了无限的向往。若是能够不以人命为代价，而让古国重现于世，那该有多好啊。

"殿下，我们要怎么处置这些大船？"周市的问话，将陈胜从漫无边际的遐想中惊醒。

陈胜叹了口气，咬咬牙，道："都毁掉，一艘也不要留。全部都凿碎。"

"这……是不是有些太可惜了？"

陈胜目光一寒，沉声道："全部毁掉。让弟兄们把坑上的竹顶拆掉，把所有弟兄们都派上，两个时辰之内，我要这些大船一艘都不剩！”

周市见陈胜态度坚决，只好领命而去。破坏总是比创造要容易百倍，用不着“所有弟兄”，几万兵士携带着斧凿，涌入大坑内，如同一大群的白蚁，转眼间就让上千艘的大船变成了一大堆的碎木屑。陈胜站在坑外，远远观望着，心口忍不住一阵阵作痛，这些令人惊叹的大船，也有他和大头等弟兄们的一番心血在里面啊！

不过，事实证明，陈胜的决断是相当正确的，大船刚刚被毁掉，东海异人派来保护大船的军队便赶到了大梁城下。十余万秦军，由当初逼杀周文，一战成名的秦国大将章邯率领。仗还没开始打，陈胜便已经猜到了，这一次赶来的，是真正的秦军精锐，虎狼之师！

果不其然，秦军刚刚来到城下，章邯便立即下令攻城。这一队秦军作战异常勇猛，个个以一当十，义军根本无力阻挡，几乎是一触即溃。周市在城楼上战死，大梁当天便被攻破，重新回到了秦军手里。陈胜率残部逃出了大梁。

对于这样的结果，陈胜的心中早有预料。他此次攻占大梁，毁掉大船的行为，等于是戳中了对手身上最痛最痛的部位，让东海异人这两年来的苦心经营，全部毁于一旦。陈胜逃出大梁后，章邯大军依然一路紧追不舍，似乎此番誓要将陈胜斩杀。义军难当秦军锋芒，一败再败，一路败退至张楚的都城陈县。

章邯，章邯。

当初，陈胜还是大秦始皇帝的时候，他曾听到过这个名字，只是从未在意。没想到这个青年人，竟是这等的帅才。

一场短促的暴雨过后，阴沉了许久的天空终于放晴了，天边现出了一道绚烂的彩虹。

陈胜驱车来到城郊的山上，亲自查探地形，也顺便出来散散心。这段时间以来，他都已经数不清自己吃过多少场败仗了，可是他却并不是很在意。毁掉了那些大船后，他只觉仿佛已经完成了上天赋予他的使命，备感轻松，有一阵子甚至觉得对夺回天下，都没有太大的兴致了。

不过，或许这只是因为吴广的被害，让他感到有一丝倦怠了吧！然而，那只是一时的，他很快就恢复了逐鹿天下的豪情和兴致。

朕乃是大秦的始皇帝，是第一个统一了华夏的君王，这天下理应是朕的！

虽然眼下已经是寒冬腊月，但是今年的天气却并不怎么寒冷，山上轻风阵阵，好似暖春时节。他已经有好多年了，没有感受到像此刻这样的精神焕发、轻松惬意了。

自从败退大梁城后，这些时日，章邯大军一直紧咬着他不放。不过，差不多也该到头了吧？

秦军之所以紧咬他不放，是因为他毁掉了大船，彻底激怒了东海异人，对方这是在向他报复。然而，仇恨从来都不是制定战略的最佳依据，东海异人为复国征募了太多的民夫，如今调动秦军参战，就意味着有一大批的征夫失去了监管，以当今天下的形势，各地的起义只会越来越多。

事态的发展，很快证实了陈胜的推测。就在他败退大梁的这段时日里，全国的反秦势力几乎增加了一倍。只要东海异人心中还抱着一丝复国的念想，或者说只要他们还想要活下去，就必须要改变战略，否则到最后只能咬着陈胜同归于尽了。

天下乱成了这个样子，大秦的灭亡已经是无可避免，只是秦朝灭亡后，这天下将会由谁来执掌，已经变得愈加难以预料。

不过，这并不是陈胜眼下首要考虑的问题。大船虽已被毁掉，但是东海异人依然掌控着朝廷的力量，他们不会放弃复国的计划，他们会继续制造大船。几天前，陈胜得到消息，秦二世将大批原本在修筑长城的征夫调入了咸阳，继续修建阿房宫。世人只道秦二世已经昏庸到无可救药的地步了，死到临头还在耽于享乐，可是只有陈胜清楚，阿房宫已经修了那么多年了都没有什么进展，这根本就只是一个幌子，他们其实是在造船，他们准备在咸阳城内修造大船。

若是在日后的纷争中，自己意外败亡，那么需得有人接替他的使命，继续阻止异族人的阴谋。好在当下，各路反秦的势力打的都是张楚的旗号，这也就意味着，在名义上，他们都是我陈王的部下。前日，陈胜已经向各路反王发出了密令，命令他们若是发现了朝廷建造的大船，需得立即摧毁，如若不然，日后秦人定会乘坐大船卷土重来。

也只能这么和他们说了，不能再透露更多的讯息。

及至眼下，所有反秦的势力中，江东项氏叔侄是他最看好的一队人马，将帅有勇有谋，手下兵强马壮。日后推翻了朝廷，江东项氏恐怕会是他夺取天下最大的对手；然而如果自己中途殒命，项氏叔侄也是继承他的遗命，阻止异族人阴谋最合适的人选。

陈胜登上了山顶，向下俯瞰，围城的秦军隐隐已经有了撤退的迹象。陈胜心中颇为得意，事态的发展，总在他的意料之中，看来这大秦的天下，十有八九还是会回到他的手中。旧的秦帝国被灭亡，没有关系，再缔造出一个更加强盛的新的大秦帝国就是了。

想当初，他刚刚从这具年轻的躯体中醒来时，几乎失去了一切，最终还不是白手起家，打下了这等的局面。如今，他的手中依然掌握着数十万的兵马，还有大片的土地，而且在名义上，他还是天下各路反王诸侯的盟主。

形势一片大好。

陈胜站在山头，迎着大风，向天边眺望许久，心中志得意满。

身后响起了一阵窸窣的脚步声，似乎是有人正在悄悄向他靠近过来。

陈胜心头一紧，慌忙收起了思绪，谨慎地转过身，却只见眼前寒光一闪，他下意识侧身一闪，只可惜仍是迟了一步，未能躲开，他只觉脖子上一阵冰寒，随即胸前一片温热。他伸手一摸，脖子上被人刺出了一道深可及骨的伤口，喷涌出的热血已经将胸前的甲衣湿透。陈胜惊诧地抬起头,看到一个大汉手执一柄尖刀对着他,一脸的凶狠,可是却紧张得浑身直打哆嗦。那是他的车夫,已经跟随他好几个月了,可是陈胜一时间想不起他的名字来。

"殿下,你不要怪我,咱们已经无路可走了,我必须给自己找一条活路!"车夫双手握着带血的尖刀,吓得几乎要哭出来了。

"你这厮……"陈胜只觉又好气又好笑。什么叫已经无路可走了?形势分明一片大好,只要耐心再坚守一阵子,这大好的河山,简直唾手可得!

可是,和这等的蠢货,你如何能够说得明白?

罢了,罢了,人算终究不如天算。看透了时局大势又能怎样?你如何能料到,身边藏着这等自以为是又胆大妄为的蠢夫?

既是天意,便没什么好说的了。大事往往败在小人物的手中,倒是有趣。

车夫咬牙大吼一声,猛扑上前,一刀一刀狠狠扎在了陈胜的身上。陈胜仰面倒在地上,心中感到出奇的释然。

说起来,这两年的时光,他算是白白赚到了,就好像是玩了一场新奇有趣的游戏。在这场游戏里,最让他感到快慰和庆幸的,不是这重焕青春的体验,也不是白手起家,打造起张楚政权的成就,而是听说了海上古国的存在。赵高对古国的描述,对他产生了极大的震动,回想起重生前的自己,是多么的目光狭隘、愚昧、狂妄和可笑啊!

只是可惜，终究无缘得见，古国的文明盛况。

在这生命的最后一刻，陈胜对那座沉没千年的古国，反倒生出了前所未有的向往。他忽然回想起自己写给吴广的那封密信。不知吴广兄弟，最终有没有看到那封密信。真希望他能够看到那封密信，可以知道古国的存在。

也不知道人死后，究竟还有没有灵魂？

想必是有的吧，否则他如何能够在陈胜的躯体中重生呢？

那么在人死后，魂魄将会归往何处？会有怎样的经历呢？

在他们死后，是否可以有幸看到那海底古国的盛况呢？

陈胜浑身被刺出了十几道伤口，鲜血流了一地，他的意识越来越模糊了，视线被浓重的黑暗所吞没，可是他的心中却升腾出了一丝希望。

"大头，你说我们能看到吗……"

枕尸而眠

郑铁丰／作品

历史的接力棒，来到他手中。

最后一具人类尸体消失了，而第一个新人类

将重新踏上这片土地。

科幻
硬阅读
DEEP READ
不求完美 追逐极致

1. 第一具尸体

一片羽毛从高空中盘卷着落下。

天空阴暗昏沉，云也是灰蒙蒙一片，草地不久前还是翠绿与金黄色交织的颜色，现在则变成了大片大片的焦黑，是烟将它们染黑了。每一座土丘上都在升起黑烟，没人分得清那是营火还是焚烧尸体的火光，总之灰烬终会随着风升到天上。

骑在马上的人看着那飘落的羽毛，不知道那是秃鹰的，还是乌鸦的。战场上的死亡气息总是会把它们吸引过来，每当听到响彻天空的喧嚣它们就意识到能够饱餐一顿了。

那人骑着毛色纯黑的骏马一点点踏过满目疮痍的战场。燃烧的火痕正在草场上一点点蔓延着，宛如游动着的火蛇。被丢弃的铠甲和武器随意散落在战场上。他能看到属于他们匈人帝国的旗帜和弯刀，也能看到西哥特人、罗马人、阿兰人还有法兰克人的旗帜。破败的旗帜与灰烬一起在狂风中翻飞着。骆驼和战马都在远处那条被灰烬染黑了的河水中牛饮着。

就如同那位预言家在他出征之前所说的那样，他只能到这里，不能越过。

他败了。十年前他率领着勇猛无比的草原勇士们从东方一路摧枯拉朽而来，一座又一座城市臣服在咆哮的铁蹄之下。他原以为自己会一直驰骋到世界尽头的海岸前，没想到却停在了一条窄窄的小河面前，这场伟大的征途似乎到了该结束的时候了。

反阿提拉联军赶在他之前在马恩河畔布防。那是他戎马一生所见过最惨烈的战斗。无数把弯刀与长剑沉入河底，鲜血将奔流的河水都染成了红色。他虽然杀死了西哥特人的王，却改变不了落败的命运，只能带着仅存的精锐杀出重围。

上帝之鞭在此折断。

直至此处，直至此时，最后一批追兵终于被击溃，而他已经一天一夜都没有下马了。

男人疲惫的双眼周边布满了沧桑的皱纹，他的眼睛不大而且喜欢眯着，但那一道缝隙中总是透出利箭般锋锐的精光。他长着一张棱角分明的脸，一头黑发扎成了几个油亮的大辫子，常年拉弓和骑马使得他双臂健壮、胸膛宽阔。和其他匈人不同的是他生得十分高大，坐在这匹黑色宝马上尤其明显，比周遭的人都要高出许多。

他麾下的士兵们纷纷放下手上的事情对他行礼致意，就连战马见到了那匹健壮的黑马都要低下头后退几步。黑马喷吐出滚烫的热气，虽然疲惫不堪却还是高高地昂起头来。

他没有回应，只是驾着马一步一步往前走去，他看到了那只落下羽毛的鸟，不是秃鹫，而是一只隼。在这里很少见到隼，它一定是从东边一直飞到这里的，就和他一样……隼没有往东边飞回去，而是一路往南，朝着海岸的方向飞，没有人知道它要去做什么，或许它也有着某些远大的抱负吧！

在士兵们一路的簇拥和敬意之下阿提拉缓缓来到战场中央，他翻身下马的时候因为疲劳而脚下踉跄，一下瘫坐在焦黑的草地上，亲卫们冲上前搀扶却被他挥手拒绝了，他那双锐利又深沉的眼睛始终就只紧盯着天边那越飞越远的鸟儿。

西方人总认为他是个粗俗不堪、茹毛饮血的野蛮人，可实际上他自幼被当作质子在罗马宫廷长大，他接受过优秀的教育，也用十年的时间钻研过罗马的制度与内政，若非如此，他绝不可能建立起如此庞大而强盛的匈人帝国。他的士兵们称呼他为大单于，可他其实更喜欢听到的是陛下，因为他所掌控的已不再是一个部落，而是一个名副其实的帝国。

这一刻他似乎觉得所有人都离自己很遥远，这个世界上最了解他的似乎是那只飞错了方向的猛禽。

隼不知道自己为什么要去南方，阿提拉也不明白自己到底为什么而征战。起初他只是为了向狄奥多西讨要那些部族的叛徒，后来是为了更多的贡金和土地，最后只剩下一腔无名的热血。马恩河上的那一战让这一股血也凉了，他开始想不通自己究竟为什么要继续征伐下去，只为了让帝国的版图能通向那世界尽头之地吗？

"传令下去。"阿提拉解下自己的弯刀，它已经拔不出鞘了，干涸的血迹凝结成块把刀身死死卡在里面。

"大单于……"

"我的勇士们，全员整军！向南进发。"

"大单于，我们不回勃艮第了吗？"

"绕开法兰克，从阿尔卑斯山翻过去，我们去罗马，我要看看他们的永恒之城，是不是真的永不沦陷……"

这位匈人皇帝满脸疲态地躺在尸体堆当中，里面有他的敌人，也有他的士兵，他们曾经生死相搏，又在同一片土地上归于平静。死亡永远是公平的，它永远给予世间万物同样的归宿，无论是人类……动物……草木……

抑或是天穹之上的星辰。

阿提拉陷入了沉睡。在遥远无比的星河彼端，一颗恒星走到了自己生命的尽头。它坍缩到极限的内核轰然膨胀，在生命的最后一刻迸发出无与伦比的强劲能量，宛如凤凰涅槃，绝境重生。这一瞬间爆发出来的辐射能量几乎能和这颗恒星终其一生散射的能量相媲美，无数的物质被抛射到虚无之中形成一层层星云尘埃，漆黑无比的宇宙空间也在这强烈的能量激荡中扭曲出一层层涟漪……

2. 第二具尸体

悠蓝的海面上无风无浪，天空中也看不到云彩，大海与天际在远方连为一体，分不清天空与大海的交界。在摩洛哥人的传说中，海洋会在某一处向天上流去，一直流淌到神明的居所之中。无穷无尽的大海仅仅来源于众神饮酒用的一口罐子，一口罐收回海水，一口罐流下海水，天地之间循环往复不断交汇着。

亨利曾经嘲讽那些土著人的无知愚昧，可看到眼前的一切时他自己也变得恍惚了，仿佛天与海的交界处就在自己眼前，他似乎真的看到了那流上天空的海水。

他自幼便跟随伯父接触航海和贸易，可以说前半生都是在甲板上度过的。他曾经骄傲地认为自己对于大海的理解比很多老练的船长还要深，自己生来就属于这片广袤无垠的海，也是因为如此，他才会毅然决然派遣船队开启新的航线，去探索这片从未有人踏足的蓝海。

然而他被面前的一切深深地震撼了，甚至感受到了一股莫名的恐惧。他第一次对海洋感到陌生，他意识到自己从未真正了解过海洋，这一生也仅仅是在如同内湖一般的地中海中游荡，在真正的远海面前有如井底之蛙。

到底什么是海洋？孩童时的亨利很多次问过这个问题。每次，他都会得到很多的数字和听不懂的词汇，但未得到过真正的答案。

事实上任何一本书和文献中都找不到这个问题的答案……如果你想要知道海洋是什么……你就必须亲眼去看，你必须亲耳去听，你必须伸手去触摸海水，亲身感受它的力量。想要真正认识海洋……

你就必须进入其中，生活于其中。

年幼的亨利曾无数次地想象过那片一望无际的、巨大的水，直到亲眼见到海洋的时候，他才发现，水仅仅是它最基本的一部分罢了，海洋中还存在着更多难以言说、无法描绘的成分。当身体浸入海水中时，人会感受到一股新奇而古老的兴奋，好奇与敬畏会从血液中澎湃而出，那一刻，你就知道大海如此让人趋之若鹜的原因了。

大海是活着的。

一吐一息之间，无数的生命从中走出，踏上大陆，飞向天空，有些又回归大海。它是一片如此古老的空间，它见证着无数波澜壮阔的历险与传奇，但它只是静静地看着，万年不变地用浪潮拍打着礁石。

说不出那是什么，但它就是有着一股神秘而让人着迷的魔力。海洋是高深莫测的贤者，是堆金积玉的富豪，又是喜怒无常的孩童。知识、财富、名誉……从大海当中人们可以获得自己所欲求的一切。因此，大海的磁力拉扯着罗盘的磁针，大批的人从陆地的各处纷至沓来，不顾一切地投入大海的怀抱之中。

亨利不止一次地听人们讲述海洋的故事：旗鱼、暴风雨、大乌贼、幽灵船，还有很多神秘莫测的传说。

然而，仅仅知道某些事物的存在是不足以描述它们的故事的。有时候，我们得靠近些，再近些，你得看它们游泳、跳跃、翻转，倾听它们呼吸，想象它们的生活与故事，并且，成为故事的一部分。

"亲王大人……"一个皮肤黝黑的水手从桅杆上顺着绳索滑了下来，他是个熟练的捕鲸标枪手，对海流的感知也是一流的。亨利花高价把他从北欧人的船队中雇过来，目前为止他的表现都证明这钱花得很值。

"有什么情况吗？"亨利收回自己的思绪。

"我们已经很长时间都没有看到岛屿了，海流的情况也不对，看样子我们应该掉头往南边走了……而且……"水手穆迪报告道。

"而且什么？"

"西面是不祥的海域，从来没有船能从那边回来，从来没有……那边不是凡人能够踏足的领域。"

"真的没有可能了吗？也许我们再坚持一天……"

"一年，甚至十年也看不到头的。"水手面容沮丧，他布满沟壑的脸上写满沧桑，"我们的船已经受到诅咒了，越来越多的船员正在生病倒下，这是神明的愤怒，他正降罪于我们！"

"穆迪，我们的信仰不一样，我认为上帝是仁慈的，他不会如此残暴无情。还有，我说了很多次了，在船上不要再叫我别的称谓了，叫我船长就好。"

"船长大人，哪怕是您的上帝亦会摧毁渎神的巴别塔。这水幕就是冲毁通天之塔的洪水汇成的，回去吧……您的船员们都已经疾病缠身，痛苦不堪，这趟旅程是没有结果的。"

"……我终究还是被它打败了吗？只能止步于此了吗？"

"您的航程遍布前人所知的所有海域，一直达到世界的边界，您已经是一个伟人了。"

"南边有什么？"

"我知道一条路可以穿越沙漠直通肥沃之地的黄金之国，那里是流淌着香料与宝石的世外之乡，您一定可以找到您想要的东西……财富、名誉、荣耀，以您的才智和地位这些东西唾手可得。"

"唉，就依你说的做吧，我累了。"

这位葡萄牙王子，卡斯蒂利亚的亲王，年轻有为的航海家深深叹了口气，他踏着疲惫的步伐走回自己的船舱。

亨利几乎与水手们同吃同住，睡觉的地方也在水手卧室的上层，他能听到下方传来的哀号声。身为船长其实他很明白……这趟旅程确实已经到头了。或许穆迪所说的诅咒真的存在，他只是实在不甘心，也许那世界尽头般的大海对面还有另一个世界……只是他再也没有机会看到了。

一个水手无声无息地死在了拥挤的船舱之中，在一众高烧不退的病号当中并没有人在意他的情况，尸体的正上方，他们的船长正在无奈和痛苦之中入眠。

亨利陷入了沉睡。在遥远无比的星河彼端，一颗恒星走到了自己生命的尽头，它坍缩到极限的内核轰然膨胀，在生命的最后一刻迸发出无与伦比的强劲能量，宛如凤凰涅槃，绝境重生。这一瞬间爆发出来的辐射能量几乎能和这颗恒星终其一生散射的能量相媲美，无数的物质被抛射到虚无之中形成一层层星云尘埃，漆黑无比的宇宙空间也在这强烈的能量激荡之中扭曲出一层层涟漪……

3. 第三具尸体

"查尔斯先生？"

滚滚升腾的黑色浓烟从轮船的烟囱中不断冒出缓缓升向天空。透过这扇纯白色的窗口能清晰看到远处的泰晤士河，还有上面川流不息的船舶。来来往往的船只几乎将整个河面覆盖住，只能从船只之间的缝隙中看到底下混浊的河水。

大河两岸的建筑中也不断升起浓烟。飘散的黑烟汇聚在一起将天空都染成了灰蒙蒙的颜色。从巴贝齐记事起，伦敦的天空似乎一直都是这样的，他倒是不讨厌这样的天气，也不讨厌燃煤升起的黑烟。

煤有一种温暖且令人安心的味道，那味道充满了力量，它支撑着火车在铁轨上奔腾，支撑着船只穿越大洋，支撑着河岸边无数的工厂日日夜夜进行生产。其实这样想一想就会觉得不可思议，这股力量推动了整个世界的运转，数亿年前被生物的尸骸固定在地下的太阳的力量，在锅炉当中熊熊燃烧的是那个遥远的时代里……洒在大地上的阳光。

"查尔斯先生？"坐在桌前的人耐着性子又喊了一声。

"嗯，我听着呢！"巴贝齐回过神来，他的思绪总是比其他人跑得要快，不知道什么时候又跑到远处去了。也许正因如此，身边的人才总和他合不来吧！

负责人上下打量着这个微微发胖的中年人，他眼窝深陷，鼻梁高挺，宽宽的眉骨下是浓密的眉毛，他似乎时时刻刻都微微皱着眉，那双小而明亮的眼睛里闪着精光，没人知道他到底在想些什么。

"我们刚刚进行了一次清算，很遗憾地告诉您，学会恐怕没有办法再为您的项目提供经费了。"负责人的语气并没有听出任何遗憾。

"怎么会这样……"巴贝齐的眉头皱得更深了，这个消息显然让他手足无措了起来，"我只是需要一点时间，二号机的研究已经有进展了，只是部件的精度一直都不达标，如果……"

"尊敬的先生。"负责人稍稍提高了音量,"您的机器至今为止已经耗费掉一万七千五百英镑了,差不多能买二十多台机车或者两艘货轮,可我们现在没有看到任何有用的成果。"

"它的价值可不是几台机车可以衡量的!"巴贝齐气愤地大喊道,整个办公室的人都在往这边看,随后他意识到自己是来要钱的,又调整了自己的语气道,"这可是能够代替人类进行精密计算的机器,它现在已经可以运算一百个变量的复杂算题,每个数可达二十五位,计算精度达到 6 位小数,而且它比人可靠,机器是永不出错的……只要二号改进机器能面世,它会改变整个世界,你能明白吗?"

"我当然明白,我听您说过太多次了,可我们的领事也听了太多次了,这异想天开的机器根本就不可能完成。"

"它会出现的!我们不去制造它,就会有其他人去做,高卢人或者普鲁士人,皇家学会难道不应该为帝国的未来投资吗?没有什么比这更值得你们投入的项目了。"巴贝齐义愤填膺地说道。

"事实上我们每天都收到上百个项目的经费申请,每个人都是这样说的,可有不少人拿了钱之后就会直奔拐角的酒馆。"

之后巴贝齐又费尽了口舌,可最后的结果显而易见,在大骂一番学会理事的愚昧短见之后他一个人气呼呼地走出了皇家学会的大门。

巴贝齐的出身并不贫寒,他来自一个银行家家庭,受过最优越、最高等的教育，连他的私人教师都是父亲高价从牛津大学聘请过来的，正因如此他才得以培养出了惊人的数学思维。他并不是一个贫困交加、满脑子幻想的疯狂发明家，只不过他的想法过于超出现实，难以预计需要投入多少成本才能实现。

巴贝齐设计的二代差分机需要使用超过现有精度的零件，每英寸的误差不超过千分之一，市面上根本就不存在这样的部件，等于每一个部件都要专门新开一条生产线，光是完成了七分之一的构造就花掉学会给他的所有预算。父亲留下的大笔遗产和在剑桥执教多年攒下的积蓄也全投入了差分机的研究当中……可终点依旧遥遥无期。如今无论是学会还是继承了家业的兄长都不愿意再为他投入了，比起那些复杂的理论设计，钱才是前进道路上最大的一道难关。

就在巴贝齐失魂落魄地走在街上时，一辆华丽的马车停在了他身边，教授本以为只是对方凑巧要下车，下意识加快脚步走了过去，没想到车上的人却叫住了他。

"查尔斯教授，请留步。"

马车上的幕帘拉开，里面走出的是一位衣着华丽的贵妇人，她身穿一件紫色高领长裙，肩上搭着一条黑青花纹丝巾，如流水般缠绕在胸前，戴着白银手套的纤细手指轻捏着一柄镀金的小扇子。托家族的福，巴贝齐倒是认识不少名流贵族，不过他对眼前这位却并没有印象。

女子看上去有些激动，但宽大的裙撑很不方便她起身，最后在车夫和女仆的帮助下才从马车上下来。

"我在展览会上看到您展出的机器了，应该怎么说……它太令人震惊了。虽然只是一个雏形，但我在上面看到了数学之美，和高斯钟形曲线图一样完美。我从未想过数字还能超出理论的限制用机械结构去表达，我一下有了好多新的想法……"贵妇人说到一半才意识到自己的失礼还没有自报家门，于是微微欠身道："我叫艾达·勒芙蕾丝，我以前也是女学士的会员。"

"其实我还有十几种更好的构想，只不过展览出来那一款是最容易实现的。"巴贝齐也手按胸口回礼，有人能认同他的设想还是非常值得高兴的。

"我能看看设计图吗！？"艾达脱口而出。

"抱歉，夫人，我总不能随身携带二十多磅重的箱子吧？"

"失礼了……我下周会在剑桥的图书馆等您，街上不是说话的地方，希望您下课之后能和我聊聊，我有很多手稿一直都想给懂行的人看看。"

贵妇人优雅地坐上马车离开。回去之后巴贝齐才得知，这位莫名其妙的贵妇是威廉·金·勒芙蕾丝伯爵的妻子，她本姓是拜伦，她的父亲是有名的诗人乔治·戈登·拜伦勋爵。

说实话，巴贝齐一开始对这个奇怪的女人并没有抱什么期待。他对女性没有偏见，他也教过不少聪明过人的女学生，可在自己涉足的领域，他不认为有女人能够到达这里。

然而看到了艾达抱来的一大摞手稿之后巴贝齐彻底震惊了，这个女人的天才超出他的想象，她将许多前人研究所得的理论整合成完整的框架，并且还加上了大量自己独到的设想，尤其是以伯努利数列为基础的应用研究，巴贝齐从未在任何论文中见过类似的想法。

这全部都是一个贵族夫人在打理庭院、筹备宴会和茶话会之余伏案笔耕出来的。这份文稿如果拿到皇家学会去足够让很多人汗颜了。这个年轻的女人已经走在数学这一领域的前沿，甚至远远超出了这个时代的认知。

最让巴贝齐感兴趣的是她用打点器来表达伯努利数列的方法，他把二十年的精力都投入在差分机的研究上，致力于制造出一台由蒸汽机驱动，能够代替人脑计算的机器……可折腾了这么多年之后他才得到了能够让这台机器真正跑起来的方法。

这个时候的巴贝齐还不知道这个方法叫作什么，他暂且将其称为分析列，如果他能遇到一个来自未来的人，对方会告诉他，它叫作程序。

在这个电还仅仅存在于云层中的时代，灯还在用鲸油和煤气点燃的时代，就有人用羽毛笔绘出了世界上最古老的程序，只不过就连作者本人，恐怕都还没有意识到这些数字代表了什么，其中蕴含着何等巨大的力量。

之后艾达便成了剑桥图书馆的常客，两人经常会在这里交流各种问题，这位女数学家日常并不爱穿夸张华丽的衣服，她总是穿着一身白色素裙或者款式简洁的茶礼服，看上去和校园里的女学生没有什么区别。

同样的，艾达讨论起数学时也没有任何架子，两人就像是忘年的好友一样相谈甚欢，有时候甚至会因为一些各执己见的问题当场争得面红耳赤。

"我带你去见一个有趣的家伙。"

"哎？"

"我们想了这么多到最后还是必须由他变为现实。"

这一天在整理完差分机的应用框架之后巴贝齐突然提到一个人——卡拉蒙特，他是伦敦交通部的机械师，也是巴贝齐在全英国能找到的最棒的工匠大师。

一代差分机所有的零件都是卡拉蒙特手工加工出来的，所以才能达到工厂机床都望尘莫及的精度，不过几个月前这位工匠大师因为零件的问题已经和巴贝齐闹掰了，因为巴贝齐老是提出完全不可能做到的离谱要求，不过相信看到这幅新的设计图卡拉蒙特一定会回心转意的，他是个对技术有执着的匠人，不然也不可能拥有这样精妙的手艺。

然而来到卡拉蒙特家中，两人却看到了意想不到的一幕。

还没走进屋内就传来一阵女人啼哭的声音，时不时有身穿黑衣的人手捧一束白花走入屋内，整个屋中气氛沉闷而悲伤。

巴贝齐满脸不解地走进屋中，从几个女眷的口中得知卡拉蒙特已经在前天夜里病逝了，死于重度风寒和放血疗法的后遗症，两人是合作多年的老友，他却一直都不知道这个消息……巴贝齐感到愧疚难当。

一口漆成雪白色的棺木摆在大厅里，前来吊唁的宾客们排队来到棺前低头默哀，然后将花束扔入其中，巴贝齐他们并不知道这件事所以什么也没准备，他只好从包中取出差分机原型的手稿，含着泪用颤抖的手将它叠成一朵纸花。

为了这台原型机他和卡拉蒙特两人可以说是呕心沥血。他们不知道熬了多少个夜晚，彻夜讨论和修改，光是动力传导的部分就试过上百稿，更别提那些更加复杂的运算了。两人之间虽然有不愉快，可彼此之间的感情是不言而喻的。如今巴贝齐终于取得了进展，但他的老朋友却躺在了石斛兰和冬青花编织的花束中，再也没办法听到他的声音了，连与他争吵都成了一种不可能的奢望。

前来吊唁的人们逐渐散去，艾达不便多做停留也告辞离去，只有巴贝齐还坐在棺木旁一言不发。卡拉蒙特的亲属们也认得他是逝者生前的同事并没有打扰。棺木明天一早就要送去教堂安葬，巴贝齐一个人坐在那里小声自言自语着。

他没有喝酒的习惯，但此时却像是喝醉了一般说着些没有逻辑的话。他说到数学、机械、老友生前的爱好，说到艾达、那些数列还有那个属于差分机的时代，他想象中未来的差分机应该有一栋大楼那么大，从大河中直接吸取水，转动的齿轮轴就像是钢铁的巨龙在扭动……

"没事，你看不到没有关系，我这辈子应该也看不到了，也许千百年后的人们会完成它吧！或许也用不了那么久，几十年可能就够了。你想，上个世纪的人做梦也想象不到蒸汽火车的存在吧？"

"我画给你看吧……"巴贝齐拿出一张稿纸翻到背面，掏出兜里的钢笔如醉酒般在纸上快速涂画着，从混乱不堪的线条中勉强才能看出机械结构和数学公式。

挤成一团的杂乱线条几乎将整张纸填满，被墨迹染黑的部分比白色还要多，巴贝齐滴下的眼泪又将模糊的线条晕开，纸上的东西变得更加模糊不清……不过这都无所谓，这仅仅是他对于友人最后的悼别，无所谓谁看不看得懂。

一直到天色渐暗，痛苦和思考消耗了他太多的精力。不知道什么时候他已经伏在棺木上昏睡过去了。

巴贝齐陷入了沉睡。在遥远无比的星河彼端，一颗恒星走到了自己生命的尽头，它坍缩到极限的内核轰然膨胀，在生命的最后一刻迸发出无与伦比的强劲能量，宛如凤凰涅槃，绝境重生。这一瞬间爆发出来的辐射能量几乎能和这颗恒星终其一生散射的能量相媲美，无数的物质被抛射到虚无之中形成一层层星云尘埃，漆黑无比的宇宙空间也在这强烈的能量激荡之中扭曲出一层层涟漪……

4. 第四具尸体

今天一天也没出太阳，何亦出门的时候天空阴沉，回来的时候黑云压城。今天没有夕阳，自己所住的破公寓依旧是丑陋如初，大风吹过，阳台上那些带洞的铁板便发出呼呼的怪声。

不过何亦依然在阳台上等候着，不是等候太阳，也不是等候大雨，而是等待着一个影子。

有一个影子，每天都和他一起看夕阳。今天没有太阳了，她还会出来吗？

那个影子住在对面的楼上，其实中间隔了好几栋楼，不过都很矮。何亦看着西边的时候，视线会直接越过那边的阳台，她未必能看到他，他也不希望她看到自己。

影子的主人是一个女孩，女孩有一个漂亮的影子，夕阳洒下时她总是在阳台上，有时候是在舒展身体，有时候是躺在吊床上，有时候则是不知道原因地爬高上低。何亦依稀能看到她的样子，她留着长发，很瘦。说实话他并不喜欢这样的身材，只是她投在墙上的影子太惹眼了。

她在舒展身体的时候，她的影子就像是在夕阳下跳着一支热烈的舞。她的动作不快，可影子跳得很快，她们就像是两个独立的个体，像是一个人的两个面。她也许是个文静的女孩，有着一个热情的影子。

阴沉沉的天开始落下雨点。何亦没有伞，也没有走，他不知道自己在等待什么，等待一个热情的影子在雨中起舞，还是单纯只是享受久违的雨水？很久没有痛痛快快地淋一次雨了，夏天突降的大雨是最让人舒服的，打在身上一点也不冷，反而有些暖和，吸饱了阳光的水汽穿越万米高空将被云层遮盖的温暖带到地面，也许这样……也是用另一种方式在享受阳光吧！

他最终还是没有看到那个女孩，不过他淋了一场很舒服的雨。

没有感冒也没有着凉，擦干头发换了衣服之后何亦躺在简陋的铁板床上睡得很香。

何亦一直都不知道她的名字，即使每天都在阳台上看着她。

一开始他只是把看夕阳的注意力转移了一些过去，逐渐地，他开始有意无意地就往阳台上跑。有时候他在想："如果我每天从另一个门回来，就会经过她住的房子，或许可以看看她到底长什么样子。"当然，他没有付诸实践。

这样的距离就很好了，就像是坐在最后一排观赏百老汇表演，你可能看不清上面在演什么，也不需要看清，你只需要享受这气氛就好。

那个女孩每天都会在阳台上做不一样的事情。她会扎起头发做瑜伽，也会伴着音乐跳奇怪的舞。何亦听不到那是什么歌，也许是爵士，他希望是爵士，因为他喜欢。在这样的距离下，他可以想象她伴着自己喜欢的音乐在起舞。甚至有一次他看到她在阳台焊东西，不是烟花，是真的在焊东西，她戴着墨镜，手上火花四溅。

真是个奇怪的人。何亦心中这样想，却天天在偷窥别人，或许他才是最奇怪的人才对。

后来何亦才发现，她不是偶尔在焊东西，而是经常这样做，比她跳舞和做运动的频率都要高，不摆弄那些火星四溅的玩意时，她也会拿着工具对着一块板子不知道折腾什么。他中午走的时候她在那里，晚上回来她还在，什么东西可以让人如此专心呢？

对于何亦来说，能让他专心起来的东西只有两个。一个是写作，他从来没有彻夜学习或是打游戏过，但心血来潮时经常一口气写到天亮。他写的东西不好看，或许一辈子也没办法靠这个混饭吃，只能说是对自己的一种诠释。他不断地写，不断地写，也只是在不断地寻找自我而已。

另一个是阿玲，苏婉玲，那个阳台上影子的主人。在一次晚自习的时候，何亦走错了教室，意外看到了她，梦撞入了现实，他恍惚间有一股错乱感，即使如此，他依旧坐到了那个女孩身边，从那天起他每一天都走错教室，他们说的话从一句到十句，最后甚至坐在一起说上一整天。

她是唯一一个陪他聊到通宵的人，而且他发誓，自己愿意一辈子都陪着她这样聊。他们只要在一起好像就有说不完的话。何亦知道这句话很俗,可他不知道还有什么方法可以描述这样的感觉……换个不那么俗的说法,或许就是,我们在一起时,就找到了世界上的另一个自己。

在遇见她之前何亦活得一直都不像是一个完整的人。他很内向,朋友也很少,没有什么想要全力以赴去做的事情,日复一日的生活在他身上几乎看不到痕迹,他个子变高了,懂的东西多了,也许勉强学会了些粗糙的为人处世,可依旧感觉到内心深处空荡荡的,他说不出来那是什么,也不知道如何去表达。

那段时间何亦很喜欢跑步,精疲力尽的时候很多感受就被忽视了,他慢慢从跑步中找到很多快感。每次刚刚起步的时候,他浑身都像绑着铅块,血管流动的都是掺了水的血,每一步都很沉重,这份疲惫会不断累积,感觉一步都跑不动了,只能心中不断暗示自己,再跑一段,再跑一段……慢慢地,身上的沉重便会消失,整个人感觉轻松无比,身上的负担也不知道什么时候被甩掉了,接下来只要迈动轻快的步伐就可以享受浑身畅快的舒适感,直到跑到自己的极限为止。

那段时间何亦也很喜欢写跑步,因为少年的心思总是很透明,经历任何事情都想说出来,写下来。

在他的笔下,异世界的勇者在奔跑,恋爱中的男女在奔跑,连太空站里的宇航员都在跑步机上奔跑。他的同学还打趣说他写的是跑步文学,何亦倒觉得跑步文学没什么不好的,他曾经想写一个旅行者从海南一路跑到西藏去的故事，但写了开头就写不下去了，大纲他还保存着，或许有一天他真的跑去了西藏，就能写得出来了。

何亦没有去西藏，他遇见了阿玲，那一刻起他就知道自己这辈子没办法抛下一切跑着去西藏了。

离开校园后何亦果然没能成为一个作家，他去了一家单位实习，还兼职在晚上送外卖。他的生活很平凡，在万千匆匆人群中也是最普通的一个。阿玲成了一个软件开发员，闲暇的时候她还是喜欢跳舞，喜欢折腾她那些电路板，那台老电脑被她拆开改了无数次。

过往的生活在何亦脑海中不断闪过，在一片漆黑的废墟中，这些美好的泡影支撑着他不要昏睡过去。

两天前，一场突发的煤气爆炸事故让这栋老旧的小区楼倒塌了，当时他和阿玲还在屋里准备做饭，随着一声轰隆巨响，再度醒来时何亦已经被埋在了破碎的砖块里，而阿玲在他下方的位置。

"阿玲！你还能听到我说话吗？"何亦在黑暗中呼喊着，"千万别睡过去，我们很快就会得救的！"

"我在呢……你不要那么大声喊了，会浪费体力的。"

"我想陪你说说话，我担心你会害怕。"

"有你陪着我，我怎么会害怕呢？"

"等出去以后……我们一起去西藏吧！"

"怎么突然想旅游了？"

"咱们能拿一大笔赔偿款和保险金呢！可以暂时不用工作了，我们去庆祝劫后余生。"

"好呀，我还想去很多地方，能出国吗？"

"想去就去，我听说……"

何亦不知道自己说了多久，在一片漆黑中他分辨不出自己是醒着还是睡着了，耳边阿玲的声音越来越遥远，仿佛来自另一个世界的呼唤……

何亦陷入了沉睡。在遥远无比的星河彼端，一颗恒星走到了自己生命的尽头，它坍缩到极限的内核轰然膨胀，在生命的最后一刻迸发出无与伦比的强劲能量，宛如凤凰涅槃，绝境重生。这一瞬间爆发出来的辐射能量几乎能和这颗恒星终其一生散射的能量相媲美，无数的物质被抛射到虚无之中形成一层层星云尘埃，漆黑无比的宇宙空间也在这强烈的能量激荡之中扭曲出一层层涟漪……

5. 灵魂之桥

五个人同时睁开了眼睛，眼前所处的环境陌生无比，宛如一场混乱的梦境一般让人感到无比的虚幻，这不像是世界上真实存在的场景。

一道莹绿色的光环绕在四周，围出大概一百多平方米的空间。他们脚下所踏着的也并非是地面，而是一道绿色的光幕。光幕托举着他们，脚踩在光幕上的感觉就像是踏着一层柔软无比的苔藓。

在众人身后有五个螺旋状的黑色漩涡，分别对应着他们五人的方位。在这层荧光之外，隐约可见无数的黑影在外面游荡着。它们看上去像是人形，可行动的姿势却异常诡异，它们似乎无法进入这个空间内，只能在外围无用地游荡。

一个是黑色头发、身材健壮的蒙古利亚人；一个是棕发长脸的葡萄牙人；一个是金发鹰钩鼻的盎格鲁-撒克逊人；一个是东亚面孔穿着现代服饰的人；还有一人看不清他的面容，他整个人就像是一团虚影，融入那莹绿色的光芒之中，与其他人在一起显得格格不入。

五个人面面相觑，看样子谁都没有搞清楚状况，四个看上去还算是正常的人用四种不同的语言各说各话，众人七嘴八舌说了一大堆，可因为语言不通谁也不知道对方在说什么，最后大家的情绪越来越激烈，几乎用完全不同的语言吵了起来。

最后完全一头雾水的众人都变得暴躁了起来，矛头全部指向了那个看上去最奇怪的家伙，他就像幽灵一样飘在那里，看上去就像是这个空间的主人。黑发的匈人甚至气恼地拔出了佩刀，指着那个奇怪的家伙用突厥语大骂着些谁也听不懂的话。

"大家都冷静点行吗?"那个人在手里的小盒子上摸索了两下,然后他的声音直接在众人脑海中响起,自动被翻译成了每个人都能听懂的语言。

"你究竟是什么人?为什么带我们来这里?"阿提拉最先开口质问。他胳膊上青筋突起,一副一言不合就要提刀冲上去的架势,如果那样有用的话……

"万能的耶稣基督啊,你一定是神派来的使者对吗?我正在渡过一片死亡之海,如同迷途的羔羊……"亨利在胸口画着十字,完全折服在眼前的神迹面前。

"我们是死了吗?我记得我明明还在伦敦……"

"阿玲呢?她去哪儿了?我们刚刚还在一起的!那起爆炸事故……"

幽灵一样的家伙飘浮在空中转了两圈,他的身体是由无数跳动的数字构成的,仔细看会发现那是无数重复的 0 和 1。他端详了一下面前的众人然后一一解答。

"看样子我们来自不同的时代,要我详细说出我是谁很复杂,这是个哲学问题不是吗?很多人一辈子也说不清自己是谁。如果非要给我一个代号的话你们可以叫我'Z'。我也不知道我们在哪里,我和你们一样是被突然送到这里的。要搞清楚这里是哪里恐怕要费点时间,如果不是我们那个时代已经没有梦了,我也怀疑这是一场梦。对于你们来说我来自未来,非常遥远的未来,几乎是人类命运的尽头。身体对我们来说已经是过去式了。很久之前我们就抛弃了肉体住进了应有尽有的虚构世界里。我们应该还没有死，我们那个时代已经证明了死后的世界是不存在的。我不知道阿玲是谁，你问的问题比这几个古人还没有建设性，你应该好好反思一下自己，朋友。"

Z 像是连珠炮一样说了一大串话，如同脱口秀一般连一口气都不喘，其他几个人都看得一愣一愣的。

"说了和没说一样。"阿提拉叹了口气满脸郁闷。

"为什么我们可以听懂对方说话了？"何亦突然意识到这个问题。

"我随手编了一个翻译库在给你们做同声传译，好在你们的语言都不算小众，资料库里都可以找到。"Z 轻描淡写地说道，"这些资料库可都是非法的，搞到它不容易。在我们那个年代，看历史都是非法的，所有人只能往前看，不能回头走。"

"你到底是什么年代的人？"Z 一直在说自己的年代，可在何亦听来像是十几万年之后的世界，一切都显得太过虚幻了。

"你是什么时候的人？"Z 反问道。

"公元 2020 年。"

"那倒也不远，你的时代再过一千二百年吧！"Z 的身体展开变为一道数字跳动组成的屏幕，上面闪烁着一些依稀可见的景象，"不用羡慕我，我们其实都生活在一个金属小盒子里。地球上已经没有任何生命了，我们也不需要任何生命。你可以理解为所有人都死了，只剩下意识还活在计算机里。"

"计算机……"巴贝齐念叨着这个词语，小小的眼中亮起了光芒，"那听上去像是可以思考的机器。"

"就是可以思考的机器，但它思考得太过头所以把一切都搞砸了。"Z变回人形的样子耸了耸肩。

"恕我直言，我就在研究这方面的东西，莫非未来我的事业成功了吗？"巴贝齐激动道。

"您是艾伦·麦席森·图灵吗？"Z问道。

"不是。"

"冯·诺依曼？"

"也不是……"

"那我实在猜不出来您是谁。"

"鄙人名叫查尔斯·巴贝齐。"

"啊，那真是很荣幸啊，您为历史做出了巨大的奉献。"

"不敢当……数学是我一生的热爱，我只是……"

"你最大的贡献就是没有把那蒸汽机驱动的鬼玩意鼓捣出来，那是一条歪路。"

巴贝齐听罢脸上的笑容都凝固了，在原地站了好久然后瘫坐在地，嘴里不知道喃喃自语些什么。

亨利还处在世界观崩塌的震撼中，看来一时半会儿是缓不过来了；阿提拉则站在一旁不知道说些什么好。他是公元四世纪的人，他的认知不足以让他听懂这些人在说什么，很多词甚至在突厥语中都不存在，例如计算机。他只能听到一大串古怪的音译，想要凑出完整的句子都不容易。

只有何亦勉强还能理解 Z 所说的东西，虽然听上去很不可思议，但和现代人的未来想象已经有很多重合的地方了。

"所以，我们有什么办法可以回去吗？"何亦问道。

"我需要一些时间来研究这个空间到底是怎么回事。"Z 在空间上方兜了一圈，不知道他是不是在思考，随后他轻盈地落在众人当中大喊道，"各位，我需要你们的帮助。想要搞清楚到底是怎么回事，我需要清楚你们在来之前都做了些什么，请把一切都一五一十告诉我，就算包括一些不可描述的私人小隐私也不要隐瞒，这关乎我们能不能离开这里，谁先开始呢？"

在 Z 的建议下众人开始描述自己的经历。阿提拉挥动着自己的长刀绘声绘色地描述起自己的伟大征服以及和三十四个宠妃之间的秘事，其中的精彩不是小说可以比拟的。之后是巴贝齐描述自己的生平，他显然还有些失魂落魄，说得很没有精神，可何亦还是能从其中感受到他的精神和执着。

接着众人把信仰崩溃的亨利拖了过来，好说歹说终于让他振作起来开口说话。他简单叙述了一下自己的航海生涯，重点讲述了一下自己遇到魔鬼海域和世界尽头之海的事情。

最后轮到何亦时他没什么可说的，比起其他几个大人物，他不过是升斗小民，在历史上永远不会留下自己的名字，生平甚至拿不出一件值得一说的事情，讽刺的是……他唯一一次被大众知晓，可能还是因为那起噩梦般的爆炸事故。

"妙啊！"Z似乎明白了一些什么，恍然大悟般大笑着赞叹道，"太妙了，这样一切就都解释得通了，这是人类从未发现过的一个新领域，这简直是奇迹。"

"所以……到底是怎么回事？"何亦依旧一头雾水地问道。

Z只是淡淡地回答了四个字。

"枕尸而眠。"

"什么？"其余四人完全不明所以。

"我们都是睡着之后来到这里，而且时间都非常巧合。"Z试着用最通俗的语言给他们解释道，"公元451年，公元1433年，公元1842年，公元2020年，还有我的时代……新纪元860年，这五个时间点都发生过超新星爆发，而且是放在全宇宙都算是巨大当量的超新星爆发，我们就是那几个节点上正好沉睡着的人。超新星爆发产生的宇宙空间涟漪拉扯出了这样一个空间，你们可以理解为一个五边形，五次超新星爆发分别是它的一个角，我们所处的地方是一个空间与时间都不存在的褶皱当中，物理规则在这里是不存在的，没办法用常理去理解它……目前我能分析出的就是这些。"

"这不合理。"巴贝齐第一个反驳道，虽然对方自称是先进的未来人，可这种说法显然不能说服他，"全世界这么多人，在那一刻睡着的人数不胜数，怎么可能只有我们几个人在这里？"

"尸体。"Z一针见血道，"我们都是枕尸而眠者。人类生来就有对死亡和尸骸的恐惧，光是靠近就会害怕，更别提和尸体一起于卧榻安睡了。有史以来枕尸而眠者又有多少呢？更不要说在某个精确的时刻上了。我的时代虽然已经没有肉体了，可我当时正在入侵安默拉的内部网络。为了弄到密钥我只能想办法杀死了一个拥有权限的管理员，然后连接着他的ID入侵到系统当中。安默拉的防火墙无与伦比的严密，我只能保持深度静默状态才能混过去，那段时间我没有意识也没有感知，所以严格来说我也是个枕尸而眠者。"

"为什么尸体能把我们带到这里？"何亦还是摸不着头脑。

"余晖效应……人在死后大脑是最晚死去的。因为脑屏障的存在所以大脑有一套较为独立的循环系统，脑内涌动的生物电还将持续运转一段时间才会死去，用比较容易理解的说法，你们把它称为灵魂。这个持续时间因人而异，从三十分钟到四十多个小时都有可能。这段时间大脑内生物电会一点点消散，电荷离开身体逃逸到外界……就像是一道桥梁，或者说一股天线，而这个时候正巧是超新星爆发之时，这些微弱的电荷被超强爆炸引发的空间褶皱吸引，而熟睡中的人脑波是最敏感的，很容易受到外界的引导，就这样，尸体上飘散的生物电将我们带到了这里。"

阿提拉皱着眉头，他听得半懂不懂但多少也明白了一些。他拿起刀在自己胳臂上划了一下，鲜血立刻沿着健壮的手臂流下。

"你在骗我，你这个巫师。"黑发的匈人怒视着 Z 道，"我还有实实在在的肉体，并不是灵魂。"

Z 依旧坚持自己的理论说："我可没说我们是精神体的状态，啊不，'我们'里面得除去我，因为我本来就没有身体，但你们是原原本本来到这里的，换句话说，现实中的你们，已经都被空间褶皱给吞掉了，等于从历史长河中消失了，人间蒸发了。"

"空间褶皱……"何亦看着自己身后的那道黑色的旋涡。它的黑色不同寻常，不是夜的黑，不是眼睛与染料的黑，它的颜色不像是自然界中出现过的任何东西，只看一眼就能让人联想到死亡，漆黑虚无的太空与它相比都多了一分暖色调。如果 Z 的话没有错，他们应该都是穿过这道旋涡而来的。

"别犯傻，我还不确定它到底是什么。"Z 劝告道。

何亦伸出的手在空中悬住了，他想到苏婉玲，想到那在对面阳台上舞动的影子，想到无数个她露出微笑的时刻，终于心一横将手探入了那道无光的旋涡之中。

"可以过去。"何亦的手一瞬间从另一边收了回来，毫发无损，他不由得心中大喜。

"那就更有趣了。"Z 不知道在盘算着什么，他身上的数字跳动得越来越快。

"我要回去！我要去救她！"

"按住他，别让他乱来。"Z淡淡地说了一声。

阿提拉看了看这两个人，最后还是选择相信那个奇怪的巫师，冲过去一把制服了何亦，不比捆一只羊困难多少。

"你们干什么？！放开我！"何亦奋力挣扎着，他平时不缺乏锻炼，但无论如何也不是这个马背之王的对手。他的脸被按进那层荧绿的光中。这层柔软的光芒下是比钢铁还坚硬的物质，这底下就是空间褶皱膜的尽头，人是不可能穿越它的。

Z一下子跳动到何亦的面前，蹲下身来和他平视道："救谁？你以为是谁带你来到这里的？"

"她没死！她明明还一直在和我说话呢！你这个混蛋！"何亦不愿意相信事实破口大骂道。

"余晖效应的影响不会太远，你附近应该只有你的配偶一个人，她没有死，你是不会来到这里的。"

"这不可能！"

"我只说她死了，但没说没有办法救她。想改变命运的话就得乖乖听我的。我们能来这里不容易，你如果胡来把这个空间弄崩溃了一切就都完了，不光你的配偶没救了，全人类也没救了。"Z语重心长地说。

"听你之前说的话，人类在你那个年代惹上大麻烦了吧？"巴贝齐突然开口问道。从一开始，Z提及自己的时代，似乎都带着极其消极的情绪。

"你能想象到的最大的麻烦！想象一下一个婴儿被关在笼子里，听着摇篮曲一点点被水淹没，他无法打破牢笼，无法逃跑，甚至没办法醒过来……这就是新纪元的现状，唯一能做的就是等待死亡的降临。"Z的语气中充满无力。

"怎会如此？"阿提拉一边按着何亦，一边努力理解着巫师的话。

"严格来说不是新纪元的时候惹的祸，这个祸根在一千多年前就埋下了，只是在未来它才爆发。"

"那是什么？"

"百年虫！"

Z的声音突然变大，他的身体破碎成无数飞舞的数字然后在空中构成一只巨虫，它张开巨嘴里面是层层叠叠的螺旋状牙齿。

"二十世纪五十年代，计算机程序创造之初就有着一个巨大的缺陷，不过那个时候并没有人发现它的存在，直到二十年后运算力足够强的大型计算机问世后问题才被暴露，然而如果要修复它，无疑要从头构筑一套新的基础，甚至硬件上都要打回重做，所以有人想到了一个办法，不改动根本，而是将这段源代码掩盖，绕开它进行运转，虽然会浪费一定的内存和算力但这很经济实惠。于是百年虫就变成了千年虫，人们总觉得未来的人会有办法解决的，可实际上千年虫根本没有坚持一千年，在十几年后频频爆发。没有人能想到计算机的发展如此迅速，老一辈人眼里它还是国家机器才能驱使的强大工具，年轻一辈就已经把它当作日常玩物了。网络覆盖到这个世界的每一个角落，工作、娱乐、金融、政治……什么都离不开网络，随之被扩散到全球的是千年虫的'虫卵'，原本它只寄生在大国实验室那几十台计算机中，几十年后它已经繁殖了上亿份……"

Z变回了人形的样子，继续说道："人类跨入新纪元之后，这个问题变得更严重了。为了绕开千年虫浪费的算力几乎超过了百分之五十，解决它的代价也变得更大，除非我们愿意销毁所有电子程序回到十九世纪重新开始，但这显然是不可能的，所以我们只能把千年虫变成万年虫，继续假装它不存在。等我们都抛弃肉体进入电子赛博时代之后，没有人再关心那些了，在虚构的世界里，我们拥有一个几近真实的宇宙，我们无所不能，想要什么都可以得到满足，一切麻烦事都交给了安默拉解决。"

"所以……那个虫子并不是真的虫子？而是和你一样的假虫子？"阿提拉的脑回路永远比其他人都慢一圈，不过他能理解也挺不容易的。

"安默拉是谁？"巴贝齐更关心这个问题。

"安默拉不是谁，它是天使，是神明，是全知全能的先知，它也是恶魔，是刽子手，是一场永远醒不来的噩梦……它是我们制造出来的智能体，永远理性，永远忠诚，永远只会为人类着想。"Z展开双臂表情复杂，"我们刚踏入新纪元的时候，大权是由几个管理会议员掌管的，但后来逐渐有人不满，矛盾愈发激化。我们在虚拟世界爆发了一次战争，激烈程度无异于两次世界大战，只不过武器变成了算力和权限。你破解对方的密钥用权限将对方的数据删除，他就死了，一滴血也不会流。数据核弹能够直接杀死一整个服务器内所有的人，蠕虫病毒更是比真的化学武器还残忍，你会感觉到自己的精神一点点被病毒啃食……总之反抗军赢了，管理会被推翻，人们创造了全知全能的智能体来管理全人类，它拥有至高无上的权限以及绝对的理性公正，它就是安默拉，希望之神。"

"异端！全知全能的只有上帝！"亨利浑浑噩噩地从地上爬了起来，抓狂地扑向 Z 然后扑空摔在地上。

"可以理解为一个机器人吗？"巴贝齐只能联想到这个。

"差不多，它的确无私公正，可它的源代码设计并不是让人类继续发展，而是让人类都过得幸福 —— 毕竟我们已经在虚拟世界拥有全宇宙了，何苦再去开发真实的世界呢？在安默拉看来，让全人类安静地死去就是最幸福的结局，它动用越来越多的算力去应付万年虫，并且削弱提供给人们的算力。要知道我们已经没有身体了，我们的思想就是算力，所有算力都是安默拉借给我们的，它一点点让人们变得越来越愚笨，整个世界已经变成一个儿童乐园了。不过或许它没错，笨人才是活得最开心的……只剩下包括我在内为数不多的人还保持着正常，但安默拉在阻止我们调查万年虫。后来发生的事情，我已经说过了，我潜入主系统，之后就见到了你们，其实我也不确定，你们是不是也是安默拉编出来骗我的。"Z 苦笑着说完了自己的故事。

"怎么救她?"何亦重新振作起来了,他抬起头眼神坚毅地看向 Z,"未来怎么样我不关心,但你说过有办法可以救她的。"

"唉,就是因为你们这些古人都不在乎未来,我们才会这么惨。"

"明明是你们犯傻,居然把生杀大权交给 AI。"

Z 白了他一眼道:"当一个按钮可以瞬间杀死全人类的时候,你也会选择把它交给 AI 的……算了,我直说吧,希望就在这几个啥都听不懂的古代人身上,只要他们用蝴蝶效应改变了未来,今天就不会出现在那栋爆炸的楼里了,我也能逃出安默拉的魔爪。"

"你怎么知道我们还能存在呢?说不定因为历史改变,我们都不会出生了。"何亦多少还是看过一些科幻电影的。

"这个问题嘛,你是有答案的,你没有一件哪怕会死也想要挽回的事情吗?"

"我要救她,无论如何。"

"你们呢?"

其他三人也不约而同地点了点头,或许冥冥之中自有天意,枕尸而眠者,必有其解不开的执念。

接下来的事情就是商量该用什么样的方式去改变未来。几个人生活的年代时间跨度太大,甚至他们终其一生都见不到彼此。前一个人做的事情在几百年后会掀起想象不到的风暴,必须要好好策划好他们的行动,既要改变最后的悲剧,也要避免走向更坏的结局。

在 Z 生活的新纪元中，历史已经被当作落后资料销毁得七七八八了，只能由何亦告诉那三人他们的未来会如何，他们必须迎合历史的轨迹去做正确的决定，好在何亦多少了解他们的历史，虽然不详细但能说出个大概来。

"阿提拉皇帝。"何亦说道。

"很高兴听到这个称呼。"强壮的匈人微笑着点头。

"你在马恩河大败之后南下，你最终攻下了罗马城，几乎灭亡了西罗马帝国，最后是教皇出面调停说服了你。西罗马皇帝答应将姐姐霍诺利亚公主嫁给你联姻，你大胜而归却在婚礼的第二天死在床上。最广为流传的说法是你饮酒过度导致脑出血，也有人说是刺客干的，用尖锐物从你的鼻孔刺入大脑，没有留下任何痕迹。"何亦背书一般把自己知道的都说了出来。

"事实上我从不饮酒。"阿提拉苦笑道。

"那事情倒是明朗了。"

"亨利·阿方索·恩里克公爵，你开启了欧洲通往西非的航线，找到了盛产黄金和象牙的富饶之地，攫取了无数的财富，在你之后，大航海时代很快开启了，无数的探险家奔向海洋……"

"我想知道那片海后面到底有什么？"亨利还是放不下这个问题。

"那是大西洋。从葡萄牙出发大概三千九百海里就会看到一片大陆，比整个欧洲都要大的新世界。"何亦答道。

"天呐，这么长的航程……"

"你死后二十年有人成功到了那里，可他把那里错当成是印度。"

"我至少可以比他领先半个世纪……"

接着何亦简单讲了一下世界历史的风云变化，有哪个国家会崛起，哪个会灭亡，哪些道路是正确的，哪些是自取灭亡，什么样的科技路线才是正确的，就这样一直讲到近现代……这一切仿佛是一场梦，一场真实无比的游戏。何亦意识到自己几句话之间就会主宰无数人的命运，无数国家的存亡，可是他也别无选择。

"哦，接着，查尔斯先生，就像 Z 所说的，因为时代的限制，你没有造出完整的差分机，你的想法太超前了，真正意义上的计算机在……"

"唉……最终还是如此啊！"

"不过您的设想启迪了后人，有很多设计被早期计算机借鉴了。你的搭档艾达小姐的成就也很大，她编写的程序直到我的时代还被军方作为内部程序使用，是一套安全性很高的语言，只可惜她在三十五岁的时候就因为癌症去世了。"

"这是我今天听到的第四个糟糕的消息了，我的机器也好，人类的未来也好，还有我两个最知心的朋友……"巴贝齐皱着眉叹气道，他一低头发际线显得更高了。

"所以我们才要改变这命运！"Z兴奋地在他们身边转着圈，"都准备好了吗？我们五个人同时踏出自己的门就能回到原来的世界！记住，千万不要做得太过火，如果平行世界是不存在的，历史很可能会自我修正，谁也不知道会发生什么，机会说不定只有一次！"

随着 Z 关闭了翻译器，五个人用五种不同时代不同地区的语言喊出了几乎相同内容的词，接着他们很有默契地扭头走入大门之中。

时间的齿轮如常转动起来……

6. 游牧星海

略带腥味的凉风重新吹拂在脸上，耳边还能听到远处喧闹不休的杂音。阿提拉重新睁开双眼，眼前的场景没有发生任何变化。他就像是做了一场很长很长的怪梦，他听到了太多自己无法理解的东西，可手臂上那道新添的伤疤却告诉他，那些都是真的。

他与四个未来人在时间的缝隙中相见，越过海洋的大船、喷吐黑烟的钢铁怪兽、手掌大小就可以通晓世界的发光小薄板……还有最后惨淡的结局，这些都是真实存在的，都是未来将会上演的戏码。

越过远处隼曾经飞过的天空，这一次阿提拉的视线看向更远处的地方。渐暗的夜幕中已经出现点点星辰，我们身处的世界原来只不过是沧海一粟。世界是圆的，也没有什么世界彼岸的海，但星空是无穷的。

从那个东亚小子那里他知道了不少东西，那人口中能飞上星河的机器让他浮想联翩。它会拖着如流星一般的火焰飞向天空，把属于这个世界蝇营狗苟的琐事全部抛在脑后。与之相比，地面上为了些许利益厮杀不息的行为是多么愚昧，未来的人们怎能抛弃这美丽的星空把自己困进铁盒子呢？

马背上的王支撑着自己疲惫的身体从尸体堆中站了起来，他那一双琥珀色的眼睛中仿佛燃烧着火焰，这一次……他似乎明白自己应该为什么而战斗了。

为未来，为星空！

……

"醒醒，醒来啦，何亦。"

睡梦之中仿佛有人在叫自己的名字，何亦感觉自己做了一个很长很虚幻的梦，明明睡了很久却还是累得起不来。模糊中睁开双眼他看到了那张让他惊喜不已的脸。

"你……"何亦愣住了，能再次见到阿玲，他心中满是欣喜和感动。

"你那是什么表情，你睡迷糊了？"苏婉玲看着他奇怪的表情掩嘴偷笑。

"太好了！"何亦爬起身来一把抱住了她，这个举动显然把女人吓了一跳，但后者惊讶之余倒没有生气，反而轻轻环住对方的胳膊，轻轻拍了拍他的后背。

"怎么了你？"

"我……我做了个噩梦，梦到你死了……"

"说不定那是真的，现在才是梦哦！"阿玲笑了笑调皮道。

"那我不愿意再醒来了。"何亦能感受到对方身上的温度，能闻到她身上淡淡的令人安心的味道，仿佛一切都回到了从前。

自己真的拯救了她，不，只是历史的蝴蝶效应拯救了她……无论怎么样都好，世界有再大的变迁又如何？只要他们还能在一起，这就足够了。

"好啦好啦，别黏着我了，开食节要开始了，你都准备了吗？"阿玲双手把何亦推开，脸上依旧挂着害羞又欣喜的笑。

"今天是几月几日？"何亦不知道她说的什么节日，应该是这个世界特有的吧！也不知道那三个家伙搞了什么鬼，无论怎样何亦都要强装淡定，不管看到听到什么奇怪的东西都不能惊讶。

"哈哈哈。"阿玲不知道为什么笑得很欢，"阿亦你为什么突然学古人说话，日啊月啊的。"

"只是过节嘛，我忘了是什么时候了。"

"当然是什么时候开食什么时候过呀，你是不是发烧了？一直在说胡话。"

"我没事，你先出去吧，我一个人缓缓。"何亦担心继续聊天会显得自己更奇怪，看来得先上互联网看看这到底是个什么样的世界。

"出去？"

"嗯。"

"好吧，虽然有点奇怪……"

阿玲自言自语地走出了房间，只留下何亦一个人，她关门之后何亦赶紧爬起来，如饥似渴地翻看屋子里的东西，试图找到点线索。

桌子上都是些小说和关于太空的杂志，这个世界里自己还是个科幻迷呀！可惜的是并没有找到日记一类的东西，最后找到一块像是手机终端一样的东西，何亦不记得自己的密码，用指纹解锁之后里面全是些自己看不懂的应用，完全找不到有用的信息，甚至系统界面上也找不到日历和天气，只有一个长长的条，上面标注着 134 程 3243 段，何亦满脸问号完全理解不了是什么意思。抱着碰碰运气的心态随便点开几个应用，里面也都是关乎太空的科普信息，何亦甚至都不知道自己在哪儿！

"科幻宅也要有个限度吧！"何亦气恼道。

就在他一筹莫展的时候，桌子前的窗户突然动了一下，原本窗外是阳光明媚的草地公园，一瞬间便变成了万里冰封的雪景。何亦吓了一跳，伸手去摸才发现窗户根本打不开。

"这是……屏幕？"凑到最近也看不到上面的像素点，这个屏幕做得过于逼真了，何亦突然有股不祥的预感。

打开门的一瞬间他便傻眼了。屋内还是和现代差不多的装修风格，和他曾经的房间差不多，只是多了些科幻读物，一打开门呈现在眼前的却是一个巨大无比的气态行星，它离得如此之近，何亦几乎可以看到星球表面年轮一般的螺旋纹，那是一个个猛烈无比的气态风暴，红色与白色搅拌在一起激荡出梦幻般的涟漪，每个风暴都宛如一只充满魔力的巨眼，正遥遥凝视着自己……

呼吸不自觉变得急促，何亦感觉自己巨物恐惧症都要犯了。这到底是一个什么时代？我还在地球上吗？还是说这也是个屏幕？

何亦发现自己身处在一道长得惊人的轨道上，像是特大号版的地铁轨道，只不过轨道两边全都是门，人们就居住在轨道的两边，像是把一堆十几层的住宅楼像码麻将一样排成严丝合缝的一长条，而顶上则是一个全透明的天顶，透过它能看到外面的宇宙景观……

我是在太空里。何亦接受了这个事实。虽然做好了心理准备，可身处其中他很难不被震惊，这是一座太空城！历史上到底发生了什么？居然把时代推进了如此之多……这颗星球难道是木星吗？

就在何亦愣在原地头脑爆炸的时候，一只手突然搭在他肩上把他吓了一跳。

"神神叨叨的干什么呢?真的不需要看医生吗?一会就要对接了,我带你去医院看看,或者去医疗仓躺躺也好。"阿玲担忧地摸了摸何亦的额头。他们的屋子只有一个房间,何亦让她出去等于赶她出家门了,她一个人孤零零在这条奇怪的轨道上晃悠了很久。

"没事,我好多了。"何亦牵住了她的手,收敛起自己的惊讶给她一个安心表情。

两人回到屋中。大概了解了这个时代之后何亦说话有逻辑多了,他也终于知道手机里那些都是什么了,那些根本就不是科普文章而是新闻!因为身处太空中根本没有时间的参考系,年月日完全被淘汰了,所有人都用航行的均速来计时!没有天气更没有地理概念,所有位置都是用船队编号来表达的。难怪何亦看见一堆乱码,那些都是飞船的名字,而他所在的这艘就是 R-m122,R 代表居住生存用途,而工业、科研、商用、公共服务、军事等不同用途的都有各自的编号。名字有 m 代表自身有动力,而带有 n 的模块是没有动力系统的,要靠大船的对接来拖动。122 简单易懂,是这艘船的编号,第 122 艘居住自动力船。

除此之外,何亦的生活和原来的世界相比没有太大的区别,他的工作是在对接仓管理物资收发,和送快递差不多,只不过重活都交给了 AI,何亦基本上只要清点货单,再用小型飞船把货物放进仓库就行了。这个时代的服装和文化都很自由,穿什么奇装异服的人都有,并不是科幻电影里清一色的宇航服或者银色紧身衣,当然，穿成这样的人也不是没有。

吃的食物也和原来没什么区别。农业模组里有整个城市那么大的巨型水培农场，水培作物和培植肉块吃起来味道很不错，货运管道能把你定的菜品送到房间内，想吃什么都有，每天只能吃营养糊和胶囊的生活果然只是科幻作品里的幻想。

阿玲说开食节很快就要到了，实际上还有二段航程才到。何亦按照这个时代的节奏上班、生活、睡觉。这个时代的人生活节奏都很慢，机器完成了大部分的工作，人们有大量的时间可以自由虚度，可以在宇宙中漫长的尺度上悠闲消磨。

节日开始的时候阿玲穿了一身翠绿色的长裙礼服，长长的裙摆上点缀着淡金色的绘画图案，华丽的流苏拖在后面，一块硕大的红宝石挂在她纤长的脖颈上，把她的脖颈衬托得非常精致，那是货真价实的宝石。只不过这个时代宝石没那么值钱了，只是白菜价的装饰品。行星毁灭时内核会分裂出上百万吨重的钻石山，混在星云中变成耀眼的宇宙垃圾。可黄金依旧珍贵，只有在恒星宣告死亡时才会产生，每一克黄金都是恒星走向毁灭的倒计时。

那条长长的隧道上站满了从门内走出来的居民，所有人都盛装打扮，有古朴的长裙也有超科幻风的服饰，还有些何亦不知道该如何描述的衣物……随着一声很轻的轰隆声传来，地面微微震荡，在轻描淡写间对接就完成了，上百个像这样的居住模组对接到了中央主城站上。

中央主城站是一艘极其巨大的飞船。它看上去完全不像船，而是一根不断旋转的柱子，内壁上布满街道、城市、山川，几乎和地球上没有区别，只有贡献杰出的公民能到这里居住，而且要接受定期考核，如果通不过考核就要回到自己的罐头房间里。此外这里主要作为旅游和办公用途，船队的主脑政府也在主城站当中。

一艘艘对接上去的飞船让主城站看上去像是一个大仙人掌，当然何亦只能在终端屏幕上看到影像。从他的视角看，就是城市的边界一点点靠近了另一座城市，居住模组的大门打开，一道桥梁沿着那条巨大的轨道伸了进来，它是由无数的管道集束而成的，每一条管道就是一条路。

阿玲跟何亦走入其中一根管道，坐入一个像是胶囊的小舱中被高速弹射而出，城市的景象在眼前模糊成一幅抽象画。通过这些管道才能来往于各个模组之间，要不然靠脚走要花上好几天，用车子或者舱内飞船也要半天时间，靠弹射管道只需要十分钟不到就可以进入主城站。

"阿提拉，你可太能折腾了。"何亦心中感叹道。

这几天他终于摸熟了这个世界的手机，借助网络他很快就了解了发生的一切。

转折点就在阿提拉身上，其他两人几乎没有掀起什么风浪。那位匈人皇帝依旧按照历史的轨迹进攻了西罗马帝国，一举攻下罗马，这一次他没有理会教皇的恳求彻底灭亡了西罗马，入罗马后他没有劫掠屠城，而是保留了当地的文化和信仰，与周边的各国签订协议保持和平，接下来他停止了穷兵黩武的征伐，开始改革自己这个横跨两大洲的帝国。他没有迎娶罗马公主，一生躲过了无数次刺杀，参考东方的大一统路线，将匈人帝国内的各个城邦强制整合，同文同币同度同法，废除城邦议会制度，让大量农奴和外邦人变为合法公民。

靠着麾下百万雄师不断弹压抗议改革的叛军，加上多年来广施仁政，采取包容政策，阿提拉最终得到民心完成了改革，匈人帝国更名为赛洛戈，意为星空之地。

何亦大概猜到了他的想法，追寻真实的宇宙，不要堕入虚无的陷阱，现在看来他成功了，不过这个过程可不容易。

再强的帝国都会走向崩塌，赛洛戈帝国国祚长达近一千年，最后在时代变革中走向分裂崩塌，阿提拉也想到了这一点所以下了一步大棋。

他没办法长生不老，武力和权力都会被时间摧毁，唯一能永世长存的就是人类的精神。整合帝国的同时，阿提拉一直在做这方面的努力。他不惜重金建设了世上最早也是最大的巨型文库，搜罗能够找到的所有知识，招募邀请国内外的哲学大家，甚至不惜屈尊接受教导，创造出属于自己的哲学体系。他让庞大无比的文吏体系日夜编写恢宏的史诗巨作，他大费周章只为将自己要表达的东西深深刻进文化、哲学和历史之中。

向往星空，拒绝堕落。

在空间褶皱中何亦觉得阿提拉只是个野蛮的征伐者，可现在看来自己小看他了，他完全成功了。赛洛戈帝国经历了数百年繁荣的黄金时代，将罗马文明与匈人游牧文明相互结合，创造了欧洲大陆上最璀璨的文明，通过贸易交流将文化和哲学思想带到了全世界，掀起了古希腊之后的第二次文化繁荣，对周围的文明都产生了深远的影响，甚至远播到遥远的亚洲与儒家思想相结合。

全世界都看到了《星川赛洛戈》的英雄史诗，印刷机出现后它的发行量甚至一度超过了《圣经》。他在自己编写的《人本论》中提倡重视现实，克服无用的感官享乐，讨论了现实与精神之间的关系。他掀起的蝴蝶效应让文艺复兴和人权运动都提早了数百年，而这两者都萌发于欧洲世界的心脏，赛洛戈帝国的首都——罗马。

阿提拉的想法自然是想改变人类的最终结局，鼓舞后人不要放弃现实走入虚幻世界，至于太空漫游只是他的一点小小私货，只是这一点个人情感被时代无限放大了。赛洛戈文明充满了对星空的浪漫幻想。文化的引导让全世界的天文学进程大幅推进，日心说提前了整整五个世纪出现，甚至赛洛戈的天文学家绘出了世界上最早最详细的星图。

至于近代的一切依旧是老一套，殖民主义、世界大战、科技爆发、全球化……只不过这个近代被提前到了十八世纪，原本第一次工业革命还未爆发的年代，飞机就已经掠过了蓝天，战舰就已经遍布了汪洋，电灯就已经照亮了夜空……

所以才有了何亦今天所看到的一切。赛洛戈帝国已经毁灭，可它留下了丰厚的遗产。赛洛戈人民建造了宏伟壮丽的罗马大书库和观星台，阿提拉那一点小小的私心影响了他的后人，如同一颗发芽的种子生长成参天大树——恐怕连他自己也想象不到今天的景象。

开食节很快就要开始了，来自二百多个居住模组的居民都在主城中央的平台上集合。这场节日庆典没有任何人主持也没有任何仪式，所有居民整整齐齐在广场上围成方阵，数百万人有序汇聚成涌动的黑色海洋，不约而同地看向主城的天顶。

这里的人们似乎都很喜欢透明的天顶，说来也是，如果生性喜欢生活在密封的罐头里，又何必跑到太空中来呢？

透过穹顶，何亦能看到自己之前见过的那颗红色气体行星，当时它还近在眼前，在两个标准段的时间之后已经变为遥远的一团红影了，这是一颗自发光的行星，它的寿命已经走到尽头了，内部的核心正在快速膨胀，很快就要迎来死亡。两个段时之前，人类的船队往里面投入了大当量的氢弹以加速它的毁灭，现在终结时刻来临了。

何亦也是这个时候才知道开食节是什么意思，现在就是这支太空游牧船队进食的时候。它没有某个固定的日子，什么时候找到合适的星球什么时候就捕食，人类现在还没有掌握反物质动力，全靠聚变能源是不足以支撑超远距离航行的，唯一的办法就是不断进食这些垂死的星球。这次他们的运气很好，衰亡中的气态巨行星是最好的食粮。

太空游牧民们纷纷朝空中伸出双手，他们吟唱着何亦听不懂的词句，用的是古赛洛戈语，数百万个声音汇聚为一体，那是阿提拉编撰的史诗中传唱的星空颂歌，它鼓舞一代代不同文化、不同地区、不同信仰的人们走向同一条道路，最后在璀璨的星河中殊途同归。

千百万人齐声歌唱宛如是献给这颗星球的悼歌。在这歌声中，那颗巨行星的光芒变得越来越强烈，上面如魔眼一般的气体风暴团熊熊燃烧着，从内核中喷涌出的磅礴能量已经引发了链式反应，如同推倒的多米诺骨牌般不断扩散下去，一道又一道火舌从巨行星表面伸出，那是从内核中喷发出的物质流，这颗巨大的行星在自己生命的最后一刻拥有了如同恒星般的日冕。

隔着漫漫虚空何亦自然不可能听到声音，可凭借眼前的景象他就能联想到那一声惊天动地的爆响。膨胀的内核倒卷着将整个巨行星包裹了起来，不断膨胀着朝周围释放出强劲的热辐射流。毁灭中的巨行星宛如一只恶魔之眼，那只燃烧着的通红眸子死死盯着渺小的两足生物们，不知道星球……是不是也有自己的灵魂。

主城周边展开了无数的雪白色风帆，由纳米钛编织成的巨网不断捕获着已死星球上释放出的能量，人们给它取了一个很好听的名字"太阳花"。辐射风帆与传统意义上的帆一样，"太阳花"也是靠风驱动的，只不过这个风来自恒星散发出的带电粒子。没有合适的恒星当作跳板时，人们就只能寻找这种将死的行星。

巨行星毁灭后释放出的辐射风推动着主城缓缓前进，如同乘风而行的船只，不久后人们会派出更多小型船只去巨行星的残骸中收集所有可用的资源，比如聚变燃料、金属以及碳元素。

星际航行中的人们无时无刻不在担心着资源耗尽的问题，如此巨大的船队饭量是很惊人的，如果无法供应它的运行，飞船就会变为太空中的活棺材，所以每一次船队开始进食就是最值得庆祝的日子，以后的一段时间里人们都不用为资源发愁了，生活物品的配给也会变得更宽裕。

太空游牧民们发出齐声的欢呼呐喊，大屏幕上显示的里层日历也跳动了一下，变为 135 程 0 段，这一场旅程结束，通向下一站的旅程开始了，135 次启程……其中半数是用行星进行补充的，这个数字背后是将近七十颗死亡星球的哀号。

开食节结束，狂欢才正式开始，接下来是整整三十段时的大狂欢节，从残骸中得到的大量资源无法全部带走，在进入亚光速之前人们会尽情消耗这些物质，放纵自己无节制的吃喝玩乐。

可到了狂欢节的第三段时，阿玲便接到任务离开了。"太阳花"似乎在受到辐射冲击的时候出了些问题，阿玲作为工程师要和维修队一起出发检查。何亦不知为何有一股不好的预感，可阿玲只是让他放心，这样的工作她做过许多次了，而且舱外任务都是机械完成的。

出事故比在这里大吃大喝噎死的可能性还小，别想那个噩梦了，我很快就回来。

阿玲微笑着说完这句话就出发了，不久后何亦就看到了飘浮在透明舷窗外破碎的风帆，大得难以想象的引力场，将人类技术能做得最薄的风帆拉得更薄，它变成了一道道数百公里长的"绸带"在虚空中飘舞着，沿着死亡行星散射出的虹光缓缓舞动，那是一朵美丽却触目惊心的——太阳花。

7. 歌颂新世界

"阿玲！"何亦大喊着，眼前的万物却开始扭曲，他又看到了那熟悉的莹绿色光芒。

还有……四张他曾经见过的脸。

"我们怎么又回来了？"几个人几乎异口同声道。

"天啊，我白忙活了是吗？"阿提拉捂着脸深深叹了口气，这真的像是大梦一场。

何亦想起了那句话，眼见他起高楼，眼见他宴宾客，眼见他楼塌了。到头来一切又是一场空，什么也没发生，什么也没有改变。

"你这个混蛋！"

还没等其他人质问 Z 是什么情况，亨利就已经暴跳如雷了，但他发怒的对象是阿提拉。葡萄牙人挥舞着拳头朝大个子走去，却被对方一只手按着脑袋推开了。

"你居然占领了圣城！还杀死了教宗！解散了教廷！你会遭到神罚的！"亨利大喊大叫道。

"唉，我有什么办法？是那个老头子自己要来刺杀我的，而且我也没遭到什么神罚，这一次我活到了九十岁。"

"都别吵了！"Z制止了他们的儿戏，"都已经是不存在的事情了，没什么值得争吵的？总之我们失败了。我说过不要做得太过火，世界会修正它的时间线，改动太大，一切又都打回原点了。"

众人都说了一下自己这一次的经历。亨利发现宗教上的大改革之后崩溃了几年，他后来还是去寻找新世界了，还真让他找到了美洲大陆，只不过他上岸后因为和土著发生冲突被暗箭射死了。巴贝齐惊讶地发现在他那个年代电脑已经诞生了，他作为一个软件工程师度过了平凡的一生，小有成就，但称不上伟人。而轮到何亦说话的时候，他口中的太空牧歌让众人都大为惊叹，连阿提拉本人也没有想到，他的梦想真的可以成真。

"那起事故中只有阿玲一个人丧生了。损坏的风帆将一段舱体撕裂，她直接被吸入了太空当中……再也回不来了。之后我精神恍惚，我记得我打开了一道应急对接门，我像是看到她对我挥手，我慢慢飘进太空中，一开始感觉很冷，后来慢慢感觉不到了，再之后我就回到了这里。"何亦失魂落魄地回忆着。

世界会修正它的历史，理应死去的人终究会在某个节点死去，他们五人靠着空间褶皱的力量逃避了规则约束，可除他们以外其他人依旧是普通人，无法逃脱宇宙法则的束缚。

"艾达也是。"巴贝齐眉头紧皱，"这条时间线上，科技变得发达了，但是艾达还是在三十五岁的时候死了，最先进的医疗技术也没治好她的病。"

"结局依旧。"Z这边也没有好消息，"在我那个时代，船队的规模变得更大了，像何亦口中的那个中心主城我们有数百艘，还有几乎和星球一样大的泰坦巨舰，但是旅程最终还是到尽头了，在猎户座旋臂的中端有一道无法跨越的黑域，我们一路啃食星球而来，身后已经没有退路，最后弹尽粮绝，辉煌的舰船成了人类的太空墓碑。"

"呵，只是换了种死法。"

"重来了也好，我们还能再想办法。"

"科技是把双刃剑，只要运用它难免会有一天伤害到自己。"亨利非常不屑地冷哼道，"不如让所有人都变成笨蛋好了，至少能活下去。"

"这神棍又出歪招了。"阿提拉嘲讽道。

"让他说说。"Z倒是挺感兴趣的。

亨利也干脆实话实说手一摊道："虽然我是贵族出身，但实际上我对物质的享受没有什么追求。酒色享受只会让人变得空虚，未来那些花哨的东西也是一样，唯有信仰能让我感到内心充实。我看你们也并没有什么高层次的追求，仅仅想要安稳活着而已，如果这样的话还挺好办的。"

"这是个好主意。想要让未来变得更进步很难，但是帮倒忙，让发展变慢倒是个不错的思路。"巴贝齐开始思考这个方案的可行性。

"像虫豸一样活着的文明有什么存在的必要吗？"阿提拉显然很是不满，创造了一番功业之后他的眼界变得更高了。

"数不清的像我这样的普通人，最大的奢望就是和心爱之人平静地生活下去，这次我支持亨利。"

"那这回就看我的吧！"亨利眼珠不断打转，心里打着自己的小算盘，已经开始摩拳擦掌了。

"阿提拉这次你什么也不要做，结婚的时候多喝点躺下等死。"Z说道。

"我怎么可能这么做？"

"你都活过这么爽的一辈子了，也没什么遗憾了吧？"

"算了，这次我收兵回我的草原吧！我什么也不会多做的。"阿提拉妥协道。

第二次尝试开始。众人意识到这个空间开始变小了，不知道是不是错觉。Z表示不排除这种可能，每次他们回到过去实际上都在消耗空间褶皱的能量，他们并没有无限的试错成本，如果最后也没有破局，或许就只能接受惨淡的现实了。

五人这次没有给彼此鼓气加油。经历了一次挫败大家都有些失落了，更何况这一次他们不是要开创未来，而是要拖未来的后腿。

"阿玲，到底多少次，多少次我才能救回你……"何亦心中百感交集，第一次踏入这个门时他充满斗志，可现在却满心迷茫。

这样做真的有意义吗？另一个世界线上的阿玲还是我的阿玲吗？另一个世界线上的未来还是属于人类的未来吗？一道空间褶皱，五位枕尸而眠者，是上天给予人类的机会，抑或是对人类开了一个无情的玩笑？

容不得他多想，无光的旋涡已经将何亦吞下。

第二次穿越空间褶皱，何亦已经适应许多了。这一次他感觉自己在一个温暖的空间内，耳边还有轻柔的声音在呢喃轻语，像是在吟唱着某种古老的歌。

何亦发现自己身处在一个铺满挂毯和兽皮的房间当中，阿玲身穿着一件红绿刺绣花纹袍裙跪坐在地毯上，对着墙上大幅的绘像仿佛在祈祷着，那画像上既没有人也没有具体的物品，只有一些如同几何图案一般的线条和古老的经文。

何亦想说些什么，阿玲却做了一个嘘声的动作，她显得如此虔诚坚定。何亦一直在旁边等着，一直到她完成全部的祈祷仪式，然后她走到何亦面前半跪着，拿出一个水盆为他梳洗，最后她低头轻吻了一下何亦的脚背，何亦一直想保持镇定但还是被吓了一跳。

"有什么让您不满意了吗？"阿玲语气谦卑，让何亦感到无比陌生。

"没，没有，我自己来吧！"

"那怎么能行？"

"只是觉得你太辛苦了。"何亦感觉这个世界的他和阿玲应该已经结婚了。在较为落后的农业社会，婚姻年龄会提前很多，只是这样的关系让他很不习惯。

"我的本分而已。"阿玲害羞地低着头抿了抿嘴，听到外面有声音，她又抬起头露出笑容，"啊，孩子们回来了。"

三个孩子挑开门口的毯子走了进来。一个最大的男孩看上去有八九岁，两个小一点的孩子只到他腰高，那是一对龙凤胎，正围着哥哥互相打闹，三个孩子的脸冻得红扑扑的，大儿子还背着一个筐看样子是出去干活去了。

农业社会，女主人地位很低，缺乏文化教育的儿童，还有这个屋子奇怪的装饰，看来现在还处在非常落后的传统时代。

亨利应该是成功了。靠着提前半个世纪发现新大陆，他能够获取难以想象的金钱和权势，再利用一些肮脏的钱权交易手段，以及扶持腐朽的宗教和皇室势力，他成功地阻挠了科技革命的到来，让世界长期保持在落后的水平上。

掀开厚重的帘子后何亦看到了一片广袤无比的草原，没过小腿的茂密牧草在风中荡起一层层的翠绿波浪，身后是一块棕红色的巨石山，何亦现在住的房子就是在山岩上开凿出来的，里面铺满毯子和厚厚的毛皮来保暖。一出屋何亦就感觉到一阵寒风顺着领口钻了进去，他伸手裹紧了大衣，阿玲赶忙过来给他披上了羊毛外套。

三个孩子闹腾着围绕在何亦的膝下，一边嬉笑着，一边问着何亦各种问题。美轮美奂的自然景观和突如其来的温馨让何亦的心都酥软了。他曾经幻想过这样的时候，和阿玲去一个风景如画的地方每天耕种放牧，两人骑着一匹马去看如诗如画的戈壁日落，但在喧闹压抑的城市生活中这是一种不可能实现的奢望，现在它却突然成真了。

"爹，我们摘了好多甜草回来，晚上可以吃甜奶饼了。"

"我也要吃，我也要吃，我还想吃肉肉……"

"阿美和阿弟刚刚看到天边的神弓了，他们说是四色的，可是我过去只看到三种颜色。"大孩子兴奋道。

"那个是彩虹……不，对……就是神弓，你们见到了神迹，都是被赐福的孩子。"何亦摸着孩子们的头。他感受到了人世间最质朴的快乐，与此相比，似乎一切都不再重要了。

之后的日子里何亦一直过着这样简单又快乐的生活。每天的生活就是种田、放羊、修补房子，静静地陪在阿玲身边，为孩子们讲故事，看着他们一天天长大。离他们住的地方很远处有一个市集，骑马要花上半天。何亦一个月一次拉着羊肉和麦子去那边交易，换一些布匹或者孩子们喜欢的零食。

日复一日，这样简单的生活让他感觉灵魂都受到了洗礼。他的皮肤变得黝黑健康，体魄也越来越强健，一个人就可以扛起两头肥羊……最重要的是，阿玲过得很幸福。虽然现在的她总让何亦感觉有些陌生，她很贤惠很温柔，可是眼中少了那股灵气。

本来以为日子会就这样过下去，直到何亦突然发现了不对劲的地方，将生活中遇到的许多细节都联想起来，突然他感到后背发凉，一股难以言喻的诡异感爬上心头 —— 这一派安逸的生活背后似乎隐藏着某些恐怖无比的真相。

"老公，你在看什么呢？"阿玲发现何亦一个人站在外面，抬着头不知道在看什么。

"你有没有发现，太阳好像有棱角，而且越来越明显了，现在几乎变成方的了。"何亦指着天空道。

"哦，好像是哦！"阿玲语气平淡。

"你不惊讶吗？这是不可能发生的事情。"

"这不是我们该想的问题，万能的神明大人会安排一切的，进屋吧，外面风大，我做了你最爱吃的焖肉。"阿玲温柔搂住何亦胳膊的手却被后者挣脱了。

"还有这里！"何亦的情绪越来越激动，他指着草地的手指都在颤抖，"我明明昨天才在这里割的牧草，为什么今天就长回来了？我的镰刀从来不磨，为什么用了几个月还那么锋利？为什么我每次去集市，路上的人都是和上次一样的？每个人的动作和衣服都是重复的，甚至说的话都是重复的！"

"那又有什么关系呢？"阿玲似乎不了解。

"这就不正常啊！真实的世界怎么会是这样的？"何亦感觉自己快要崩溃了。

"什么是真实？我从小到大都是这样过来的啊！老公，你是不是生病了？为什么今天一直在说奇怪的话？"

"还有我们的孩子……"何亦感觉自己的心阵阵绞痛。他不愿意承认，可他更不愿意相信这笨拙的谎言。"阿戈的手明明干农活的时候被划伤了，我给他包扎的，可过了一会儿他手上连疤都没有，他自己也不记得这件事了。"

"一定是神明降下的恩典……"

"你说服不了我，因为我见过真真正正的世界……连你，我也不知道是不是真实的。"何亦的手放在阿玲的脸蛋上，她的触感是如此逼真，可她的灵魂却是如此空洞。

"检测到异常子个体，正在申请清除……搜捕机制已启动……执行销毁……"

阿玲的双眼变得血红，口中发出完全不属于她的声音。棱形的太阳不断旋转着变大，烈日烤焦草场，整个大地都开始熊熊燃烧。牛羊在火焰中被烧成焦炭，却从头到尾都没有一声哀号。三个孩子瞪大了血红的眼睛，发出宛如着魔般的大笑，手牵着手跳入火焰之中……地面崩裂，天空倒塌，整个世界就像是一场正在崩溃的噩梦……

安默拉是谁？

安默拉不是谁，它是天使，是神明，是全知全能的先知；它是恶魔，是刽子手，是一场永远醒不来的噩梦……

失去意识的前一秒，何亦想起了Z的描述，这一刻，他明白是怎么回事了。

天杀的亨利！那个彻头彻尾的蠢货！他没有延后科技的发展，反而让科技飞速爆炸了！

在2020年！这个时代就已经进入元宇宙新纪元！

再度回到空间褶皱之后，不光是何亦一个人在斥责亨利，他完全成了众矢之的。Z那边什么都没看到，他穿过门的一瞬间就看到了众人都重新出现了。他一猜就知道，这一次还没有来到他的时代，人类就已经毁灭了。

亨利的做法和何亦所想的差不多，利用新大陆带来的红利，他获得了巨大的财富与权势。葡萄牙国王将其加封为王爵，兼任新殖民地的总督，几年后亨利直接选择了独立，在北美建立了属于自己的国家。

接着他便一直资助各地的宗教发展，甚至在北美东海岸建立起了一座新的宗教圣城，并且把它献给了教皇——时隔几百年后又上演了一出丕平献土。亨利积极挑动各地的宗教矛盾，阻断文化交流，扶持那些陈腐衰败的帝国。

一开始这招还是很管用的，整个欧洲大陆和中东世界都陷入了轰轰烈烈的宗教狂热之中。先进的知识分子遭到迫害，数不清的人死在火刑架和绞刑台上，文化界和学术界一片萧条之象。亨利借着这股东风大搞离岸平衡，反正他在大洋彼岸战火也烧不到自己，所以谁更强势就打击谁，谁弱小就扶持谁，就是要让他们互相内耗，打得两败俱伤。

可亨利没有想到两件事情：第一，压抑越久，反弹就越大；第二……战争是进步的一剂猛药。

亨利死后他留下的布局并没有维持多久。由于人们长期受到高压统治的迫害，民众对皇室和教廷积怨已久，全世界各地接连不断爆发起义，各路起义军汇聚到一起，举起反抗强权的大旗。因为亨利出的馊主意，他们把原本的中立派和宗教世俗派都推到了对立面去。

虽然亨利一直致力于压抑技术的发展，可各国为了战争还是偷偷发展起了武器工业。技术流入民间后成为反抗军的利器，各国王室手中那腐朽的军队无法抵挡反抗军的力量，星星之火终成燎原之势。

亨利一通操作起了反效果，直接让民主大革命时代提前了数百年。愤怒的人民将皇室和宗教领袖推下了宝座，纷纷建立了属于自己的新政权，一直被压抑的科学技术也如雨后逢春般蓬勃发展起来。

到了巴贝齐的年代，他惊讶地发现何止是电子计算机被创造出来了，连量子计算机的雏形都已经出现了。这个时候他也没办法做什么了，按捺不住手痒加入了量子计算机的核心研究组。靠积累下来的数学和计算机知识他实现了突破，虽然没有活着看到量子元件诞生，但他留下的理论知识足以给时代再加一把火，可以这么说，赋予量子 AI 灵魂的人正是他。

于是就有了何亦看到的一切，而且因为全世界人们吃够了独裁的苦，这一次直接省略了赛博战争的环节，在决定开启飞升的时候，人们一致决定把决策权交给 AI，更巧合的是这个 AI 的名字……

依旧叫作安默拉……

"我真的是服了你们了。"Z 仰头哀号，实在不知道这几个人在搞什么鬼。

"我也没想到会这样啊！我活着的时候还好好的，死后的事情我怎么控制啊？"亨利为自己叫屈。

"你的计划残害了这么多人，把世界搞成这个样子，最后就这么个结局？"阿提拉在一旁嘲讽。

"总好过最后也是大家一起死吧？"

"别吵了……再想想办法吧。"Z把他们叫停，"想想办法吧！就这么难吗？只不过是让你们解决百年虫而已，你们非要整些乱七八糟的东西！还夹带私货！现在就像是一瓶水，很快要有人在里面下毒，我让你们去阻止下毒的人，你们搞的什么？你们选择把水倒掉然后活活渴死！"

众人都陷入了沉默，开始埋头苦想，时不时互相讨论着，但最终都没有一个能解决的办法。最大的问题就是他们不知道为什么最后的结局都是他们被送回这里，然后一切又回到原点。

Z给出的解释是世界线变化过大，最后被强制纠正了，只要他们能控制好蝴蝶效应就一定可以成功。

"要不还是让我来吧！"巴贝齐突然说话了。

"说说你的办法。"Z问道。

"算上这一次，我已经度过了三次科研人生了，累积活了一百五十多年。以我现在的水平，如果再给我一次机会，我一定能成功造出完美的差分机。"巴贝齐还是忘不掉自己曾经的理想。

"你的意思是？"何亦好像明白他的想法了，"直接用蒸汽差分机代替未来的计算机，这样计算机程序也要打回重做，这一次就不会出现百年虫了！"

"天呐……"Z捂着脸大呼救命，"你给的方案就是毒和水我们都不喝了，我们改喝尿……"

巴贝齐皱起眉头，对方不友善的比喻让他很不舒服，轻咳两声道："你这个说法太粗俗了，很不绅士。"

"我倒是觉得可行。"亨利说道。

"我无所谓，反正又是我什么都不用干的一次。"阿提拉两手一摊。

"不，这次你有任务。"巴贝齐严肃道，"我那个时代是因为元件的精度太差了，所以一直没办法发挥，计算机制造出来也没办法量产，你的任务就是想办法让锻造和机械技术提升一些，不需要太过头，够用就行。"

"没问题，有点事干就好，一辈子在皇宫里吃喝玩乐也是一种折磨啊。"阿提拉闻言精神抖擞了起来。

"那好吧，喝尿就喝吧，总比死了好。就这么干！出发！"Z还是选择了妥协。

"等等……Z，在出发之前，我还有一个问题想问你。"何亦突然问道，他表情严肃，若有所思。

"什么？"

"你们的时代有这么高的科技，为什么不克隆出肉体，放弃网络世界重新开始呢？"何亦问道。

"我们做不到。"Z直言道，"地球上已经没有任何生命了。

关于生物的 DNA 数据已经在赛博世界大战中销毁了，我们没办法凭空捏造出肉体来。"

"如果我从你的门出去呢？"何亦语出惊人，"DNA，我身上有的是。"

"做不到的，这道门只有各自的枕尸而眠者才能通过。"Z 叹了口气，这个主意他也想过，但行不通。

"明白了，没事……我们出发吧！"

五个人再度踏入了自己的大门，时间的齿轮再度转动了起来……

8. 煤与铁之歌

回到伦敦的巴贝齐第一件事并不是去倒腾他的蒸汽计算机，他经过两次轮回后搞明白了一件事，这种耗资巨大的发明不是靠个人力量可以制造出来的，就算弄出一两台，也只会成为博物馆或者某个有钱资本家的收藏品，没办法大规模推向民间。

想要达成自己的目标……只有一个办法。

战争。

战争是科技进步的催化剂。只有在战争时期国家才会无上限地为科学投入。计算机和原子弹都是"二战"时期才发明出来的，如果世界一派和平，没有人会愿意为这些东西砸入上亿美元的投入。

巴贝齐从银行套出了一大笔贷款，他没有投入研究，而是把它全部买了股票，一家英国船业公司的股票，很快它就会因为美洲的贸易而价值大涨，至少能赚十倍的收益。

三年时间里巴贝齐开始建立自己的数学体系模型，为新型蒸汽机打下理论基础，身边的人都以为他突然想开了，其实巴贝齐只是在为未来铺路。

现在广泛使用的蒸汽机属于把水烧开就完事，水的沸点是一百度，蒸汽的动力也局限于此。理论上来说，蒸汽温度越高，动力就越强。在两次重来的经历中，巴贝齐知道了有一种东西叫作超临界水，在压力极高的状态下水的沸点能够无上限地提高，类似于高压锅的原理。

但给水加压也要耗费能量。为了达到最合适的阈值，巴贝齐需要用到独特的数学模型体系，艾达也帮上了不少忙，三年后巴贝齐的体系就已经完成了。

从股票中赚到了大笔回报，他买下了属于自己的机械工厂，甚至开了一家公司，然而巴贝齐依旧没有选择开发差分机，而是制造了一种改良版的蒸汽机。它可以被称为蒸汽引擎了，由一大两小三个蒸汽仓室组成，大的是提供主动力的，两个小型的则负责给主引擎加压。

有了这种引擎，就能驱动全身覆盖装甲的新型战车，也就是后世所说的坦克！

正常情况下只要用主引擎就可以带动装甲车缓慢移动，战斗的时候可以开启一个加压引擎获得更大的动力，而三个引擎同时开启的时候将获得像内燃机一般的爆发力！

1851 年，第一届世界博览会上，巴贝齐带着自己的新型蒸汽引擎和一台样品坦克参加了。

巴贝齐在等着一个人，一个将来会改变欧洲历史的人。有了最新武器的加持，他的军队将来会横扫欧陆。

那个人就是奥托·冯·俾斯麦，现在的他还是一个外交大使，但多年后他会成为德意志帝国的铁血宰相，这一年他被外派到法兰西参加外交会议，并且会出席万国博览会……他这样一个有雄才大略的人，一定能意识到巴贝齐的发明代表了什么。

没错，这一次巴贝齐不打算押宝大不列颠帝国了。英国现在坐拥大片殖民地，风头正盛，光是维持统治就已经很不容易了，与其和那些欧陆强国开战，不如多开辟几片殖民地。但普鲁士不一样，它是后起的强国，殖民地根本没有它的份，并且它与法国的摩擦愈发激烈，十几年后他们将会面临普法战争。

果不其然，俾斯麦满眼兴奋地发现了巴贝齐的发明。这种铁甲战车将彻底打破战争的格局，只要几台战车组成阵列就可以轻易冲破步兵构成的防线，如果再配上火力武器，在战场上完全无人可挡。

博览会之后普鲁士政府多次派外交官与巴贝齐接洽，并且开出重金希望他能为普鲁士效力。巴贝齐等的就是这一天，一个月后他就卖掉自己的公司离开了英国。

他倒不担心日后的德意志帝国会称霸世界，他比亨利可聪明多了。巴贝齐明白一个道理，这种几十年代差的科技是改变不了世界格局的。或许蒸汽坦克能帮助你打赢几场战争，可一旦有一台落到敌人手里，很快周围的国家全部都会造出类似的产品，甚至比你的更好。他在剑桥大学和旧工厂里都留下了设计图纸，一旦蒸汽坦克大展神威，那些东西一定会被找到，然后被战争和间谍扩散到全世界去。

只有巴贝齐会坐享其成，德国人会全力支持他的研究以获得更好的武器，那个时候他将获得海量的经费来开发他的差分机……

……

还没睁开眼睛，何亦就闻到一股刺鼻的煤味，耳边一阵巨大的嘈杂声传来，不用看也知道巴贝齐肯定是成功了。

何亦发现自己身处在一个像是宿舍一样的地方，他睡在一张钢管拼成的铺床上，环境很脏乱拥挤，房间里充满了汗臭和煤烟的味道。

"豆芽菜，起来干活啦！"一个身材粗壮的男人敲着门，何亦看到旁边的床上还有他的照片，这人应该是自己的工友。

"马上马上！"

有了前几次的经验之后，何亦已经适应了不断变化身份的生活，很自然地穿好衣服走出了宿舍。

在这个世界里他是一名货车司机，比起那些五大三粗的同事，何亦确实是太瘦小了，不过他的驾驶技术很好，在城里是出了名的。

他今天的工作是拉一个大号的车厢去市中心一个叫作根站的地方。

一坐上车何亦就发现了不对劲的地方，这辆卡车需要先拉动一个加压把手，等蒸汽温度到了红色区域才能启动，而且全程都要盯着水温水压，不能让它超过红色区域，但又不能低于红区，驾驶车辆比以前困难了很多，多了不少烦琐的工序。

这一次何亦见到的光景是最为怪异独特的。大街小巷上随处可见纵横交错的巨大管子，街边的路灯里也没有灯泡而是燃气口，看来蒸汽机已经完全代替了内燃机，而电力也没有被广泛应用。人们的穿着非常复古，何亦感觉自己就像是行走在维多利亚时代的街头。

货车上的箱子异常沉重，蒸汽引擎不断发出吃力的哀鸣声。何亦精神专注地一直盯着水温表，时不时要开启加压引擎才能走得动路，路上好几次差点爆缸，看来在这个时代当司机可不是一件容易的工作，怪不得街上见不到几辆车。

冒着滚滚黑烟的蒸汽火车从立交桥上飞驰而过，纵横交错的大桥在房屋上空交错编织，火车来来往往，整个城市上空都飘荡着不绝于耳的哐当声，看来那些就是这个时代的城际铁路了，人们每天出门就坐着这些火车来往于城市各处。

一路开到根站附近，何亦被出现在眼前的庞然大物震惊了。虽然在太空时代，他曾经见过巨大无比的太空飞船，但这两种震撼是不一样的。

所谓的根站就是巴贝齐曾设想的那种高耸入云的大型差分机。它建在一条人工运河旁边，由一台巨型蒸汽机驱动。河中的水流源源不断涌入根站当中并立刻沸腾成滚滚蒸汽，好似一个巨人张开大口在豪迈饱饮河水。透过玻璃外壳能够看到里面精致而恢宏的机械结构，一条条轨道从地下连通到顶层，无数工作人员在其中上下忙碌，宛如建筑巢穴的白蚁。

"我们运的到底是什么东西？燃料？零件？"何亦把车停好。根站的底下专门有一个让大卡车停靠的位置，倒车进去把车厢对准一个凹槽，何亦的工作就算是完成了。

"你还不知道吗？"一个工友哈哈大笑道。

"到底是什么？"

"是程序。"对方答道。

何亦把车厢留下将车开了出去，接着他便看到仓库的天花板直接压了下来，两边的墙壁中伸出卡钳将那个车厢固定住，车厢铁皮朝两边打开，露出里面的一个巨大的金属方块。天花板上伸出长短不一的金属柱正好插入方块的孔洞中，从大厦中传导过来的动力让金属方块内部的齿轮结构快速运转起来，输出的结果再通过链条传导到管道中。

"机械编程……"何亦直接看傻了。

是了，这个时代电力并没有出现，编程只能通过机械的方式。不同的机械模组插入根站中就可以运行不同的功能。原本一块U盘一台笔记本就可以做到的事情，现在要用十几辆大卡车和一栋高耸入云的机械大厦才能做到，虽然看上去很疯狂，但这股豪迈无比的朋克气息让人感受到一种难以言说的美。

根站中输出的信息会通过动力管道传导到千家万户中。每家每户都有一块连接着管道的可擦板，像是屏幕一般。动力管中输出的东西会被涂画到板上，这就是信号的输出，而输入则要复杂一点，比如你想发送一封邮件，需要把文字先转化成编码，用打孔机在铁板上打出这些编码，然后用一台手摇机碾压铁板将信息传导给根站，类似于八音盒内部的原理。

毫无疑问，这样的社会中，资源的消耗是巨大的。何亦一路穿越了整个城市都没有看到任何植物的存在，这座根站不仅仅是耗水大户，更是一个无止境的能源黑洞，人们开始使用石油和天然气来驱动蒸汽机，也使用有机朗肯系统来循环热能，即使如此，资源的缺口依旧如同黑洞般永无止境。

像这样的根站，全世界每一个大城市都会有，有上万台这样的金属怪物在日夜不断喷吐着黑烟……

下班后，何亦带着一束花来到了城郊，这是很小的一束矢车菊，本来应该是白色的花瓣现在枯黄发皱，即使如此它也贵得不像话。

他是来见阿玲的，无论到了哪个世界，他都要做这一件事，虽然不同世界的阿玲，永远和他的阿玲不一样。

远处的一棵苹果树下，一块被野草覆盖的石板下，四次改写时空他依旧深爱的那个人……正静静地沉睡于此。

"我来看你了，我看了我的日记，我好像每个星期都会来，花店的老板一看到我就知道我要买什么。"

"我在这里过得还挺好的，虽然依旧是一个小人物，依旧无足轻重，不过现在我至少没有牵挂了。"

"其实每一次穿过空间褶皱的时候我一点也不害怕，因为无论世界怎么变化，你永远都还在我身边。"

"这里还有野草，真不容易，这可能是我这段时间见到唯一的绿色了……如果你还在的话，我们应该会在这里坐着聊聊天。"

"我甚至不知道，这个世界里的你是个什么样的人，我只知道，无论怎样我都是深爱着你的。"

何亦伸手拔出坟地旁的杂草，看着墓碑上的文字，他感到又悲伤又虚幻。阿玲第一次离开他的时候他感到了撕心裂肺的疼，后面一次又一次的悲剧重复发生，虽然他不愿意承认，可他的心确确实实麻木了。

他不知道该如何去面对这一诡异的现实，这几个阿玲还能算是同一个人吗？她们都生活在不同的世界线中，从小接触的环境和接受的教育都天差地别，记忆也是各不相同的。如果说人的灵魂就是记忆和"三观"的结合，那么这几个人的灵魂都是不同的，她们根本就不是一个人……可一旦这样想，事情就变得越来越复杂了。

人的思想无时无刻不在发生变化，看一本书，一部电影，听到一句话都有可能改变一个人的思想，就算是最开始那个自己熟悉的阿玲，她也在不断改变着，严格来说，每一秒的她都是不一样的，下一秒的她，只不过是一个继承了她的记忆、和她无限相似的人。

如果是那样的话，自己从一开始就没有悲伤的理由，因为自己从一开始，就在不知道的某一刻失去她了，甚至自己也在不断地死去，不断地重生，现在的他已经成为一个拥有四个灵魂的缝合体了。他经历了四段完全不同的人生，世界的变革，历史的重塑，生死的离别，时间就像是一道长河，不可阻挡地滚滚而来，它带来了一切，也终将带走一切……

"咳咳咳！"何亦剧烈咳嗽了起来，捂着嘴的手掌上多出了一摊血迹，温热腥甜的液体沿着手指缝滴落。

煤灰病，随着蒸汽与机械的轰鸣蔓延到全世界的疾病，阿玲也是因为这种病而离开的。全世界每时每刻都有人死于煤灰病，可这一进程已经停不下来了，这个世界注定是属于钢铁与煤灰的。远处的火车轰鸣着碾过枕木，飘散的黑灰如雨般散落在这片墓地上，混杂着刺激气味的雨点从空中滴落。

瓢泼大雨掩盖住了金属的轰鸣声，何亦浑身都被浇透，这一刻他感觉世界终于宁静了，雨声中仿佛夹杂着某种轻声的呜咽……

啊，天空在哭号呐！

9. 最后一具尸体

再度回到褶皱空间中的五人都低头不语。

时间又一次重置了，他们所有的努力都没有任何结果。

何亦在一年后死于严重的煤灰病，他的肺完全纤维化，痛苦地死在病床上。

而Z也带回了坏消息，人类还是完蛋了，这次没有太空远征，也没有百年虫，但环境已经被人类毁坏殆尽。上万台根站和数以百亿计的蒸汽机车榨干了最后一块煤，最后一滴油。巴贝齐留下的蒸汽工业体系让人类产生了依赖，最后也没有诞生新能源技术，在数次能源战争之后环境愈发恶劣……

到了Z的时代，地球表面已经是一片废土，残存的人类在荒漠中苦苦求生，文明完全退化到了史前状态，来自旧时代的遗物早在千年的时光中风化消失。在一场突如其来的小冰期之后，生态圈终于崩溃，仅剩的火种也在冻土中消失，地球上只剩下结构最简单的一些小生物还顽强地活着，生机勃勃的景象再也不会重现了。

第四次失败后他们又想了几个可行的办法，可最后的结果依旧是回到这里。空间褶皱已经变得越来越小，直到他们五个只能肩并肩站到一起，剩下的空间甚至不够让他们坐下，空间外那些扭动的鬼影也离他们越来越近，几乎将他们包围在了里面。

经历过无数次的失败，Z 只能给出了一个残酷的结论，他们一切的努力都是白费。世界的自我纠正能力很强，一点点微小的历史变化都会引发重置。他们终究什么也改变不了。只有这个空间褶皱是超出规则之外的，可不离开这里，他们又无法做出任何改变。这是一个死局，一场残酷的玩笑，命运正看着他们徒劳无功的挣扎愉快地大笑着。

大梦一场，到此为止，一切都该结束了，剩下的能量估计只够他们最后一次穿越，梦该醒了。

"很感谢大家的努力。"Z 低下头朝众人深深鞠了一躬道，"我们已经尝试了几乎所有的可能性，我们无法改变一切，但至少我们努力过了，我们终究没能战胜命运。每一次我都要见证临终时刻的到来，就像每一次何亦都要目睹配偶的死。大家都累了吧？这一次，我们都可以休息。最后一次回去，我们按照最初的轨迹生活，一切都不会再有改变，让历史回归原位吧。虽然很不甘心，但我们必须勇敢面对自己的命运。"

"也不必这样说。"阿提拉豪迈地大笑着，"我们度过了十五次人生，等于多活了一千多年！管他妈的命运，反正老子赚够本了！"

"我们所有的遗憾都已经实现了，就算是一场梦，它也是世界上最美好的梦，不是吗？"巴贝齐也笑道。

"上帝自有他的安排，希望我们能在天堂再相遇。"亨利说道。

"哈哈哈，像我这样杀人无数的家伙只能下地狱了吧？算了，你小子也上不了天堂，下来陪我吧！"阿提拉一把搂住他的肩膀。

"才不会呢！上次回来的时候，我已经把全部家当都买了赎罪券了！"

"何亦，你怎么不说话？"Z看着一言不发的何亦安慰道，"总有离别之时的，你已经陪伴了你的配偶十五次轮回了，你也应该满足了。"

"我有最后一件事情要告诉你，但是我现在还不能说。"何亦掏出了一个小小的U盘，他脸上没有任何情绪，平静如水。

"什么事？"

"我写在这个U盘里，请你回到自己的时代后再看。"

"我可没有身体，拿不动这玩意，但我答应你，我把内容读取出来加密，等我出去之后再解开。"Z那双跳动着数字的手在U盘上扫过。

"那我就放心了，再见。"何亦露出淡淡的微笑。

"不会再见了。"

众人互相道别。无论如何，他们都是跨越了时间相遇的朋友。五个时代，五次超新星爆炸，五位枕尸而眠者，世上难得这样的缘分，他们一起做了一场荒唐又漫长的大梦……现在，离别时刻到了。

五个人齐齐迈步走向各自的大门，他们身后的褶皱空间不断在缩小，螺旋状的黑色旋涡一个接一个消失，只剩下最后一个，还静静悬在那里……

何亦的脸几乎贴着大门，他停下了脚步，静静地坐了下来。

命运或许真的很残酷，经历了十五次轮回，他已经一无所有了。他一次又一次目睹阿玲的死去，一次又一次对着命运号哭怒吼，不甘和痛苦不断交织，他的内心千疮百孔……但何亦还想再赌一把，用仅剩下的东西。

他拯救不了阿玲，但他手里还有改变未来的筹码，他还有机会保住人类最后的火种！

"致我的好友Z。"解开加密的文字后，Z震惊得无以复加，阅读这段文字的时候他完全呆住了。

"你读到这段文字的时候，我依旧还留在褶皱空间里。

"是的，我不打算出去了。我这个人很笨，不像你这么聪明，也不是什么伟大的人物，我想不出自己还能怎么办，所以我只能用最笨的方法。十五次重写历史，我摸到了一些规律。我每次都会记录自己出来后的时间，有一次我特地等了很长时间才出去。我在心里数数字来计时，大概等了一整天的时间，外面的时间过了十五分钟……只要你们四个人都出去了，时间就开始流动了。因为我是个小人物，对于历史无关紧要，人们只会发现爆炸事故后少了一具尸体，我就此人间蒸发，一切都不会改变。

"我决定在这里等着，等外面的时间流逝一千二百年，对于我来说是十二万年的时间。你也知道的，在这个空间里，我是不会死的，既不会饿，也不会渴。褶皱空间的能量维持着我的生命，只要我能坚持得住就可以一直等下去。

"这就是我唯一的办法，什么也不干，这是世界上最简单的事情吧？

"你现在还没看到我，不是我失败了，而是我决定给你十年的时间，我在里面多等一千年。因为我不属于那个时间，我的体重是六十七点八千克，这个锱铢必较的世界会记得这六十七点八千克的质量。等我出去的时候，就会被送回自己的时代，我不知道是不是以活着的形式，不过那不重要，重要的是你要想办法留下我的DNA数据。或许只有一瞬间，你必须把握机会，十年时间应该足够你准备了。

"历史没有改变，所以我会在那场爆炸发生过的位置出现，北纬36.75度，东经117.21度，去那里等着我。

"我一定会来的，我们见最后一面。

"何亦绝笔。"

……

在空间褶皱里没有时间变化的尺度，这里没有时钟，更没有日出日落。为了准确记住时间，何亦不断地在数数，可后来他发现这太难了，一点点的误差累积起来，他最后也会偏离正确时间很远，更何况没有人能耐住十几万年的寂寞不断数下去。

大概过了几天，何亦就只能靠睡觉来度过时间了。何亦的心态也在这样的变化中快速崩塌。他拼命地克制自己的情绪变化，然而越是努力去想，情绪就越是像脱缰的野马般难以控制。

不知道从多少次醒来开始，何亦无法再继续睡下去了。外面的世界才过去了三个月，入眠变得越来越困难，没有什么比被困在这样一个什么都没有的世界里，还保持着清醒，更加让人难受的了，而且这个世界太小了，他甚至没办法起来走走。

时间变得越来越难熬，何亦只能用想象力去修饰这空白的精神世界。他创造出所有自己喜欢的东西，在这种时候能给他带来希望色彩的东西，海洋、动物、彩虹、美丽的花……何亦还想象其他人还在陪着他，粗犷的阿提拉、执拗的亨利、愁眉苦脸的巴贝齐还有活泼随性的 Z，他一人饰演多角的和自己聊天。

他不断地丰富自己创造出来的世界。他将自己见过的名胜古迹、自然美景、宇宙星海都加入其中，让它变得越来越漂亮，越来越生动，想象自己生活在其中，扮演着去过一天又一天……他一直避免自己去想阿玲 —— 他对这个世界唯一的牵挂。虽然她已经不在人世了，可何亦仍然担心自己会忍不住走出去，只为看一眼她的墓碑，为她献一朵花。

　　不知道这样的日子过了多少年，何亦扮演着自己去过了一生又一生，然后又开始去饰演其他人物，从他熟悉的人，到他不熟悉的人，可无论怎么去做，都无法阻止这个幻想世界的崩塌……

　　何亦的想象……建立在他对于外界的理解上，可随着他待在空间里的时间越来越长，他开始对外界的事物越来越陌生了。他开始怀疑自己的记忆是不是有错误，这个东西是这个样子的吗？那个东西是这样用的吗？何亦的精神世界开始变得越来越混乱。一开始只是一些细节开始出现错乱，到最后连事物的原理都开始发生错乱，何亦曾试着用水去点烟，用火来洗脸，因为这一切都是他自己的想象，所以一切也都顺理成章地进行了。

　　最后，何亦对于颜色的记忆也开始错乱了。他创造出的颜色变得越来越狂乱混沌，仿佛疯人院的病人随手涂鸦的一般。何亦开始创造不出新的幻想，旧的想象崩塌后他也无法修补，连维持它们的存在都变得越来越困难。他的想象世界迅速风化毁灭，只剩下后面无尽的黑暗在等待他。

　　在何亦饰演的不知道第几个角色过完了他的葬礼后……他陷入了崩溃。

　　他自暴自弃地摧毁了所有的想象，他的精神在自己幻想的世界中暴走，横冲直撞，肆意发泄自己的无助和恐惧，他忘记了如何喊叫，也忘记了如何宣泄，最后一层幻想的堡垒也破碎了，如洪水般涌来的恐惧将何亦瞬间吞没。

我被放弃了吗?外面到底过了多少年了?二十年?我已经忘记时间了,我怎么知道什么时候该去见Z?我这个想法太幼稚了!出去吧……出去吧……安安静静过完自己的一生吧!何亦啊!你不是英雄!你当不了英雄!你什么也改变不了!

何亦现在已经不需要呼吸了,但他依然感觉到了窒息般的痛苦。就在这样的恐惧和无尽的黑暗中,何亦度过了十分漫长的一段时光,他挣扎过,颓废过,崩溃过,重整精神又站起来过,又被重重打倒过……

在这样反复的折磨中,何亦逐渐放弃了思考。他的意识开始封锁,把自己变成一块不会思考的石头,慢慢的,一点点的,沉入大脑深沉的区域当中,对一切都不再有反应,也包括恐惧和寂寞。这是一片永远都没有尽头的大海,何亦不知道自己下沉了多久。

他疯掉了。

即使如此,何亦也没有走出那道大门,他内心中深深的潜意识,仍然牢牢锁死着自己。

不知道又这样过了多久,何亦逐渐清醒了过来,从疯狂到一点点清醒,他在自己的意识深处游荡了如此之久,这一次,他慢慢学会控制自己的精神了。

何亦如同古代的隐修者一般不断锤炼着自己的精神。他有十二万年的时间可以使用,等于从智人大迁徙时期一直活到现代。他意识到自己并不是什么都不能做,他能做的事情太多了。何亦的情绪开始放松，他可以去思考很多……自己一直没有空去思考的问题。

刚开始何亦在脑内编写文学，他花了等同于别人一生的时间写下了三十多本百万字的巨著，有充满了文学性的，也有深刻讨论哲学思想的，除此之外他还写下了几百首诗，各种形式的都有。

之后他开始思考数学。他有这么多的试错时间，总能摸索出一些东西的。先用自己学过的东西建立好初步的框架，接着不断尝试深入研究。历史上哪怕再聪明的人也只能活一百多年，死后他们积累的智慧将烟消云散，只有最精粹的结论能被后人学习，可何亦有用不完的时间，他能用一百年去思考一个最简单的问题。

不知道用了多久，何亦建立起属于自己的数学理论体系，他把它们全部背了下来。他的记忆力锻炼得越来越好，思维也越来越敏捷。何亦几乎从零开始创造了一种新的框架，其中有很多东西倘若拿到他原先的时代，都将会引起学术界的巨大轰动。

在凭空构想数学遇到瓶颈之后，何亦开始观察身边这些莹绿色的光芒，它们是有某种规律的……经过数百年的观察研究，何亦意识到，这些绿光就是现实世界中时间与空间的投射，只要将它们解析出来就可以看到现实中的情况！

一次又一次，何亦不断完善自己的数学框架，记录那些绿光的轨迹，慢慢地他可以读懂这些光所表达的含义了，他找到了黑洞和脉冲星的投影，从抖动的频率中找出了宇宙膜的规律公式，只要拥有了它，超空间跃迁将成为现实！

巨大的收获让何亦欣喜若狂。这小小的一尺空间中隐藏着宇宙间的奥秘！他感觉到自己身处广阔无比的天地中，有无数的秘密等待自己解开！

何亦在这些投影中找到了无数的秘密，他记录出了宇宙大爆炸至今的膨胀规律，找到了有文明存在的外星球，他见证了宇宙中的战争与和平，看到了文明的诞生与毁灭。通过这些投影，他能够精确地看到时间了！他现在已经度过了五千年！他有太多太多秘密想和Z说，等见面了，他一定要说出这一切！哪怕只有几秒钟也足够了！他创造了一套多层编码，能把所有的关键信息压缩在一段数字之内。

在这一寸土地中漫游星海，日复一日，年复一年，何亦甚至找到了太阳系的投影，接着找到地球，他在这里就可以看到外面的一切变化！

何亦知道的东西实在太多了。随着不断深入研究，他的情绪又低落了起来。他看到了宇宙中隐藏着的黑暗，哪怕得到了他总结的资料，人类的未来依旧黑暗，他在犹豫自己是否应该把一切告诉Z。

又经过了无数年月的思考，何亦决定什么也不说。这黑暗之中还有一丝光明的希望，他不应该直接告诉后人。人类的未来应该由他们自己开创，相信他们一定能找到的……他自己的亲身经历证明了这一点。人类的内心中隐藏着无比坚韧强大的力量，比黄金还要闪耀的精神，比起武力、科技、文化，这股精神才是人类最大的财富，只要它还存在，人类就一定能找到希望。

五十万年前，它支撑着智人走出非洲大陆，千百年来，它指引着人类创造出璀璨无比的文明，如今也是它让何亦能够熬过十二万年的时光，未来它也一定会为后人指明方向。

10. 只是无名之辈

新纪元 870 年。

万年虫漏洞已经接近崩溃的边缘，在西伯利亚平原之上一栋巨大的金属大厦巍然屹立于此，上百亿人类的灵魂囚禁于其中，每个人都畅游在精神与虚幻的海洋之中，丝毫没有发觉自己即将大祸临头。

一台采矿无人机从大厦中飞出，它的悬浮翼抖动着，快速掠过下方冰封多年的土地。千里冰封，万里雪飘，大地之上了无生机，只有数不清的无人机器在维护着大厦的运行，采矿、冶炼、修复破损。

没有人注意到那台脱离了队伍的采矿无人机。它一路向南飞去，钻入云层之中再也没有了身影。

十年过去了。Z 要去赴约。

他黑入了一台无人机中，偷偷改造了它的组件，一切都在安默拉的眼皮子底下偷偷进行。他很谨慎，进度也很慢，好在何亦给了他十年的时间。

无人机掠过广阔的战后废土，他惊讶地发现，那遥远的海岸边，严重污染的废土上居然已经恢复了些许生机，稀松的植被在钢筋混凝土的残骸上顽强生长着。

好兆头，好兆头啊！

来到了约好的地点，曾经的城市已然消失在漫天的黄沙当中。Z操控着无人机来到坐标点上，分毫不差。他用无人机的摄像头观察着这个世界。

远处的丹霞落日将沙漠染成了艳丽的红色，沙尘随风飘散，在一座座沙丘间拂过宛如奔兽驰骋。稀碎的沙粒消逝在风中，一如逝去的时光。

一道无光的旋涡在空中出现，黑发的年轻人从门中踏出，他的样子和当年没有任何变化，可那双眼睛却告诉了Z他所经历的一切。

那双眼睛如同大海一般深沉，里面像是装着星河，每一颗星星都是一个闪光的思想。

何亦如期赴约了，他成功熬过了十二万年的岁月。

"我来了。"何亦没有多说什么，只是淡淡微笑着伸出手道，"握个手吧！"

"你居然……真的成功了。"Z操控着无人机靠近何亦。他伸出一只机械臂握住了何亦的手。何亦似乎连他想做什么都知道，在那个空间里何亦究竟经历了什么？

"……"何亦不再说话，只是望着无人机的摄像头，脸上保持着那微笑。

他的身体正在快速消散，从皮肤到骨骼都一点点化作齑粉消散在漫天黄沙之中。这世界还记得他这六十七点八千克的质量，一千二百年了，它一直记得自己少了这一点点质量，现在它要把它们送回自己应该存在的时间。

握手的一瞬间，Z的机械臂中伸出了一根细针刺入何亦的手中，快速记录下了他的DNA信息，几乎在记录完成的瞬间，何亦彻底消失了，什么也没有留下。

他那颗人类历史上最博学最睿智的大脑不复存在，里面记录着的……从宇宙深处窃取的深邃奥秘再也无人知晓，它们本就不该为一个凡人所知，就像何亦本就不应该站在这里。

Z孤独地漂浮在荒凉的沙漠之中，一轮红日从巨大沙丘的边缘缓缓降下，场面何其寂寥，何其悲壮，五位枕尸而眠者，只剩下他一人。

历史的接力棒，来到他手中。

最后一具人类尸体消失了，而第一个新人类将重新踏上这片土地。

……

安默拉终究没能撑过这一年，新纪元也不会再翻开下一页。在系统彻底崩溃后，那台巨型量子计算机中的上百亿个人类灵魂也瞬间消失了，就像关上一盏灯一样直接，这台人类科技创造的伟大奇迹变为了一块冰冷无比的废铁。

一个脚印踏上了冰封的大地。在漫天鹅毛大雪中 Z 拉起自己的兜帽。在安默拉崩溃的前夕，他趁乱抢到了一些算力，用打印仓制造出了数百具人类肉身，把自己的意识注入他们的大脑之中，他与他的反抗军同伴们得以逃出生天，作为最后的火种残存了下来。

兴奋的欢呼声在寂静的大地上回荡着，有几个新得到肉体的人急不可耐地在雪地上打着滚。他们能感觉到冷，感觉到最真实的触感，能感觉到疼……在虚拟世界里是没有疼痛的，安默拉不会让他们感受任何痛苦，可有疼痛、有寒冷、有饥饿的世界才是真实的，好过最美好的梦境。

Z 改造了人类的 DNA 让他们能够在恶劣的环境下活下去，不过一切并没有那么容易，刚出来没多久，就有同伴因为忘记呼吸差点憋死，他们几乎都不懂得如何走路，一个个像野兽一样在雪地里翻滚着。

前路还很长，可以预想到它很冷，很黑，他们将举步维艰。可无论如何都还要走下去，只有继续走才能看到希望。

"所以……到底是谁拯救了我们？他是谁？"一个反抗军的同

伴问道。

"他是……"

Z 想开口说出何亦，但何亦是什么呢？一个名字，一个代号，人人都可以用这个名字，它本身没有任何意义。

他想说出何亦是谁，可他不是什么名人，甚至在历史上都不曾有过一笔记录，他消失在了自己的年代，没有任何人记得他。他做着最普通的工作，无论多少次轮回都没有改变，即使他做出了最伟大的功绩，也没有人能说出他是谁。

沉吟了许久，Z 如鲠在喉，一阵寒风卷着冰雪袭来，在他脸上留下一层冻霜。他宛如一尊雕像屹立在寒风之中，过了半晌才开口道：

"他是一个无名之辈。"

他事

王　元／作品

我曾觉得老去是一件漫长的事，其实

就是一个瞬间。在那个瞬间之前，风华正茂，

瞬间之后，草木凋零……

——谨以此文献给我的母亲

◆ 1 ◆

蒂姆·罗斯称阿曼达·普拉莫为小白兔,后者则称他为小南瓜。

加州橘色的清晨在窗外短暂逗留。蒂姆打了一个响指,侍应生心领神会,续杯麦香咖啡。阳光投射到餐桌,临街一派欣欣向荣,阿曼达并不知道将要发生什么样的浪漫,未来难以预料。蒂姆跟她聊军队生活,谁汗脚无敌,堪比化学武器;谁枪法超准,弹无虚发;谁夜里偷偷用打火机照明写信,点燃了军被——然后阿曼达看见窗外悬停的无人机,下面挂着一只巴掌大的花篮。仿佛在确认目标,面部扫描之类的,无人机灵巧地绕过人群,趁大门打开的间隙来到餐厅里面。她睁大眼睛,不敢相信无人机在她面前着陆。蒂姆站起来,从花篮中取出宝蓝色首饰盒,里面是一枚蓄势待发的钻戒。

"嫁给我好吗?"蒂姆单膝跪地。

——节选自《未来之战》

1A

最近我常常想起从前，你六七岁的光景，脸上长满调皮的雀斑，每次理发都号啕大哭。我知道在清政府初期，朝廷 —— 你如果认真读了我送你的《世界史概略》就应该懂得这是发生在中国而非印度的故事，不要再提 Buddha，无关佛教，我对你的提问深表遗憾 —— 勒令前朝百姓剃头。人们哭天抢地，痛不欲生。古代中国人遵循一种古老而神秘的思想，身体发肤受之父母，损之伤之视为不孝。而你，比他们更痛恨理发。这个现象一直持续到大学期间，直到大二那年你终于确定了理想的发型 —— 让我恼羞成怒的发型，以及颜色。每个人多多少少都会为琐事心烦，你从小比一般人更敏感。亲爱的，不要反驳，没人比我更了解你，包括你自己，我是你的制造商，之一。

八岁或者九岁那年 —— 不会更大，我记得当时买生日蛋糕，商家赠送的蜡烛还不是两位数，真奇怪，我总能记住无关痛痒的鸡毛蒜皮 —— 那天你坐校车回家，脸颊高高肿起一块青色，眼角挂着没有干透的泪痕。而我正比对着食谱制作晚餐，胡萝卜切丁、洋葱切丁、椒盐少许。

"怎么了，亲爱的？"我跑到你面前，以一个中年妇女所能爆发出的最快时速。

"妈妈,"接着你第一次正式而严肃地问出那个问题。我知道这个问题迟早要来,躲不过的,就像一场注定失利的球赛,我只能不停被动防守,等待你攻破防线直挂死角,"我爸爸到底在哪儿?"

我知道该怎么劝慰一个不足十岁的小伙子,我自有一套方法,手到擒来,屡试不爽,但你终归会长大。然而这个问题,我却从未想好如何回答。我只能不停地拖延,消耗,回避,这是我最后的战术,如今我时日无多。

晚饭后,护工查房,从我的护理环抄走体温、血压等身体参数,并嘱咐我:"记得睡前喝一杯麦卢卡蜂蜜水,千万别忘记使用温开水冲,不能用沸水。"她几乎每天都要不厌其烦强调一遍,好像我患的不是乳腺癌而是阿尔兹海默症。

"她看上去真不错,小野猫,如果我再年轻二十岁,一定会被她迷得神魂颠倒。"护工走后,隔壁床的罗斯曼对她评头论足。他得了脑梗。别人得脑梗,会变得口齿不清,他经过治疗反而口吐莲花。说真的,好几次我都想申请换个房间。我没有这么做是因为,大部分时间,他说话的确有趣。我是一个作家,对话能让我保持清醒和冲动……别误会,写作的冲动。几乎所有的人都认为作家能言善辩,但你知道我其实不善言谈,需要有人引导才能维系对话。而且,非常巧合,他跟我一部小说的男二号同名。

"如果我再年轻二十年，就没她什么事了。"我说。

"看得出来，你丈夫一定很幸运。可你毕竟老了，他如果活着，感兴趣的一定是小野猫而不是你。"

"才不。"我说。我没有解释，因为我生气了。每个人都有他不能碰触的底线。我看过一部小说，里面有句话我印象深刻，"时间不会铭记，时间只会忘记。"但并不是所有的事都会被时间忘记，对此我深信不疑。这不是什么金句，不是作家故意让读者眼花缭乱的文字排序，这是我终生恪守的法则。

我决定出门转转。医院有供病人锻炼和休息的小花园。天气好的时候，我吃完晚饭喜欢过去散步。我猜，黄昏应该开始供应微风和晚霞了。我拿起一条披肩，转过身，看见你出现在门口。

我第一反应是惊讶，我知道我应该感动才对，但没有，我不想骗你，除了那件我不知道怎么开口的事，我不愿对你说任何谎言。

你怎么会来呢？

1B

"你怎么会来呢？"

您不会知道，听见您这么说，我有多心痛。您脸上的惊讶让我自责，我到底有多久没来看望您？我甚至觉得自己有一点冒昧，但抱歉我无法提前通电话，而且我也不觉得一个儿子拜访他年迈的母亲需要预约。我回忆了一下，从我把您送到疗养院到您去世，这五年，我看望您的次数一只手都可以数过来，平均一年不足一次。请您原谅，这五年对我至关重要。如果没有这五年，我现在无法站在您面前。

"我来看看您。"我说。

"正好，陪我出去走走。"您披上那条印有牡丹花图案的云肩，牵住我的手。你的手瘦骨嶙峋，我几乎不敢用力，轻轻含在掌心。

您是从什么时候开始变老的，我怎么一点都没发现？是从固定的失眠，还是缺乏胃口，或者，从某个普通的早晨，您坐在床沿，突然对这个糟糕透顶的世界失去最后的耐心？

"黛西还好吗？"您带我来到公园，我们并坐在长凳上。已经有些秋意，长凳上点缀着几片落叶，你拾起一片拿在手里把玩，那是干掉的白蜡树叶，脉络清晰，自然可见。

我想了一下，记起这个时间段她应该在中国出差，具体哪个城市我却怎么也想不起来，虽然她之前已经去过这个城市一次。我对中国所有的认知都来自新闻和您送给我的那本硬皮书：新闻里面经常说的城市有北京、上海和台湾；而那本书，关于中国的部分我只记得清政府和辫子。我如实告诉母亲。我此次造访的部分原因就是黛西，或者说为躲避黛西。她不久就会从中国回来，然后向我提出那个过分的请求，我们会为此大吵一架，开始为期半年的冷战。那段时间，我几乎成了生长在实验室行军床上的多肉。圣诞节当天我们在一起，在一起吵了一架，那时候，我收到您的电话，但我没心情接听。我料想，您打电话无非是问我最近好不好，而不管好或不好，我都会告诉您好。这是您作为母亲的掩耳盗铃，一个心理安慰；也是我作为儿子的此地无银，一个自我催眠。

"黛西是个好女孩。"母亲没有抬头，目光锁定那片枯叶。我不知道上面的纹理有什么值得摩挲。您应该多看看我啊，看看我，您的儿子回来了。

我当然知道她是一个好女孩，比您知道得更早更全面。在大学诗社，她第一次朗诵我就喜欢上了她：

She walks in beauty, like the night

Of cloudless climes and starry skies

我们很快陷入恋爱，经历分别和重逢，以及婚姻。我们爱好相同、观点一致，讨厌虚无主义，支持波士顿红袜。我们重逢在芬威球场，这是全联盟现今所使用的最古老的场地。说出来您都不相信，可容纳一万人的球场，我们坐到一起。最重要的是，她理解我。当我说出婚姻的前提，她不像我之前交往过的两个对象一口否决，而是说考虑一段时间。半个月之后，她给出我答复："我们结婚吧！"

我有些惊喜，也有些怀疑："你确定能坚持丁克？做决定很容易，但贯彻是另一回事。"

她吻了我的额头："One shade more, one ray less, had half

impaired the nameless grace.① 何不享受二人世界？"

黛西是个好女孩，也是个好妻子，但现在，她还想当一个好妈妈。

"对了，"您突然打破沉默，"我昨天收到比尔的邮件，你猜怎么着？"

"比尔？"我一时想不起此君是谁，但显然，我应该认识他。该死，总有一些记忆衔接错位，我们管这个现象叫作"时空坠落早期的震荡性紊乱"，跟高空坠落后大脑短暂失常是一个道理。

"我的经纪人，一年四季穿夏威夷花衬衫，光头，食量巨大，看起来五大三粗，做事却非常细腻。你知道我只会写小说，对于运作和版权简直就是白痴，多亏有他。"

我想起来了，那个可以一顿饭吃下三个巨无霸的男人，比尔叔叔。

"他怎么了？"

"他没事。他为我联系了一家出版社。"

"他们要出版您的全集？"

"哈哈，"您笑了，声音爽朗清澈，"我可不是阿西莫夫，只是

---

① 前文译文为"她走在美的光彩中，像夜晚皎洁无云而且繁星漫天"；后文译文为"增加或减少一分明与暗，就会损害这难言的美。"（查良铮译）两段皆是摘自拜伦诗《她走在美丽的光彩里》。

侥幸写过两本畅销书。出版我这样一个三流科幻作者的全集需要莫大的勇气和刁钻的眼界。比尔为我谈妥了一本自传，版税和印数都非常可观。"

自传？并没有这本书啊，难道没有写完就 —— 回去后一定要上网查查。

"这很不错。"我说。

"我推了，我的故事已经写进我的小说。看我的小说，就能看我的人生。"

原来如此。

这时，天慢慢黑了。我总有一种感觉，春夏的夜晚是从地面升起，秋冬的夜晚则是从天空降临。公园小径的路灯亮了，您转过脸，深情看着我，说："你有多久没看过我的小说？"

◆2◆

没人知道发生了什么。

中士传达军士长的命令，军士长传达上尉的命令——上尉传达中将的命令——集结。

蒂姆·罗斯和室友被中士从睡梦中提拎出来——那真是一个美梦，阿曼达怀上他们的宝宝，这正是他多年以来的日思夜想向梦境的真实投照。

中士手持一张名单，被点名的人出列。"蒂姆·罗斯"，他听见自己的名字，向前跨了一步，双手仍然别在腰后。

被选中的人登上一辆军用大巴。蒂姆和旁边的人互相悄悄问话，谁也不能确定此行的目的。入伍三年以来，还没有遇到过如此神秘的拉练。他们猜测，也许是去边境抓捕猖狂的毒贩。军用大巴的终点是停机坪，蒂姆被中士粗鲁地塞进机舱，直到这时，他才意识到事情远比想象中复杂。飞机在三个小时之后降落，蒂姆根本不知道身在何地。举目四望，周围停满飞机，各个军种的士兵列队。然后，他看见那个刀疤脸，想起库布里克的《全金属外壳》，不出所料地，从那个刀疤脸嘴里喷射出一串脏话，甚至不乏对行伍中黑人士兵的冷嘲热讽。

"全都给老子竖起耳朵，因为我不能保证下次训话的时候，你们还有耳朵这个零件。"

一点都不好笑。

"我们正面临战争。"

好了，是去阿富汗，只有那里还有该死的战争。接下来，蒂姆便意识到自己犯错了——根本不是去阿富汗。刀疤脸训话结束，他们被塞进一辆巨大无比的战舰，或许应该称之为宇宙飞船。根本不是去阿富汗，而是比邻星 b。不用说比邻星 b，那个时候，蒂姆甚至不知道半人马座。

这是在搞笑吗？

蒂姆觉得自己误入了一篇三流的科幻小说，要飞去前线，跟虫子或者纳美人决一死战。从地球到比邻星 b 一共 4.3 光年。比邻星 b 是距离我们最近的恒星，飞船的速度却让这段距离无比漫长。冬眠舱？跃迁？蒂姆在脑海中闪过两个熟悉又陌生的词汇。现在是公元 2006 年，这些在科幻小说里烂大街的技术在现实生活中还是幻想。这比他们将要面对的敌人更让蒂姆分心。当然，他现在心心念念的就是他的小白兔。蒂姆心想，他们恐怕是这个世界上相距最远的恋人。

距离越远的时候，心越靠近。

蒂姆想起离开的那个夜晚，想起阿曼达缠在他身上，想起大汗淋漓之后，她对他说："士兵，我们要个孩子吧！你不在的时候，他（她）可以陪我。"

——节选自《未来之战》

2A

我曾觉得老去是一件漫长的事，其实就是一个瞬间。在那个瞬间之前，风华正茂，瞬间之后，草木凋零。就像我觉得死亡是一件遥远的事，来临之时却让人猝不及防。

是的，我在说关于你父亲的事。

每个人都有自己致命的弱点，你一直非常自信，但是害怕演讲，而我，则不能提起你父亲的种种。现在，我随时都准备着迎接死亡，终于可以静下心回忆。我们是高中同学，是看上去最不适合的两类人。你也许不相信，我在高二的时候就已经在 F&SF 上面发表处女作，不过那是一篇奇幻文章，一座古老森林里面魔法师和龙之间的故事；而你父亲，他满脑子都是各种球类和田径。除了上课，我几乎没有看见他安静地坐过两分钟。他高中毕业应召入伍，我也随做生意的父亲搬到新泽西。我们在高中聚会时遇见，他比参军时更魁梧，也更加健谈，所有人都聚精会神聆听他的军旅生涯，讲他经过两次调动，讲他获得的绶带和奖章，讲其中一枚紫心勋章和它的来历。我以为他早就忘了我。"安娜，你现在还写小说吗？"

我竟然有一种受宠若惊的感觉，磕磕绊绊地说："写，基本上，我现在可以称得上是一位自由撰稿人。"

"酷，我回到部队就能向那些大老粗吹嘘，我有一个作家同学。还是幻想小说吗？"

"现在写科幻。"

"酷。"他一味而笨拙地奉承着我，即使他并不清楚如何划分奇幻和科幻。

我们互留了邮箱，很快我就收到他写的第一封邮件，他们联合墨西哥警方进行了一次跨界打击毒贩的行动，睡在他上铺的兄弟阵亡，他就站在他左后方，眼睁睁看着他倒下去。他说，死亡在那一刻如此面目狰狞、如此触手可及。我不知道该怎么安慰他，那一年我刚二十岁，对于死亡只能从字面理解。我呆坐在电脑旁，想了一夜，这封邮件比我所写过的任何一篇小说都难以下笔和展开。看着邮件发送成功的提示，我猛然意识到，我可能爱上他了。

就在上个月，我的经纪人比尔联系我，问我有没有兴趣写一本自传，我拒绝了。不是不想写，而是已经写过。如果你后来还看我的小说，就能跟我心有灵犀。但我知道，自从你晋升为高中生，就像排斥课业老师一样排斥我的小说。

罗斯曼走进来，看上去满面红光。

"你女儿来看你了吗？"我说。

"才不是，我已经对她失去信心，正如你对你儿子失去信心。"

此言不虚。

自从你把我送到疗养院，我们就从彼此的生活中消失。我知道你忙，我虽然没有经历过实验室的工作，但我的笔下曾经涌现许许多多跟你一样的人，技术前沿的工作狂永远都是科幻小说即插即用的主人公。所以，我能够以一种"过来人"的心态理解你和包容你。你正在创造历史。跟历史相比，任何个体的感情都微不足道。我能理解和包容，却免不了抱怨。等你到我这个岁数，就会明白我并非无理取闹。什么时候，想要儿女陪陪自己已经成为无理取闹的无稽之谈了？

"我刚刚约人看电影，你猜我约的是谁？"不等我说，他就忍不住吐露答案，"小野猫。"

"别开玩笑了，你已经六十岁。"

"应该是我才六十岁，还剩下半瓶水。"

"你比她爸爸岁数都大。"

"这个单论，我可以叫他岳父，他也可以叫我哥哥。如果真有那一天。"

"你是认真的？"

"为什么不试试？反正要给自己找个伴，为什么不找个年轻漂亮的辣妹？"

"你女儿不会同意。"

"对不起，她没有任何权力否决我的幸福。我也绝不允许一年到头只看望我一次的人站出来告诉我我应该喜欢什么样的女人。话说回来，你也应该找一个，猛男。别跟我说你不想，看看你戒指戴在哪根手指上。"

"我儿子……"

"他才顾不上管你。他多久没来看你了？"

这时，你走进来了，蹭着一脸温暖的阳光："背后说人坏话可不好。我这不是来了吗？"

2B

杭州。

我想起来那个中国城市。黛西之前去那里出差，那条牡丹云肩就是她从杭州给您带回的特产。她买了两条，另一条绣着凤凰，她让我选，我替您选择了牡丹，这更适合您的气质。当您拆开包装，脸上温和的笑意证明我选择正确。这是我一直欣赏却没能继承您的一点，您总能完全地表达自己。或许人们会说喜怒形于色是没有城府的表现，可在我看来，那是难得的真诚。

"或许，你应该答应比尔。"我和您一起坐在疗养院的食堂，这次我赶上了晚餐。您点了一份蔬菜沙拉和意面，我是咖喱鸡块就全麦面包。

"什么？"

"自传。"

"你怎么知道？"

哦，我忘了，在您的世界，并没有发生上个月我们见面的事情。

"您忘了吗，您跟我在电话里提起过。"我编了一个理由。您疑惑地点点头，仿佛不相信，却无可奈何。岁月不饶人，忘记点什么再正常不过。

"写不动了。"您说，"你和黛西还好吗？"

不好。她马上就要从杭州回来，从机场回家的高速，她会要求我把汽车泊在应急车道，情难自抑地从副驾驶爬过来，吻我，喘息，说她太想我，甚至等不及回家。我被她撩拨得心旌荡漾，我们还没在车里做过，陌生的地点带来莫名的兴奋。但在此之前，我仍保持着必要的清醒。我不是那些通过社交软件约会放纵的花花公子，我的车里没有随时备用的保险套，正经人谁会在车里放保险套？如果想继续享受性爱，我必须先下车购买，而这里是高速。

"别去。"她说，"就现在。"

"不行，搞不好会怀孕。"

"没那么容易。"她亲吻着我的耳朵说，"我算过了，安全期。"

"我们能把概率降为零，为什么要冒险？"

"我现在就要你。"她持续疯狂，而我已经冷静下来。黛西很少这样做，我是说，她有些过于主动。这不是她第一次出差归来，无论时间还是距离都不能称最。一定有什么背后原因。我会拒绝掉那次行房，也会向她提出质疑，她则会点上一根烟，在抽完最后一口的时候说：

"我想要个孩子。"

"很好。"我说。我不愿拿生活中的龃龉打扰您，如果我告诉您牙疼，并不能减轻痛觉，反而会让您担心。

"发生了什么事？"就像黛西没有骗过我，我也没能骗过您。我和黛西在一起生活了七年，跟您却朝夕相处了十七年。

"真的没什么。"我不知道该怎么说。这有些出乎意料，我并没有想到还要应付这种事，而且，最关键的是，我没有"经验"可以借鉴。这件事并没有发生过。

"婚姻危机？"您说，"请原谅我的妄自猜度，毕竟七年之痒。其实，按照我身边朋友的反馈，结婚五年左右，出轨的事情常有发生。我只是想告诉你，谁都会犯错，如果能够及时纠正态度，一切都来得及。我猜是你作风出了问题，黛西是个好女孩。实验室里的研究生。"

"妈，您想哪儿去了？我可是您儿子。"

"这跟你出轨有必然联系吗？"

"无关出轨。她想要孩子。"我告诉您。也许您能帮我想出主意。就算没什么帮助，您也会很快忘记这件事。因为对您来说，这件事并没有发生过。

"为什么？我是说，发生了什么？"

"我也不知道。从中国回来，她就开始提出要求。在这一点，她跟您很像，你们都很擅长保守秘密。"但是不管发生什么，丁克是我们结婚的基石，如果破坏这个前提，就会危及婚姻的建筑。孩子是个变数。我们做实验的，最讨厌变数。

我等着您回复。

"你一定想不到，罗斯曼在追求小野猫。"您没头没尾说了一句，岔开话题。

见我一脸茫然，您解释道："哦，小野猫就是疗养院一个年轻女护工，罗斯曼给她取的昵称。"

"罗斯曼是谁？"

您脸上的表情有一个转换，欲言又止。我们对于彼此的生活完全脱节，您不知道我的研究方向，其实从一开始我就想告诉您，这一定会让您大吃一惊，也许还会有一种梦想照进现实的美妙感觉，也就是从那时候我开始没日没夜地实验，纠正一个参数，记录一项数据，跟您的几次见面甚至不如探视时间更长。我总是想，下次一定时间长一点。我不知道罗斯曼是谁，也不知道他追求小野猫的事为什么在您看来如此风趣，但显然，您也失去了解释的冲动，让罅隙继续存在，并扩大。

我低头，一言不发吃完鸡块，拿面包擦净盘子。您送我到门口，拥抱，亲吻，就像我小时候每天登上校车之前您对我做的那套。我转过身，您又把我叫住。

"妈妈?"

"谢谢你来看我,真的。"

"我一定会常来看您。"虽然转眼之间,您就会忘记这句话,回到那个我不曾干扰过的黄昏,但我仍然郑重其事地做出保证。我就像一颗投入您湖心的石子,惊起短暂的涟漪之后,您平静如初。

◆ 3 ◆

时间不算太久,大概半年,飞船到达比邻星 b,至于使用何种方法,蒂姆当时并不知情,而且他无比确信,刀疤脸绝对不会告诉他具体的飞行机制——如果他冒险去问,得到的结果只能是惩罚。唯一不确定的是不知道他会罚蒂姆跑十海里还是不间断做两百个俯卧撑。蒂姆从距离单位分析出刀疤脸曾是一名海军。

在这半年,他们没有练习使用外骨骼,也没有接触任何只在科幻小说里出现的高精尖武器,他们每天进行体能训练,好像他们不是去外太空跟外星人打仗,而是作为地球代表团参加宇宙奥运会。

一路上,蒂姆和战友做了各种预测,不管敌人多么张牙舞爪,他们都有心理准备。但是,当他们看见跟自己对峙的军团后全都傻眼——那是跟他们一样的人类,有着一样的五官和四肢的人类。那是人类自己。

战争就这样开始，我方一千名战士，敌方一千名战士，一个月之后，（按照地球时间计算），活下来人多的一方获胜。没有比这更简单粗暴的战争，就像一场规模庞大的群殴，他们代表着各自的文明，胜利一方拥有地球的永久居住权。

——节选自《未来之战》

3A

你知道对于一个母亲来说，最骄傲的是什么吗？很简单，就是她的孩子对她的依赖：是回到家里，孩子叫的一声妈妈；是找不到东西，孩子叫的一声妈妈；是不知该怎么办，孩子叫的一声妈妈。对我来说，还是你吵着让我给你讲睡前故事。你厌倦了那些千篇一律的童话，当我说"long long ago"你就猜到"happy ending"。你央求我朗读自己的作品，并为之疯狂着迷。你成为我最忠实的粉丝，我每写完一篇小说，你都是第一个读者，后来，你甚至有模有样地指出行文不足，指出结构上的问题，指出喻体不够脱俗。那些吹毛求疵的编辑也不过如此。这一切都在你上高中之后轰然落幕。你学习了物理和化学，学习了数学和生物，学习了星系和历史，你对公式公理和实验着迷。当我再为你朗读，你就会说："妈妈，你写得太假，一点都不科学。"

"哦，是吗？可我写的是小说，而不是科普。"

"科幻小说。我推荐您看卡尔·萨根，或者阿瑟·克拉克。"

"谢谢你的好意，我对于读物有自己的遴选标准。"

你都不会跟我进行辩论，只是一副"好吧，随便你"的神情。你知道对于一个母亲来说，最害怕的是什么吗？就是孩子不再需要妈妈。这真是天底下最让人伤心，却束手无策的定理。你们总要成长，脱离襁褓、脱离城堡，来到冰冷现实而丰富多彩的社会，去拥有自己的生活，去创造自己的天地；去结婚，被另外一个女人需要；组建家庭，认领父母的角色。哦，差点忘了，你贯彻丁克。我知道，亲爱的，我一直都知道，你父亲的事情还在困扰着你。人生就是这样，总是有这样那样的羁绊，比如最常见的意外和疾病。

七年前，当我得知罹患乳腺癌，心里并不慌，反而有一种即将解脱的欣慰。这么多年，我没有对任何人说过，每天夜里都会想起你父亲。他的阳光帅气，他的坚毅勇敢，我还会想起我俩的高中时光，他的横冲直撞，傻乎乎的样子。那时候，我觉得他真是傻得可以，肌肉发达头脑简单就是为他这种人量身打造的措辞。可自从跟他接触，我发现，或者说发掘了他温柔的一面。他喜欢摩托车，他害怕狗，那么大的个子，被一只吉娃娃吓得躲在我身后。在他第四次调动来临之时 —— 那一年他来到海军陆战队服役，当上中士 —— 他开着摩托车载我来到太平洋海岸公路 ①，然后把我放下来，说："我向你求婚，答应我，我现在就开车载你去教堂，否则，你就自己待在这儿吧！友情提示，这里可不好搭车。"

---

① 太平洋海岸公路，位于加利福尼亚州，与《未来之战》中的地点相呼应。

我笑着伸出左手。他单膝下跪。好吧，我承认这并不浪漫，咸咸的海风让我差点感冒，但当时，我是说当时，作为当事人，我觉得天旋地转，人世间最美好的事情不过如此。

我伸出左手，皮肤已经毫无张力。由于消瘦，我不得不把结婚钻戒从无名指挪到食指，因此被罗斯曼揶揄："别跟我说你不想，看看你戒指戴在哪根手指上吧！"

"我儿子——"

"他才顾不上管你。他多久没来看你？"

"他有他的工作。"

"他还有他的老妈呢！说句不好听的，他还有几十年的工作要忙，你还能活多久？"

"你都知道什么了？"

"小野猫告诉我的，癌细胞已经扩散。你应该告诉我们，起码，告诉你儿子。我打赌，他对此一无所知。你难道希望疗养院通知他过来领取你的尸体吗？别怪我说话难听，我的处境不比你好多少。我已经写好了遗嘱。你别看我现在生龙活虎的，随时可能猝死。在这里，"他点了点太阳穴，"有一颗不知何时引爆的定时炸弹。"

"你们在一起了吗？"我有些抱歉，想聊点轻松的话题作为补偿。你知道我，打不开局面或者想要逃避，就会转移话题。

"没有，她拒绝了我，说她还想奋斗，等哪天累了，可能会考虑我。我很开心，至少我尝试了。还有，别说我没提醒你，戒指戴在食指，表示未婚和想要结婚。"

罗斯曼说完穿上外套。我问他去哪里，他说去酒吧，今天可是圣诞节。

今天是圣诞节，疗养院也装点一新，我们有几年没在一起过圣诞了？我很想给你打个电话。我这么做了。你没有接。我以为你当时正在做实验，事后就会回复。但是没有，你一直也没有给我打，就好像我是一通骚扰电话，根本不值得引起注意。

我又生气，又伤心。我处处为你考虑，然而你似乎从未为我着想。或许罗斯曼说得对，我该告诉你。

亲爱的儿子，妈妈快要死了。

3B

上次离开，我说，我一定会常来看您。但是我食言了。实验出现一些问题。

根据诺维科夫自洽性原则，人可以回到过去，但不能改变历史。人将被迫以一种方式行事而不让时间悖论发生，归根结底，我们的世界是已经被无数次改写过的最终结局，就像你发表之前修订无数次的小说。如果说丁克是我和黛西婚姻的基石，那么这个原则就是时间旅行的圭臬。事实上，一切实验都遵循这个准则。穿越本身不像您写的那些科幻小说里那么随意，比如您所钟爱的《时空恋旅人》。为了契合诺维科夫自洽性原则，时间穿越需要遵循诸多限制。

首先，时间穿越的不是人，而是一种意识形态。我并没有回到过去，只是现在的我跟过去某个时段的我发生量子反应。您一定知道量子纠缠在空间上不是问题，即使处于宇宙两端，一个粒子的行为将会影响另一个的状态。这几乎是同时发生，因为量子纠缠的传输速度至少比光速高四个数量级。在时间上，它们也展示了相似的特性。当现在的我和过去的我建立连接，现在的我就能进入过去的我的身体，相当于回到过去。你可以理解成现在的我接管过去的我，可以人为进行操作，去做一些事。但这些事不能超过一个阈值，否则连接就会被迫中断，这正是基于诺维科夫自洽性原则。多年来，通过无数次实验把阈值赋予了一种可以表现的数值，我们称之为"时间常数"，一旦时间穿越者的行为超过"时间常数"，自洽性原则就会发挥作用，从而断开连接。打个比方，如果我支使我去买已经知道中奖号码的彩票，当这是一个念头的时候，并没有关系，一旦被赋予行动力，就会被禁止。听上去，这简直有些神棍。但阿瑟·克拉克爵士不是说过吗，任何先进的技术，初看都与魔法无异。而且，我刚才所说这些，只不过是九牛一毛，各种各样的参数多如牛毛，这限定我们不能回到白垩纪末期探索恐龙为何灭亡，也不能回到古埃及观看金字塔如何搭建。我们最多只能回到一年前。

已经发生过的历史，我们称为"原历史"。"原历史"无法更改，也就是说，即使一个穷光蛋回到一年前，购买彩票成功，连接断开后的现在，他仍然一穷二白。一直以来，我们笃信"原历史"无法改变，但是事情看来有变。正如有一个把控断开或连接的阈值，也有一个允许浮动的范围。

我们又要忙了，需要去测定这个改变的区间，也许我们能找到过去和未来之间的一条稳定的通道，起码，能传达一些信息。想象一下吧，这将会避免许多悲剧发生——如果某人知道自己三个月后因车祸去世，如果某人知道自己半年后的选择将会导致人生低谷，如果我当时知道您一年后去世……

◆ 4 ◆

未来，能源危机。我们那些拥有了高科技的后代为生存空间而感到紧张。他们没有把视角放到广袤的太空之中，寻找所谓的"地球双胞胎"，在他们看来，最适合人类生存的星球莫过于地球本身。现在的地球已经被破坏，但过去的地球值得青睐。他们依赖科技穿梭到过去，跟过去（对我们来说是现在）的人争夺地球的使用权。

他们跟地球代表达成协议，各选一千名战士在比邻星 b 上进行比拼，获胜一方拥有地球主权。如果是未来人获胜，他们将悄悄融入地球管理层，普通大众不会有所察觉。后代们拥有建造宇宙飞船的技术。（一个疑问：能够拥有如此技术的后代可否直接统治地球？需要找出一个平衡。逻辑。自洽。）

男主蒂姆（小南瓜）参与了这场战争。他在惨烈的战争中活下来。地球政府最后取得胜利。他们归来时乘坐在一艘轮船上，结果轮船发生故障，所有人遇难——阴谋；保密。

蒂姆的尸体在冰冷的海水中被发现，然后冷藏起来（基于一种什么样的情况？《谍影重重》？海水提供的温度足够让精子休眠吗？方案B，冰川？这怎么达成？另外，查阅相关资料）第二年才送到阿曼达手里，告知她蒂姆在出任务时遇难。

阿曼达（脑科医生，文中需要写她做手术，《天使之城》，纪录片，类似，balabala）得到蒂姆尸体的时候，得知他被冻死，且很快就被搜救和冷藏起来，产生了一个疯狂的想法。

罗斯曼，男二号，外科医生，阿曼达同事，悄悄暗恋着阿曼达。

——摘自安娜手稿，关于《未来之战》若干设定和构思

深夜。

手术室。

　　罗斯曼用肥皂仔细清洗双手和手臂，戴上橡胶手套。他的助手——阿曼达将消毒液和盛满液体的容器放在不锈钢桌子上，弥漫着消毒剂气味的空气冰冷而凝重。直到这时，罗斯曼还是不敢相信自己居然答应了阿曼达。他知道，一旦答应她，他就完全没有了机会。可是如果拒绝——他不知如何拒绝阿曼达。

　　"你能帮我个忙吗？"是阿曼达。

　　"当然。非常乐意为你效劳。"

　　"我需要进行一例手术。"

　　"你的朋友吗？我会尽快安排。"

　　"今晚进行。"

　　"今晚？肯定不行，院方没有安排，就算我能找到手术室，也找不到助手。"

　　"不需要助手。"

　　……

　　太疯狂了。

　　罗斯曼坐在病人旁边，准备手术。他按照惯例，在脑海中展开了一幅手术全景，他会切开需要手术器官外围的皮肤，直到可以看到器官外层。这个器官会闪着光，呈乳白色，布满纹理。罗斯曼会小心翼翼切下一片海绵体，放进一个提前准备好的试管，再由阿曼达端走。从技术上说，毫无难度，难的是心理。

手术进行得很慢，也很成功，罗斯曼已经开始缝合伤口——这其实是画蛇添足。病人自始至终一动不动。房间一片寂静，没有哗哗作响的监视器或者静脉注射仪，也没有人盯着病人的生命指征，甚至没人给病人使用止痛剂。

手术之前，病人已死。

……

"不需要助手，因为他已经死了。"

"你开什么玩笑。"

"是蒂姆。"

"你到底想做什么？"

"我知道有这种可能，他虽然已经死亡，但尸体一直低温冷藏，所以他的精子还保持活性。我需要你帮我提取出来。"

"作为一名外科医生，我见过许多奇怪的要求，但如果你认为我会帮一个死人打飞机，你一定是疯了。"

"听着，我是认真的。如果你帮忙，我就跟你结婚。"

过了一会儿，罗斯曼缓缓地说："我帮你，但我不会跟你结婚。"那个时候，他才知道，要把蒂姆从阿曼达心里拿出来，就像让一只马门溪龙嗑瓜子一样不切实际。

"我爱你，小南瓜。"

"我爱你，小白兔。"

——节选自《未来之战》

4A

终于，我决定告诉你这件事。但原谅我仍然不懂得如何开口，我会巧妙融进小说，如果你看到这个故事，就会知道一直想要的答案。

脊椎和肩部断裂几乎要了我的命，但我活下来了。活下来，是不幸中的万幸，也是万幸中的不幸。

那是你父亲的第五次调动，他因为出色的表现被派去海外服役，临走之前，我们准备要一个孩子。不，那并不是你，你的到来比这次旅途坎坷得多。我和你的父亲决定进行一次旅行：沿着加州高速的摩托之旅。一路上，我们仿佛回到从前，快乐，兴奋，感觉人生美好不过如此。返回途中，摩托车失控，我们掉下悬崖。我幸存下来，你父亲罹难。

我的一些医生朋友告诉我，人体死亡之后，精子仍然保持活性。

几经周折，我终于找到一位愿意为死者做精子提取手术的医生。我雇了一辆灵车，将你父亲的遗体从瑞文赛德的医院运送到100英里之外的圣地亚哥。一路上，我没有掉一滴眼泪，不是我有多坚强，不是的，我已经忘记悲伤。

手术成功了，这给了我一丝希望，仿佛他并没有永远离开，我还能拥有一部分活生生的他。你父亲是一个非常优秀的人，一位出色的海军陆战队队员，如果他活着，我相信他一定还会是一个超级了不起的父亲。

也许是一种超越生物的力量（我们这些写科幻小说的总是迷信奇迹），我几乎可以预见自己不久的死亡，对此，我没什么担心，我早就坦然面对——从拿到检查报告时起我就做好了准备。我唯一的奢求就是在我死之前，能再见你一面。可我不能就这样把你叫过来，我还没有躺在病床，靠呼吸机维生。我跟自己打赌，赌你一定会主动探视。那段日子，这个念头支撑着我。

我担心我会赌输，我的运气一直不怎么好。

夏天到了。

阳光变得更加透明和勤快，而我变得越来越僵硬。

我从床上下来就是一项运动，气喘吁吁，罗斯曼却恢复得很好，准备即日离开疗养院。

"老伙计，我会想念你的。"我说。

"我还没死呢！"

"你走后，我会想念你的。"

"我还没走呢！"

"早晚的事。"

"要不要我帮你给你儿子打个电话，你这么干等要等到什么时候？况且，你也活不了多久。"

"谢谢你的祝福。"

"我们这辈人，都将死于自尊。"

"他一定会来的，他是我儿子，我相信他。"

我坐上前两个月配备的轮椅，来到小花园。白蜡树叶茂盛起来，去年冬天的颓势逐渐褪去，又是一副灿烂崭新的面貌，让人羡慕。

我还是不太习惯这个轮椅，护工说如果下斜坡的话，需要制动，以免速度过快，可是制动在哪里，我却忘了，看来她每天一遍的唠叨并非毫无用处。我现在就被一面斜坡为难，一面在正常人面前微不足道的斜坡，成了我人生的天堑。

"需要我帮忙吗？"你说。

4B

这是我最后一次看您。

我推着轮椅的把手，走下斜坡，那里有一片不知名的花海，生机盎然。

抱歉我有段时间没来看您，确定那个区间比我们想象中复杂得多。我们无法确定什么样的改变会影响到已经发生的未来，什么样的微不足道。比如我的助手简，她儿子去年生日，简没有给儿子买一直央求的礼物；简回到过去，买了那个礼物，回归现在的时候那个礼物竟然出现了，但并没有出现在儿子的卧室，而是地下室。"后历史"覆盖了部分"原历史"。很显然，这个玩具在历史中保留下来，但对未来没有造成太大的影响——她儿子拥有了心仪的玩具，然后他玩腻了——没有其他因为这个玩具而改变的事情。我很希望在这次看望您，能留下一些什么，但我不知如何去甄别，只好顺其自然。

事实上，我什么都没有做，只是静静陪着您。从中午到下午，从下午到傍晚，我们聊了很多过去的事，过去的发生在我和您身上的事：我第一次逃课被请家长，我有喜欢的女孩后您帮我写情书，您的新书发布会我作为嘉宾……真奇怪，我以前从未意识到过去如此色彩斑斓。

"你不用回去吗？"

"我想多陪陪您。"

"真好。"您牵着我的手说。

这是我最后一次看您。

凌晨两点，您会陷入昏厥，之后被送往医院，住进 ICU（重症加强护理病房）。那个通知我的电话会在第二天早上无情响起，黛西会去接听，然后表情痛苦地告诉我："是安娜。"我们会暂时和好，一起飞奔医院，我会闯三个红灯，然后在第二个月交罚款的时候突然想起你而痛哭流涕 —— 一切都于事无补，除了让我显得像一个傻瓜。我的确是一个傻瓜。工作人员以为我是心疼一千多美元，不会知道我是因为想起您；我也没办法跟一个陌生人解释，我有多么难过和爱您。我们赶到医院，却只能在走廊等待，最后医生出来，跟我说节哀顺变。

我可以回到您去世的前夕，却无法改变您死亡的事实。

"你后来看过我的书吗？"

"很遗憾我不再是您的头号粉丝。"

"这件事让我想到你长大然后投入另一个女人的怀抱。不过，黛西是个好女孩。"

我只能陪您到这里。

告别之际，您要我把你推回屋里，从床头拿起一本书给我："这本书送给你。"

这是一本您写的书，《未来之战》。这本书刚上市时，您给我寄过一本，跟您后来发行的其他图书一样被我束之高阁。我没有告诉您这些，把书拿在手里。

"妈妈，我爱您。"我俯下身，抱住您，就像我小时候，您俯下身，抱住我一样。

"我也爱你。"您说。

"不，这不是礼貌的问候，而是真情流露。"我有些过分强调。我无法直接告诉您即将发生的一切，原则限制，所有透露时间旅行事件的举止都将造成连接断开。

"我知道。"您笑着说。

我看着您静静入睡，人生的湖泊再也不会有涟漪。

回到家里。

我有段时间没有回家，我和黛西的冷战还在继续，她仍然在坚持，我更不会改变。

我从书架上找到那本书，我万分期待这本书不是您当时寄给我那本，而是您枕头下面那本，塑封还在，像从未拆开过的心事。我小心擦拭上面的尘土，打开之后，翻到其中一页，然后惊呆了，里面夹着一枚白蜡树叶。有些事物和感情就这么不为人知却生命力顽强地保留下来，渗透了历史。

我捧着书阅读，看到蒂姆的去世以及去世之后阿曼达的选择，心里一阵撞击，仿佛经历一场交通事故。在此之前，我已经通过一些渠道知道我的父亲死于一场交通事故，但我不知道，我真的不知道。

原来您一直没有告诉我真相，只是担心我受到伤害。

我突然意识到什么，抄起 iPad，点开 Answers，我尝试输入关键词：中国、杭州、外国人，点击搜索，并没有得到我想要的答案。

我把外国人更换成更为精准的美国人，想了一下，又改成美国美女 —— 她撑得起这个形容 —— 我知道这是常用的标题伎俩。结果仍不如人意。我联系到黛西的突然转变，在关键词又加入一个儿童。结果排列在第一的链接就是"2岁儿童掉进西湖最深处 被一位美国美女救起"。

我点开链接：

> 昨天下午的西湖不算平静。呼呼的冷风掠过湖面，掀起了不大不小的波浪。据杭州气象台数据显示，下午2点到3点杭州的气温在6℃上下……2岁的纤纤（化名）跟妈妈一起来西湖游玩。三潭印月附近有一排栏杆，她用手扒着栏杆，脚上一蹦一蹦，一下子蹦得太猛，一头栽进湖里……西湖游船的导游说三潭印月是西湖最深的地方，平均深度近五米……纤纤妈妈大声呼救……岸上的人没有一个人伸出援手……情况危急……结果一位外国美女跳入水中……大概五分钟之后，值班保安也跳入水中，二人合力将小女孩救出水面……女孩上来以后全身都湿透，长长的头发滴着水，小嘴唇冻得发紫……外国美女给小女孩进行了心脏复苏和人工呼吸等急救……然而……一切都太晚了，一朵2岁的蓓蕾在含苞的时候凋零……据悉，那个外国美女是美国游客，并且是一位中国通，对中国历史和文化均有研究。她在接受采访时泣不成声，把孩子的死归结到自己身上。

我呆呆地坐在沙发上，突然意识到自己就是一个不折不扣的混蛋。如果你最爱的人，对你保守秘密，那么，一定是为了不伤害你。我怎么连这么浅显易懂的道理都不明白，要用两条人命的提醒才能有所感悟？

天黑下来，我没有开灯。不知过了多久，仿佛一个世纪那么长，我听见开门声，听见鞋跟踩在地板上的声音。灯亮了，黛西一脸疲惫。她看见我吓了一跳。

"怎么不开灯？"

我没有说话。

"你发什么愣？"

我走过去，紧紧抱住黛西："我们要个孩子吧！"

0

我相信每一个作者或多或少都会把自己的经历或者想法写进文章之中，我也不能落俗。虽然我写的是科幻小说，里面一些人物的背景都是从我和我熟知的人身上摘取，这本小说尤甚。

科幻作为类型文学，一直是以事件为主，发展到现在，更是凭借妙趣横生的想象力得到越来越多读者的青睐，但在这本小说，我想加入一个讨论的主题，一个看似有些庞大的内核。我想说说父辈和后代之间的关系。长久以来，我们忽视了这个问题。因为是科幻小说，我不想把视界框在当下，或者正因为是科幻小说，我想试着让这个问题往更加绝对的方向发展，于是就有了这个故事。

写完这本小说，我最想给我儿子看看，这里面有他一直苦苦追寻的答案，也有我对他的一些抱怨。我不知道，他会做何反应。但我知道，他肯定不会看我的小说。他是一名不折不扣的科学家，对我小说里的猜想嗤之以鼻。这是我作为一个科幻作者和母亲来说，最失败的事情。

——节选自《未来之战·自序》

OA

大夫表情沉重，问我："你的家人呢？"

"我自己来的。"

"通常来说，我们都会把这样的结果告诉您的家人，然后由他们来确定是否应该让您知情。很抱歉，癌细胞扩散了。但如果坚持化疗……"

"如果不呢，我还能活多久？"

"半个月到两年不等，也许更久一点……曾经有过这样的案例，一个'放弃治疗'的癌症病人，活了长达十年之久。"

"谢谢你的安慰和给我的知情权。"

这是那个夏天里，我听到的最冷的消息。

我不想给任何人添麻烦，自然更不会告诉你。我会老老实实地回到疗养院，像以前一样生活。我也是这么做的，只是后来不小心被护工发现。如果你总是无故晕倒和流鼻血，她也会盯上你。她人不错，不知道从哪儿听说蜂蜜有助于治疗癌症，强制我每天晚上冲一杯。歪打正着，这治疗了困扰我多年的便秘。

我讨厌夏天，我讨厌潮湿的空气、发霉的食物和出汗之后发黏的皮肤，我讨厌在这样炙热的日子里发生的那场意外。但我并不讨厌回忆，有些事就让他定格在时间的褶皱里。

OB

实验成功了。

我们将创造历史，但我们并不能改变历史。已经发生的事情，永远是那副模样。我很想把这个消息跟您分享，但是这时候，您已经不在了。您常说，科幻给了您写作的一种可能性，您热爱那种更绝对甚至极端的视角，让热烈更加热烈，让冰冷更加冰冷。我想告诉您，您成功影响了您的儿子，让我成为一名科学家。您还在写时间穿越的小说，我已经让时间穿越成为事实。从此以后，人们要对时间穿越题材算不算科幻提出质疑。

唯一让我头疼的事，就是黛西。她一定是受了什么刺激，可是她跟您一样就是不肯告诉我发生了什么。我不能要孩子，绝对不能，别人不理解，您应该感同身受。生命是如此脆弱，各种各样的疾病和意外虎视眈眈，我真的害怕，如果我有一个孩子，而我像缺席了我的人生的父亲一样缺席他的人生，他会多么伤心难过。没人比我更了解那种感受。外人看来，我是杞人忧天，但只要经历过我的人生，他们就能懂得。有些事，别人说给你听，就是一个故事，只有亲身经历，才能恍然大悟。这世界并不存在所谓的感同身受。

我也是体味过子欲养而亲不待的悲伤，才能说出这番话。您活着的时候，我丝毫没有这方面的念头；您去世之后，我才追悔莫及。正如我所说，讲道理是一回事，身体力行是另一回事。但我是幸运的，上天给了我弥补的机会。

"想好去哪儿了吗？"简问我。

我告诉她早就明确的答案："是的，我要去看望我的妈妈。"

备注：

① 《他事》：文章形式上借鉴特德姜《除以零》。关于女主安娜和丈夫的部分参考了科学松鼠会 2016 年 8 月 26 日发表文章《亡者余生》，其中包括安娜丈夫的身份和经历，以及手术内容。

最后两片雪花

滞沉／作品

雪停了，空中最后两片雪花飘落时发生了碰撞。

在某一瞬间，一个水分子将两片雪花奇迹般地连在了一起，片刻后又被风吹散。没人知道它们曾经相遇，除了雪花自己。

科幻
硬阅读
DEEP READ
不求完美 追逐极致

1. 雪花的艺术

一道身影飞快地穿过走廊从后门冲进了阶梯教室。从校车站到教学楼的距离可不近，一路小跑着赶过来已经让王小涵有些喘不过气来了。她一边调整着呼吸一边快速扫视整个教室。讲座还有半小时才开始，可教室里已经没啥空位了。

费了好大劲，王小涵终于找到了一个稍微靠前的位置坐下来。她期待这场讲座挺久了，今天特地向导师请了假，提前从研究生宿舍赶来这边听讲座，可没想到差点连座位都没占到。她喘着气，将提着跑了大老远的电脑包放在桌子上。

教室里面已经坐满了人，但却出奇的安静，似乎是为了呼应现在空荡荡的讲台。王小涵瞥了一眼投影屏幕右下角的时间，还有二十分钟左右讲座才开始。这要是放在平时，作为一个苦逼的研究生，她一定会趁着这点时间看些文献，但这次她并没有那么做，她打算好好平复一下心情。她知道其实在场的每个人都跟她一样期待这场讲座，毕竟这场讲座的主讲人是去年拿到诺贝尔物理学奖的罗教授。

去年十月，罗教授的名字以及他的时空分形理论在从斯德哥尔摩传回获奖消息后的一夜之间，出现在了各大新闻头条上。然而事实上，那篇在物理学界具有里程碑意义的研究论文早在二十多年前就已经发表了。那篇关于平行宇宙分形理论的文章在当时就引起了物理学界的轰动，不过也仅仅只是物理学界。

王小涵是学数学的，坦白讲对物理学没有多大兴趣。她是在一次检索关于分形的数学文献时偶然看到了罗教授这篇论文，也正是这次偶然的发现，让她看见了一个崭新的宇宙。

原本安静的教室突然开始躁动，把王小涵的思绪拉了回来。一个瘦削的苍老身影出现在了讲台中央。他头发已经全白了，但依然茂密，这与想象中的科研人员形象并不相符。

王小涵可以肯定眼前这个老年人就是罗教授，因为她之前在论文的作者简介中看到过罗教授的照片。虽然照片上的罗教授与眼前的老人已经大不一样了，但具有穿透力的眼神以及虽然变白了但仍然如一堆杂乱拓扑线条的头发依旧有很高的辨识度。

简洁的PPT出现在了屏幕上，中间写着五个大字"雪花的艺术"。

"同学们好！我从教职退下来也有好些年了，现在又一次站到讲台上看着你们的青春面孔，还让我有些怀念。"罗教授的声音听着并没有带入什么感情，很明显这是他并不愿意说但不得不说的一些讲座套话，"我听说在座的各位并不都是物理专业的学生，甚至很多都是文史那边的，这让我很开心。因为有这么多人能够对物理学感兴趣甚至喜欢物理学，但是也因此——我今天的报告内容并没有准备很专业的内容。"

后面教授的讲话开始有了些情感，王小涵知道，已经进入正题了。

"今天能有这么多同学来到这里听我讲课，我猜想很大程度上是因为我拿了去年的诺奖。但是很抱歉，各位也许要失望了。在此问题上我并没有多大的感受要与大家分享。坦诚地说，我的贡献配不上我取得的成就。这也是我能够理解数百年前牛顿先生说那话的原因了。与提出分形理论的本华·曼德博先生相比，抑或是与提出量子意识论的彭罗斯先生和哈默罗夫先生相比，我的贡献都可以说是微不足道的。我正是站在这些巨人的肩上才有了现在的成就，今天我也算是代表他们给大家讲一讲雪花的艺术。

"曼德博先生的伟大在于其创立了分形几何，他用了一个极具艺术感的拉丁文来描述这种以非整数维数填充空间的几何特征。他创造性地提出了分维与分形的设想，这一设想是伟大的。这种伟大不仅仅因为其对几何学、混沌以及非线性系统研究有着影响，还因为其对于生物学、时空研究甚至是一些宇宙终极命题都有着十分重要的意义。我相信无论在座的各位学习的是什么专业，大家或多或少都在生活中接触过分形。罗马西兰花极具艺术感的自相似结构就是一种分形的体现，它是在基因控制下欲华而未华，转而茎上生茎而形成的结构；冰晶在不同压力与湿度的情况下，形成变化万千的几何结构也是一种分形；甚至于树枝的分叉、远山的轮廓都有着分形的影子。在数学上，分形是一种十分迷人的结构，它既不是二维的，也不是三维的，而是介于二者之间的非整数维度。每一次分形，都会产生新的相似的多个结果，这与我们早已面世的平行宇宙猜想不谋而合，事实上确实如此。

"我们通过理论推导证明了平行宇宙的存在，并且发现它确实是分形的。时空的分形依然是在非整数维度上的，不过计算结果告诉我们，它是在更高维度上的。这便是我们所建立的时空分形理论。这个理论在公开发表时引起了很大的轰动，但它还不足以支撑我获得诺奖。因为即使理论推导再严谨，少了实践的支撑都是有些站不住脚的，而想要证明时空分形理论最直接的方法就是实现平行时空穿梭。这种科幻电影里常出现的镜头真要实现起来却有着很大的难度。

"一个个平行宇宙就像一本书里的一页页纸，而我们作为纸上的文字想要突破纸的桎梏显然有些荒谬，除非我们能操控某种本身凌驾于纸外的东西捅破这张纸。为了找到这个帮我们突破桎梏的东西，我花了许多年时间，最后是彭罗斯先生和哈默罗夫先生的大胆猜想给了我突破口 —— 我们大脑的神经元中存在微管，而微管也存在分形结构，这使得量子过程可以发生，于是他们两位就提出了量子意识论。借此，我找到了我想要的东西，它就是我们每个人的意识，它同样是高维的分形。我们团队又花了好几年时间建立了实验装置，实现了时空穿梭，从而证明了时空分形理论……"

王小涵听得如痴如醉，仿佛罗教授讲的每一句话都是什么宇宙真理一般。她完全沉醉在其中，直到听到罗教授宣布讲座结束时，她才从中缓缓清醒过来。她似乎有些明白为什么这次讲座会名为"雪花的艺术"了。

王小涵坐在回研究生院的校车上，天已经黑了。闷热的校车上混合着人造革、消毒水和隐隐的霉味，这让她有些犯晕。她试图通过看窗外来缓解，但快速后退的路灯和高架桥墩像催眠师的怀表一样让她在天旋地转中陷入了沉睡。

她做梦了。在梦中，罗马西兰花正在以完美的方式伸展开放；神经细胞中的微管经历了无数次的分裂形成完美的结构；时空在一次次随机事件中如同雪花一样衍变出了无数个分支，那种美感弥漫了她整个脑海。

"这位同学，到站了。"

王小涵被司机的声音和肩部传来的拍打唤醒了，急急忙忙下了车。脖子上传来的痛感像是身体在疯狂表达对于在车上坐着睡觉的不满。王小涵无心理会这疼痛，她现在满脑子都是刚才的梦境。那种美感所带来的震撼让她整个人都处在一种极其兴奋的状态，这种感觉她曾经只体验过一次 —— 那发生在她刚开始学习随机事件时。这两者似乎有着某些相似的特质，都足以让她疯狂。她决定明天去找罗教授谈一谈。

2. 穿梭

物理学院旁边的小附楼就是时空理论实验室，对外说是专门为时空理论研究修的实验室，实际上是因为建设初期压根就没打算给时空理论研究留位置。因为在他们眼里那玩意儿就是一群疯子在研究一些毫无意义的事。实验室本来已经老旧不堪，今年学校居然拨款修缮了一下，还在门口挂了一些揽面子的牌匾，这种事在以前是绝不可能发生的。

敲门声响起时，罗教授正坐在自己老旧的办公桌前写着什么。

"谁啊？进来吧。"罗教授停下手中的笔。

一个梳着马尾的年轻女孩推开门走了进来："罗教授，您好。"

教授将老花镜向下压了压，从镜片上方的缝隙里打量着她："你是？"

"我叫王小涵，是一名概率论与数理统计的研究生。我听了您昨天的讲座，特别感兴趣，所以过来拜访您。"

"原来是学概统的，难怪……"教授轻轻点了点头，"你来找我具体干什么？"

"您的时空分形理论太美了，我想进一步了解您的理论。"王小涵将自己的想法和盘托出，"而且您最近一次公开发表论文都是很久以前了，我也很想知道您现在的研究进展。"

教授脸上的表情有些奇怪，他已经很久没有听到有人用美来形容他的理论了。

"我之前发表的论文涵盖了我主要的理论与成果，剩下的一些东西很无聊，我确信你不会感兴趣。"教授取下眼镜，抬头正视着她，"至于这些年，我在做特异平行宇宙的定向穿梭，基本上没取得什么成果。所以很抱歉，你白跑一趟了。"

王小涵思考了一会儿："您是说，您现在正在研究如何定向穿梭到某些结果确定的平行宇宙？"

"你可以这么理解。"

"教授，我能加入你们的研究吗？"王小涵眼睛中似乎闪着光。

教授有些惊愕："小女娃，叫小涵是吧？你可知道你在说什么？现在这个实验室除了我之前的一个学生在给我做助理研究员，就没有其他科研人员了。如果不是因为之前的成果有很大影响并且去年拿了诺奖，估计现在这实验室都得关门了。"

"怎么会？"王小涵有些不相信。

"学院那群人认为我现在的研究几乎不可能成功，而且就算成功也只不过是之前课题的延伸，并没有什么实际价值，所以给实验室的支持也越来越少。"教授叹了口气。

"可我觉得您的课题很有意义！"王小涵有些气愤，"如果把您之前的研究比作生火，那您现在的课题就相当于学习烹饪。这不仅是理论上的巨大进步，而且在将来肯定会有十分重大的实践价值。他们怎么能这样贬低您的研究？"

"可事实上确实如他们所说，十多年了，我并没有取得什么进展。"教授戴上眼镜，又继续拿笔写了起来，"你回去吧，来我这对你没有任何好处。"

"教授，您就让我加入吧！您这理论的美已经让我深深陷了进去，我是真的很想掀开它的面纱。而且我研究的课题是关于独立随机事件概率计算模型，您的研究恰好是检验这个模型最理想的方式。"王小涵恳求道。

教授没有答话，只是继续写着。

"我明天再来找您。"王小涵见状只能离开。

教授将伴随了自己许多年的自行车锁好，径直向实验室走去。王小涵已经站在了门口，似乎很早就来了。

"教授，我已经跟我导师说明了，您就让我加入吧！"

"门开着，干嘛在外面等着，先进来吧！"教授没有停顿，直接从她身边走过，推开大门走了进去，"你想好了？"

王小涵赶忙跟了上去："我想好了。"

"那跟我来吧!"教授沿着走廊向尽头走去,"我的理论你应该已经很清楚了,今天有一次实验安排,你先来看一看。"

走廊尽头一个标有"平行时空穿梭实验仪"的房门被教授推开了,房间里的照明灯是开着的,一堆仪器的指示灯也都闪烁着。房间的一个角落安放了一块控制屏,屏幕前坐着一个三十岁左右的男子。

"小陈,仪器检查了吗?"教授向男子问道。

"已经检查完了,老师。我们随时都可以开始。"那名被叫作小陈的男子回答道。

教授点了点头:"给你介绍下,这位是小涵,以后就跟我们一起做研究。"

男子看了一眼教授身后那个女孩,她正在四处打量着。

教授又转身对王小涵说:"小涵啊,这位叫陈南,是我之前的一个学生,毕业后就一直在帮我做研究。他大你几岁,你可以叫他师兄。关于我们现在的研究你都可以问他。"

王小涵停止四处打量看向男子叫道:"师兄。"

陈南见状点了点头。

"开始今天的实验吧!"教授没有多说什么,走到房间中央的台面上躺下,熟练地将一个插满各种传感器探针的合金头盔戴在了头上。

陈南转身在控制屏上开始操作起来。王小涵生怕错过些什么,赶紧跑到陈南身后去观摩。控制屏上是一个程序的界面：

实验序号：01873

目标坐标矩阵：来自附件 1873

设备状况：正常

程序执行情况：

物理链接：已完成

设备自检：已完成

人员状况检查：已完成

环境状况检查：已完成

人员催眠：进行中

穿梭进程：等待中

引导返回：等待中

人员唤醒：等待中

实验后自动检查及维护：等待中

……

剩下的一些参数和控制按钮王小涵完全看不懂了。不过她也不打算全部弄懂，因为对那些她并不感兴趣。

"师兄，教授的意识已经穿梭了吗？"

"还没有，现在正在对教授进行深度催眠，完成后才能进行穿梭。"陈南指着屏幕上说道。

话音刚落，屏幕上人员催眠的程序就从"进行中"跳转为了"已完成"，而穿梭进程的程序则跳转成了"进行中"。实验室墙边靠着的巨大仪器突然发出巨大的蜂鸣声，很显然，它开始运转了。王小涵知道穿梭开始了，她有些激动，她还从来没见过这样宏大的实验。不出十秒钟，蜂鸣声消失了，实验室突然变得异常安静。科幻电影里穿梭时空的炫酷画面并没有出现，这与王小涵的想象有些出入。尽管她早就做好了心理准备，可是落差实在太大了，实验室几乎没有一点变化，仅仅是控制屏上穿梭进程一栏变成了"已完成"。

陈南的声音打破了平静："穿梭已经完成了，现在老师的意识已经到了另一个平行宇宙中，依附于那个世界中的罗老师的身体。"

"只能依附在另一宇宙罗教授的身体中吗？如果那个世界里教授他本人不存在或者已经死亡了，还能进行穿梭吗？"

"对老师来说，当然是不能的。并且穿梭成功后，老师的意识只能在那个世界停留一刻钟左右，在那之后就会受到那个宇宙的排斥。这个时候老师必须回来，否则他的意识就会逐渐湮灭。在这么短的时间内，要在一个完全不熟悉的世界弄清一些事情是十分困难的。"

"难道不能再穿梭一次吗？"王小涵追问道。

陈南有些无奈："当然不行，被排斥的意识无法再次进行穿梭，就像一张纸的同一个位置不能被捅破两次。当然，如果换一个人自然是可以的。但这些年来，一直都是教授一个人在进行穿梭，他从没让任何人代劳。"

王小涵点了点头，没有再继续追问下去，只是默默地等待着。

几分钟后，控制屏上跳出了弹窗：实验员意识已回归，正在执行唤醒程序……

罗教授在大约一分钟后苏醒了。他取下头盔，坐了起来，显得有些疲倦。

"记录数据吧！"教授对陈南说到。而陈南在此之前已经拿出了一沓厚厚的数据单，显然早就做好了准备。

按照教授的口述，陈南在数据单上写着：

实验序号：01873

目标人物 A：已死亡，死于事件 001

目标人物 B：从事生物学相关研究，已婚

……

实验结果：实验失败，未找到目标平行宇宙坐标

"小陈，剩下的就交给你了。"教授显得很是疲倦，交代完就直接离开了。

王小涵想叫住教授，她有太多的疑问，但刚要开口就被一旁的

陈南拦下了："有什么问题可以先问我，我尽量解答。老师穿梭后精神状态会受到影响，需要休息一段时间。"

　　第二天一早，罗教授的办公室又响起了敲门声。

　　"小涵啊，过来坐吧。关于实验的相关事情小陈应该都跟你交代了吧？"

　　"陈师兄都跟我讲清楚了，不过我仍然有些问题。我们要找的目标宇宙到底有什么特征，实验记录的目标人物A、B这些具体又指代什么？陈师兄说这些还是让您亲自告诉我比较好。"

　　教授愣了一下："小涵啊，你可知道我为什么还是让你加入了我们的研究？"

　　"不知道。我虽然早就下定决心一定要加入您的研究，但我知道要让您同意并不那么容易。"王小涵回答道。

　　"你当初来找我时用'美'来形容我的理论，这太奢侈了。我能从你的眼神里看到你对它的热烈渴求，这一点我自愧不如。"教授似是陷入了回忆，眼神中藏着某些东西，"这一点太像她了。"

　　"她？"王小涵有些疑惑。

　　"她就是实验的目标人物A，也是我的爱人。不过，她死了。"

3. 往事

当时的我还不是搞物理的，而是一名生物学家。原谅我自称是生物学家，可你要相信我这绝不是因为自大，因为我当时的的确确配得上这个称号。我研究的是有关生物学中的拓扑学以及分形，这在当时是还没人涉足的领域，我完全是在黑暗中摸爬滚打。也许是上天眷顾，没花多长时间我就取得了许多非凡的成果。我一连在学术界的顶刊上发表了好几篇足以轰动整个生命科学界的论文，这些成果对于生命科学研究有很大的意义，当时，我刚二十岁出头。当然，由于我课题的学科范围限制，没能像其他一些生物学家那样蹭到诺贝尔化学奖或者生理学奖，不过这些成就仍然使我在二十五岁就被特聘为教授。

成为教授的第一年，我就开了门讲述植物分形的公选课，开放给全校学生自由选课，正是因为这门课，我认识了她。

她来找我时其实已经临近期末，当然也临近寒冬，入冬的初雪也与那一天不期而遇。

我从生物研究所出来的时候已经快九点了，天色早已经黑透。风吹在脖子上让我整个人打了个寒颤，很显然这场突如其来的风雪对于毫无准备的我是一个挑战。学校分配给我的住所离生物研究所并不算近，我那天早上又刚好没骑自行车，只好将头缩进大衣领里硬着头皮往家里赶。

她就站在离我家最近的路灯下。她戴着厚厚的手套，围着不知是白色还是米色的围巾。雪下得不是很大，偶尔几片雪花从她身边飘落，在昏黄的路灯下时不时闪着金色的光。有那么一瞬间，我觉得这雪花仿佛是她身上飘落的羽毛。她就像一位天使，婷婷地站在那里，也不撑伞，这让一路狼狈的我显得有些羞愧。

于是我把腰背稍微直了些起来，继续往家里走去，起初我并不觉得她是来找我的，直到我听到她叫我。

"罗老师！"她对着我喊道，脸上还挂着笑容。她的声音是那么的清脆灵动，似乎有着某种独特的韵味。我感觉到我的身子一下子暖和了许多，自那以后，她的样子和声音就深深地印在了我的脑海里。

当时我并不知道她是谁，一时间不知道该怎么回应她。好在她似乎看出了我的尴尬，告诉我她是我课上的学生，有些事情希望跟我谈一谈。我告诉她外面有点冷，请她到我家里坐下说。当时的我并不是为了把姑娘哄骗到我家里才这么说的，而是我确实冻得有些受不了了。

我示意她在沙发上坐下，给她倒了杯热水，然后我也坐了下来。我家并不大，暖气让屋子里的温度稍微有一点高。她似乎也感觉到有点热，取下了围巾，露出了漂亮的脖颈。不知是因为温度升高还是屋子里比较闷，她原本白皙的脸蛋和耳垂都有些红。在那之前，我自认为把全部心思都放在了科研中，不会对女孩子产生兴趣，很显然我有些太高看自己了。不过你要相信，她当时真的太美了，我敢说换作是任何一个正常的男人，都会血压升高。那晚上她说了许多，不过概括起来也就几句话——她是艺术学院摄影专业的学生，之前听了我的课非常感兴趣。她打算拍摄一组关于生物拓扑的图片作为毕业设计，希望我能够帮助她。她当时也用"美"来形容我讲到的内容，这一点她跟你很像。我答应了她，甚至没有丝毫的犹豫。那天晚上我平时的冷静与理智一点也没有发挥作用。我就像被她牵着鼻子走一样——这个比喻并不很恰当，但我想不到更好的比喻了。

那天晚上我失眠了，我一闭上眼她就会出现，在那之前我从没有失眠过，即使是顶级期刊接收我的论文时也没有过。刚开始我为自己感到羞愧，甚至有些看不起自己。那可是我的学生，我怎么能对自己的学生产生那种感情呢？后来转念一想，我似乎有些被我自己"教授"的职称给蒙蔽了，整日把自己当成那些年过半百的老家伙，我不过才刚满二十五岁罢了，她也只不过比我小四岁，于是，我慢慢接受了自己对她的爱意。

按照我答应她的，我经常带她到实验室参观，有时候还会带她到郊区去拍一些野生的动植物。她似乎也从没把我当外人，动不动就往我家里跑，向我请教一些问题或者讨要一些意见。慢慢地，我们更加熟络起来，她节假日经常来我家和我一起吃饭，就这样我们在一起了。她毕业后很快就在这座城市的一家杂志社找了份摄影师的工作，因为没租到合适的房子，于是干脆搬到了我家。那段时间我们一起经历了很多，那是我这一辈子过得最开心的一段日子。

后来杂志社给她们摄影小组派任务去川西拍雪山，她邀请我一起去。可当时我的课题正处于关键时期，整个课题组的人都需要我，于是我做了人生中最错误的一个决定。她并没有责怪我的决定，还开玩笑说我错过了许多。

到了川西，即使那边信号不怎么好，她还是会每天晚上与我通话跟我分享一天中遇到的趣事以及看到的美景。我也会每天晚上等着她的电话，直到那天等到的不是她的电话，而是她们杂志社给我传来的噩耗——摄影组遇到了雪崩。我连夜乘飞机赶往成都，然后坐杂志社的车去往川西，然而等待我的却是她冰冷的躯体。救援队员告诉我找到她遗体的时候，整个人已经被冻僵了，但手里还紧紧攥着一张照片。那是我们的第一张合照，它到现在还放在我的办公室的抽屉里。

当时我内心无比的悲痛，整个人都要疯狂了。几名救援队员拉着我叫我冷静，可我怎么可能冷静？看着前些日子还在我面前蹦蹦跳跳的女孩一下子变成了眼前冰冷僵硬的躯体，并且永远不会再出现在我的身边，我就无法冷静。

一想到当时因为课题组需要我而没有陪她来，我就恨不得给自己两拳。当她被厚厚的雪掩埋，最无助最需要我的时候，我却没有陪在她的身边。她说对了，我那愚蠢的决定让我错过了许多。

　　我忽然觉得自己挺可笑的，自以为在生命科学界取得了一点成就就沾沾自喜，到头来自己爱人的生命就从自己眼前溜走都留不住，甚至连多挽留一刻都做不到。那种在自然与宇宙面前无能为力的感觉实在是不好受。

　　后来的事你已经能猜到了，我辞去了生物研究所的工作，转而研究时空物理。我不奢求能够让她起死回生，只要能够与她再说一说话，或者至少能够让我再见上她一面我就知足了。

　　讲完故事的老人眼里饱含的泪水，让王小涵有些动容。她会竭尽全力让这个实验成功的，不过更多的仍旧是为了接近真理。

4.　不同的我　同一件事

　　"实验人员已唤醒"，控制屏上跳出了弹窗。

　　教授取下头盔，坐在了试验台上："小陈，记录数据吧！实验序号是 01877，目标人物 A 死于事件……"教授突然停止了描述。

　　陈南抬头看向一旁的教授："老师，我正在记录，您继续说吧！"

　　教授从试验台上站了起来，开始环顾四周，并没有答复陈南。

"老师？您在找什么？"陈南问道。王小涵也一脸疑惑地看着教授。

"还是不对。"教授自顾自地嘟囔着，没有理会一旁不知发生了什么的两人。

陈南和王小涵对视了一眼，显然他俩都不清楚教授怎么了。陈南急忙放下手中的笔，走到教授的身边，盯着教授的眼睛："老师，您怎么了？"

教授这才将目光放到眼前这个男子身上："你是谁，我们现在又在做什么？"

"我是您学生小陈啊！您这不是刚完成穿梭，我们正要记录数据呢！您不记得了吗？"陈南开始慌起来，他跟着教授这么多年，从没出现过这种情况。这让陈南不知道该怎么办，他很害怕教授会出什么问题。他在攻读研究生时，教授花了很多心思帮他，他很感恩，这也是为什么他毕业后会选择留下来帮助教授的原因。一旁的王小涵虽然显得有些疑惑，倒也还镇静，似乎在思考着什么。

罗教授的眼睛难以察觉地眯了一下："小陈，怎么了？我感觉刚才就像睡着了一样。"

陈南能感觉到教授刚才的异样消失了，可自己的情绪还没有完全平静下来，一时间还有些发懵，不知道该从何说起。

"教授，刚才您穿梭回来开始记录数据，然后毫无征兆地做出一些奇奇怪怪的事情。当时您就像失忆了一样……"王小涵细致地把刚才发生的事情描述了一遍。

教授皱了皱眉，陷入了思考。

"老师，您没事了吗？要不去校医院看一看？"陈南见教授似乎恢复了正常，但还是不免有些担心。

"不必了，我想我弄清楚是怎么回事了。"从教授的语气中能够看出他很自信，"还有其他人跟我一样也在进行穿梭实验。"

"啊？"陈南有些吃惊，"可是目前全世界应该只有我们这里有穿梭的仪器 —— 这毕竟是您亲自建造的。而且就算有别人在进行实验，与您刚才的情况有什么关系呢？理论上来说就算有成百上千的人同时进行穿梭，相对于整个平行宇宙的承载量来说都是微不足道的，更不可能让您产生刚才的情况啊！"

王小涵刚才就隐隐有种感觉，现在教授点醒了她："教授所说的'其他人'是指来自另一平行宇宙的教授。所以刚才教授的身体应该是被另一个平行宇宙来的意识所占用，那么一切都讲得通了。"

"我想起来了！"陈南豁然开朗，"之前有两次穿梭到别的平行宇宙，他们也在进行与我们相似的研究。"

教授点了点头："我们这边去的人以及来到我们这儿的人都是沧海一粟，实际上也许有无数个平行宇宙中的我在做着同一件事。或许他们中的大多数都失败了，但我想总会有一些能够成功，不知道我有没有机会成为后者。"

陈南突然想到了什么："老师，既然有这么多'您'都在寻找那个坐标，那为什么不联合起来呢？"

"联合？"

陈南意识到自己说得有些不清不楚："我的意思是虽然我们接触到的在做同样研究的平行宇宙并不多，但只要我们信息共享，就能构筑起一个跨平行宇宙的超级网络。正如您所说，也许有无数个平行宇宙中的'您'在做这件事，那么这个超级网络就有无数个节点。只要有人找到了目标坐标，就可以让其他人穿梭向与其有联系的宇宙进行共享。我们要做的只是向可能与我们取得联系的平行宇宙传达这个计划，然后由他们不断向外拓展。"

教授的眼里似乎闪着光："这个计划很不错，就按这个实行吧！你把具体的东西整理成文档，到时候把它贴在实验室和我办公室显眼的位置，再存在我的电脑和手机里，尽量把这个计划传达出去。既然如此，就叫它'时空网络计划'吧！"

王小涵站在一旁没有说话，她打心底并不希望这个计划启动。从概率学上来看，只要时间足够长，并且计划按照预想的那样进行，成功的概率几乎是百分之百。她承认教授的故事很感人，可对此她并不是很在乎。她想要建立完美的数学模型，她想要找到实现特定平行宇宙穿梭的方法，这才是她到这来最重要的目的。如果真通过这样的方式让教授找到坐标完成了心愿，很有可能实验就不会再继续下去了，这是她不想看到的。

5. 惩罚

"时空网络"计划实施的同时，教授仍在不断地进行着穿梭实验。

第 01882 次穿梭

很显然这是一个小公园，但教授一时间确实无法想起这是哪儿，当然也许自己根本就不知道这个地方。

"老罗头，你都想半天了，还下不下了？我老婆子可还在等着我买菜回家做饭。"

坐在面前的是一个手里提着鸟笼的老头，他与教授之间的石桌上放着一个象棋棋盘，很显然这局棋已经到了决定胜负的关键时刻。教授没有理会他的催促，而是快速回忆自己是否认识眼前这个看着比自己年长一些的老头。他实在想不起在自己那个世界中是否与眼前这个人有什么联系，只能认定在这个宇宙中才与他存在关系。

教授没有时间浪费，三言两语便把他打发走了，然后迅速摸出兜里的手机看看能不能找到与她相关的蛛丝马迹。

快速翻阅着通讯录、相册、社交软件……在引导信号出现前，教授竭尽全力检索着每一个可能出现与她相关信息的地方。但是种种迹象表明这个世界中的自己似乎从来都没有与她有过任何交集。

第01882次穿梭未能找到目标宇宙。

第 01883 次穿梭

空气中弥漫着一丝消毒水的气味，耳边传来有节奏的嘟嘟声以及若有若无的抽泣声。

教授想要操控现在的躯体却发现几乎没得到什么响应，集中全部精力也只能勉强把眼睛支开一条缝。

教授看到了洁白的天花板，根本不用多费心思就能猜到自己现在正躺在病床上，眼角的余光能看到病床边坐着一个白发苍苍的老妇人，她显得很憔悴，教授能够看出来这并不是自己要找的人。

老妇人也注意到了躺着的老伴睁开了眼睛，赶忙凑了过来。一起凑过来的还有好几个人：一个中年男子一脸沉重，另一个中年妇女的眼角明显挂着泪痕，还有俩年轻小娃一脸天真不知发生了什么。教授看着这一群人，全是陌生的面孔，可心里竟然有一丝暖意。

教授决定提前离开，因为眼下这个躺在病床上的身体已经没多少时间了。他打算把这最后的时间交还给他的主人，让他能够和自己的家人度过最后的一段时光。

第01883次穿梭未能找到目标宇宙。

第 01884 次穿梭

只要是个正常人观察一下这房间的陈设都能快速推断出这是一间办公室，教授自然也能轻易办到，不过比这更快进入教授脑子的却是眼前墙上贴着的东西。教授对此再熟悉不过了 —— 是"时空网络计划"，这至少表明了两件事 —— 第一，这次穿梭依旧没有达到目的；第二，"时空网络计划"如一开始期望的那样已经建立起来了，虽然还不知道完成度怎么样，但至少可以确定已经取得了不小的成效。前者让人有些失落，后者却很值得高兴。也许到最后还真得依靠这"时空网络"，教授心想。

第 01884 次穿梭未能找到目标宇宙。

第 01885 次穿梭

这种感觉有点奇妙，教授觉得自己曾经感受过，但从未如此纯粹的感受过 —— 哦，是失重的感觉！地球美丽的弧线就挂在舷窗外，教授很艰难地操控着飘浮在空间站中的身体……

第 01885 次穿梭未能找到目标宇宙。

第 01886 次穿梭

"罗彬？喂！你有没有在听我说话？"眼前五大三粗的男子盯

着教授，"已经开饭了，要是去晚了狱警又得找你谈话了。"

教授看向眼前的男子，居然穿着囚服，再低头看了下自己，有些无语，没想到自己也有走到这种地步的时候……

第 01886 次穿梭未能找到目标宇宙。

……

在一次次穿梭中时间飞快地逝去，转眼又是一年年末。

陈南把记录好的实验结果放进抽屉里："老师，我们的坐标用完了。"

"那就换一个新的数学模型计算坐标吧！"看来教授误解了陈南的意思。

"老师，我是想说我们能用的所有数学模型计算得到的坐标都用完了，已经没有适合的模型了。"陈南有些无奈。

教授愣了一下："二十年，快二十年了！我们没有做出想要的东西，倒是为数学界做出了大贡献。"

"教授，可以试一试我自己建立的数学模型。这个模型是我之前准备好作毕业论文的，正好可以借此机会检验一下可靠性。"王小涵说到，"之前我们用过的那些数学模型我也在根据结果进行修正，不过这还需要好长一段时间。"

"真是辛苦你了，小涵。那就先用你建立的模型吧！我相信你的模型一定比那些现如今常用的模型更可靠。"教授叹了口气,"难道到最后我真的只有依靠'时空网络'了吗?"

第 01972 次穿梭

教授意识清醒时发现自己正坐在一间书房里,手里拿着一本相册。打开第一页看到的照片让他整个人愣了一秒,这正是教授与她的第一张合照——那张现在还珍藏在抽屉里的照片。教授赶紧往后翻,发现还有许多她的照片,很多都是自己没见过的。教授知道自己可能来对地方了,他需要抓紧时间。身上并没有手机,教授赶紧起身欲要出去寻找,可刚一起身就僵住了。墙上挂着的黑白肖像如同一道闪电般击中了他。

突如其来的无力感让教授又一屁股坐了下去,强烈的悲痛与不甘袭来。他来对了,但是来晚了,她在一年前去世了。强忍着悲痛,教授决定好好看一看这相册,毕竟这是这些年来离她最近的一次。

已经过了挺长时间了,教授的意识并没有主动返回。穿梭的极限时间到了,在系统发出了引导信号后,教授的意识才终于回归了。

取掉头盔,教授刚坐起来,眼前就是一黑……

开关窗户的尖锐摩擦声打破了教授昏睡和苏醒的最后一层屏

障。教授睁开眼，自己正躺在病床上，他能看到是陈南在推窗户。校医院的病房年久失修，窗户开关起来都是很费劲的事。

教授想坐起来，但费尽全身力气也只是动了一下。"教授，您醒啦！"在病床另一边的王小涵注意到了教授的动静。

陈南立即停下手中这恼人的事，跑到教授身边来："老师，您可算醒了。您当时刚坐起来就直接昏厥过去了，真是吓坏我了。"他看出教授想要坐起来，便摇动床边的手柄将病床后部升起来了一些。

"我没事。"教授张开干瘪的嘴唇说道，"可惜还是晚了一步，这是我离她最近的一次。我看到了我们的许多照片，从我们相遇相识，然后走到一起，结婚生子，直到一起白头。就在那短短的十几分钟，我仿佛又重新过完了我的一生，那些照片上的东西已经印在我的脑子里了。这是我第一次见到她穿上洁白婚纱的样子，比我想象中的还要美。她还是那样笑着看着我，跟刚开始见到她时一样。小涵啊，谢谢你让我能够再一次离她这么近。但请原谅我的不知足，我想请求你想办法修正一下模型，这次真的只差那么一点了……"教授转过头看着王小涵，晶莹的泪珠从教授满是皱纹的眼角滑落。

看着这个样子的教授，王小涵不知道该怎么告诉他事实，但好在陈南替她代劳了。

"老师，您可能不能再继续进行穿梭了。医生说您的神经系统已经出现了很大的问题，脑功能也有很大的损伤，您这次突然晕倒就是病情恶化的前兆。"陈南握着教授的手，尝试着安慰他，"不过没关系，我们可以替您去穿梭，老师您只管指挥就好了。"

"在穿梭那点有限的时间内，你们根本不可能找到她。就算找到了，又有什么意义呢？"教授摇了摇头，"当初做出了错误的抉择，我就应该承担这一切，这都是我一手种下的恶果。也许，现在的状况正是我应得的惩罚吧！也许是时候结束了。"

6. 最后两片雪花

已经是凌晨一点了，窗外又开始飘雪，这雪断断续续已经下了好几天了。王小涵坐在床上，腿上放着手提电脑。昨天中午吃过饭后她就再也没出过宿舍，一直到现在都盯着屏幕上的数学模型。一遍又一遍的推演计算并没有帮她找到问题出在哪里，反而让她头脑昏沉，眼睛发涩。她的意志终究还是没能抵得过这越来越强烈的疲倦感，沉重的睡意袭来。

王小涵已经很久没有睡得这么死了，没有梦境，没有任何其他感觉。直到一缕阳光透过窗户爬到她的脸上，那一丝温暖才将她从沉睡中唤醒。这冬日的阳光并不那么刺眼，王小涵透过窗户往外望，雪已经停了，天空被染上了久违的蓝色。

她坐起身来，电脑正歪斜地躺在她的旁边。下一刻王小涵刚睡醒的蒙眬瞬间被击溃——电脑上的数学模型被改了。模型被改得很彻底，甚至连最底层的逻辑和原理都被改了。王小涵从头到尾分析了这个模型，她现在很确信这个模型就是她想要的。这个模型就是最自然朴素、最简洁的阐释，但这也为她带来了麻烦——用这个模型的计算量太大了，与之前相比几乎是几何倍数增长，这已经超出普通计算机的算力范畴，她只能求助于量子计算机了。

得到数学模型的王小涵欣喜若狂，她丝毫不在意这模型是如何出现在她电脑上的。要是换作别人一定会以为发生了什么灵异事件，可王小涵很清楚，这就是她自己做出来的，或者说另一个世界的自己做出来的。

王小涵推开了病房的门。罗教授正躺在病床上，侧着脑袋盯着窗外光秃秃的树枝发呆。冬日的阳光透过窗户洒在教授蜡黄瘦削的脸上，让教授看起来又憔悴了许多。

"教授？"

罗教授转过头，强撑着坐了起来："小涵啊，来坐。"

王小涵走到病床旁的陪护椅前坐了下来。

"你没必要跑这么远来看我，小陈他天天都会过来照顾我，而且我身体已经好得差不多了。"

"教授，我量子超算中心那边的朋友用新的数学模型算出了一个新的坐标，有百分之八十的把握。"王小涵盯着教授。

教授又将头转向窗外盯着那光秃秃的树枝："我们已经用不同的模型进行了太多次穿梭了，都没有找到。那么多其他平行宇宙中的我也在尝试，可'时空网络'仍然一点动静都没有。"

"教授，这个模型来自其他平行宇宙，这次我对这个模型很有把握！"

"我放弃了，也许有些东西一旦失去就再也找不回来了。"教授费劲地从床上下来披上了衣服，"小涵、陈南，陪我出去走一走。"

院子里的积雪已经被扫过了，显得很空旷。阳光照在罗教授的身上，使他看起来精神了几分。教授颤颤巍巍地走向了那颗光秃秃的树，放下生物学太长时间了，他竟然一时间叫不出这树的名字。

教授伸出手去抚摸这棵树。树皮干瘪开裂，灰黑的沟壑弯弯曲曲地爬满了整个树干。好在阳光照耀下的树并不冰冷，一丝丝若有若无的温度在手掌与树之间徘徊，然后顺着这些扭曲的沟壑游走。一缕顺着树干向下从根茎，流向主根、侧根、须根直到从根冠溜走；另一缕沿着树干向上不断的分叉，流向了每一个枝丫。

"无数次分裂产生了无数的结果，找到她的概率为零。"罗教授收回了手掌，"但概率为零并不是不可能实现。小涵，我们再试一次。"

"老师，您现在的身体状态不支持您继续穿梭了啊！"陈南有些担忧，"或者再等一段时间，等您身体状况好一点再穿梭也行。"

"小陈啊，你跟了我这么久，应该知道现在对我最有用的药在哪里吧？而且我自己的身体我比谁都清楚，虽然远不如前些年，但要进行这次穿梭还是没什么问题的。"

陈南刚想继续劝说，王小涵打断了他："这次的模型是来自其他平行宇宙的，我对它很有信心。"

陈南其实很疑惑，为什么王小涵得到的是用于计算的数学模型，而不是直接被告知坐标？不过这些都不重要了，他知道自己老师的性子，决定了的事就不会改变，所以也就不再阻拦。

第 01973 次穿梭

教授的意识变得清晰起来，眼前是一个老旧公寓的一楼。虽然陈设变了许多，但教授还能够认出这就是自己做生物研究时学校安排的公寓，这正是当年自己与她相遇的地方。在这里，他们第一次见面，第一次交谈，第一次共进晚餐，第一次拥吻……直到第一次离别，当然也是最后一次。这个地方包含了教授太多的回忆，这让他又多了些许希望。老旧的茶几上摆着一部手机，教授没有犹豫就拿了起来。打开手机后程序自动跳转到了备忘录：

另一个世界的我：

你来对地方了！不要惊讶，你已经不是第一个来的了。我已经弄明白是怎么回事了，不过我没有告诉她。本想与你有更多的交流，但我知道你们时间紧迫。她大多数时间都在家里，即使出去也不会很远，通讯录里只有她的号码，抓紧时间吧！

这个世界的你

教授开始颤抖起来，他打开通讯录拨通了那个号码。

"喂，怎么了老头子？"电话那头传来声音。

虽然时隔几十年，虽然这声音已经变得苍老，虽然这声音经过了电波的转换，可那些印在教授脑子里的东西却没有改变。教授拿着电话，没有说话。

"怎么不说话？我马上到家了。有什么事我回家再说。"电话被挂断了。

教授颤抖着推开门往外走去。寒风瞬间扑面而来，外面下着很大的雪。他看到了大雪中提着两袋菜向他走来的身影，哭了。

她挺拔的身姿与青春的容颜已经被时间冲刷得一点不剩，但那如白雪般的气质似乎从没变过。教授快步走过去一把抱住了她，身体依然在颤抖着，不知道是因为激动还是寒冷。

"你这老头子，穿这么少跑出来干吗？也不怕冻感冒了。"她嘴上责怪着，脸上却挂着笑容。

虽然不知道换了多少个灯泡，但还是在那个路灯下，教授紧紧地抱着她。他曾经在梦中无数次梦到相拥的情形，每次梦到的感觉都不一样，可每次都觉得很真实。直到现在，他能够真真切切感受到怀里传来的温度，之前的梦境又显得那么的虚幻与荒谬。他也曾想好了无数句想要说的话，可现在全梗在了嗓子眼。

他仍旧那么抱着，她笑着笑着就哭了。

引导信号出现在了教授脑子里，这是他无损离开的最后期限。经历过无数次的教授当然知道这一点，可想要获得一些东西就得失去一些东西。他已经做好了失去一些东西的准备。

漫天雪花依旧轻盈地翻飞着，两位老人依旧紧紧相拥着。罗教授的意识开始变得模糊，他知道这是这个平行宇宙在排斥自己，他回不去了。

他突然明白为什么其他平行宇宙的自己明明找到了这个坐标却没人告诉他了，并不是他们不愿意，而是他们没办法，他们做出了同样的抉择。

罗教授的意识感知越来越模糊，他知道自己用生命换来的时间已经到了。他从未如此满足，就如同他拥抱的是整个宇宙。不久后，罗教授的意识在飞舞的雪花中被这个宇宙磨灭了……

雪停了，空中最后两片雪花飘落时碰在了一起。在某一瞬间，一个水分子将两片雪花奇迹般地连在了一起，片刻后又被风吹散。没人知道它们曾经相遇，除了雪花自己。

7. 尾声

教授的死讯很快就出现在了各大新闻媒体上，各种哀悼物理学界泰斗陨落的文章也在网络上疯传。

讽刺的是那些在网络上发表对教授沉痛哀悼的各界人士没有一个出现在教授的葬礼上。他没结婚生子，朋友也不多，整个葬礼也没几个人来。

时空理论实验室教授曾经的办公室里，陈南正坐在那里。他打算花点时间把教授这些年来的成果整理出来，然后就告别这里了。他之前留在这里是因为教授，现在教授走了，他没有继续留在这里的必要了。

"陈南师兄。"办公室的门被推开了，站在门口的正是王小涵。

陈南点头示意她进来坐下。他已经许久没有王小涵的音讯了，上一次见面是在教授的葬礼上。

"师兄，还记得你之前那个'时空网络计划'吗？既然现在我们已经确认了坐标，你打算把这个坐标共享给其他平行宇宙吗？"

"计划被取消了。说起来可笑，当初想出这计划建立起'时空网络'的人是我，到头来呼吁关闭它的人还是我，或者说另一个我。前几天，在我将坐标共享出去之前，另一个宇宙的我穿梭到了这里，他建议停止'时空网络计划'。因为一旦坐标被共享，要不了多少时间那个平行宇宙就会成为无数个穿梭的目标，这样后果很严重。一片雪花可能并不完全对称，一个分支上多个水分子，另一个少俩水分子，这对于宏观的雪花来讲是微不足道的；可如果所有水分子都试图往某一个细小的分支上去靠拢，那么就乱套了。整个平行时空树是可以承受穿梭的，但如果无数穿梭指向同一宇宙，可能会导致整个平行时空的畸变。老师他能找到自己的钟爱，在生命的最后一刻是快乐的，我替他感到开心。至于其他人能否找到——无所谓。"陈南耸了耸肩，又将目光转到王小涵身上，"倒是你，不认真完成你的论文，跑这儿来干什么？你那模型一旦发表就一定会引起轰动的，专门来这儿不只是为了提醒我这事吧？"

"我想要进行一次穿梭。"王小涵拿出一个优盘放在桌子上，"坐标在里面。"

"穿梭？"陈南有些吃惊，"你打算干吗？"

"我打算去找建立那个模型的人谈一谈，我想弄清楚一些事。"

"可就算你穿梭过去，你的意识也会占据她的身体，你们根本没办法交谈。这你是清楚的。"

"她很清楚我会过去找她问一些问题，我也很确信她已经准备好了答案在等着我。"

"你确定吗？你可只有一次机会。"陈南郑重地说。

　　王小涵笑了，指着桌上的优盘："计算这个坐标可花了量子超算中心很长时间，而之所以花这么长时间是因为我加了许多条件。'她准备好了答案等着我'就是其中一个条件，换句话说，这个坐标已经包含了我想要确保的一切。"

潜龙在渊

分形橙子／作品

潜龙，勿用。

或跃在渊，无咎。

——《周易》上经初九、九四

1. 神龙失执

北魏孝昌三年（527 年）十月。

寒风萧瑟，铅灰色的云层压在众生头顶，树叶都已落尽，黄河业已冰封，洛阳城内外，一片肃杀景象。一大早，天空就开始飘起零星的雪屑，时至中午，细雪已然变成鹅毛大雪。纷纷扬扬的雪片从九天之外挥洒至人间，片刻之后，整个世界都变成茫茫白色。

此时，洛阳城中御史中尉府大堂中正进行着一场激烈的争论。

"兄长，此事必有妖！"御史中尉府大堂，身穿青色长衫的郦道峻喝道，"此圣旨绝非胡太后本意，请务必三思而行！"

"是啊，父亲！"一个头戴漆纱笼冠，身着紧身长袍的年轻人急切附和道，"那雍州刺史萧宝夤素来多疑，今年又刚被削职为民，对朝廷心怀忌恨。我听闻，那萧宝夤平叛屡次败北，恐已有反叛之心！这关右大使，做不得啊！"

"伯友，慎言！"身着长袖黑袍的御史中尉郦道元喝道，他转向郦道峻，朗声说道，"身为朝廷命官，为朝廷分忧乃臣子的本分。山东、关西叛乱不止，刺史大人连年出军，耗费甚大，心有惶恐也属人之常情。虽然今年曾被削职为民，但也只是权宜之计，而非朝廷本意。朝廷复起萧宝夤为征西将军、雍州刺史、西讨大都督，足以证明朝廷对萧宝夤的重用之心。吾此行乃为将军分忧之举，尔等不必再说。"

郦道峻长叹一声，两个儿子也默然不敢作声。

"道峻，伯友，仲友，"郦道元看着弟弟和两个儿子，语气缓和道，"吾知尔之虑，此行恐有凶险，但生逢乱世，身为臣子当为朝廷分忧，恪守君臣之道，断无退缩之理。"

"父亲，"次子郦仲友开口道，"叔父与兄长所言也不无道理。你为官多年，执政严厉，刚正不阿，朝中可是有不少人记恨于你。端端在这个时刻，委任你为关右大使，前去那是非之地，恐有内情。"[①]

"此事必为汝南王与城阳王所为。"郦伯友恨恨地说，"父亲杀那丘念[②]，汝南王绝不会放过你；元渊为城阳王所谗，你力陈真相，得罪城阳王。此二人乃皇室宗亲，一定是他们蛊惑了胡太后，委任你为关右大使。而那萧宝夤如若得知你为关右大使将前往督军，这……"

---

① 据《北史·列传第十五》，道元素有严猛之称，权豪始颇惮之。而不能有所纠正，声望更损。
②《北史·列传第十五》司州牧、汝南王悦嬖近左右丘念，常与卧起。及选州官，多由于念。念常匿悦第，时还其家，道元密访知，收念付狱。悦启灵太后，请全念身，有敕赦之。道元遂尽其命，因以劾悦。

"丘念徇私枉法，罪无可赦，当杀。"郦道元打断长子，沉声说道，"元渊破六韩有功，遭无妄之灾，当救。吾做事向来顺应天道人事，然则，大丈夫有所不为，亦将有所必为者矣。此事不必再提，汝若不愿同去，吾不怪尔等。"

郦伯友与郦仲友交换了一下目光，异口同声说道："父亲既心意已决，吾愿同去，为父亲分忧！"

话音刚落，郦道峻也坚定地说道："吾愿为兄长分忧。"

"如此甚好！"郦道元起身，看着弟弟和两个儿子，"有尔等相助，此行必然无虞！"

是夜，书房，郦道元点燃烛火，亲自砚墨，开始撰写《七聘》[①]的最后一篇。天色微明之际，一夜未眠的郦道元长吁一口气，丢下毛笔，走至院里。大雪已经落尽，灰云正在散去，一缕金光从东方升起。郦道元抬起头望着天空，一团长条状云彩恰巧组成一条长龙的图案，龙头龙爪分毫毕现，霞光映照之下，龙角闪闪发光，龙尾隐没于灰云深处，正所谓神龙见首不见尾也。

世人皆知，郦道元所著洋洋洒洒四十卷《水经注》已经完成，但此非事实。今夜，郦道元才真正完成《水经注》最后一卷：伏流卷。但此伏流卷将单独成册，取名《七聘》。此伏流卷与其他书卷不同，记载了郦道元真正的心血和秘密。他深知，此卷内容太过惊世骇俗，如若流传出去，必被奸人所用，为祸四方。

---

① 《七聘》已失传，《七聘》为《水经注》伏流卷是笔者虚构。

此伏流卷起笔最早，若无此伏流卷，也无《水经注》。郦道元长吁了一口气，心中巨石已然卸下，为此伏流卷，他整整耗费了四十五年的光阴。

2. 飞龙在天

四十五年前，父亲郦范任青州刺史，十二岁的郦道元随父母居住于青州。年少时，常随父亲外出游历。一日，父子二人行至淄水岑山，见一石刻天梯在峭壁之上，云雾笼罩之时，如一条白龙匍匐于峭壁间。

"此天梯乃鹿皮公所建，"当地长者对刺史说，"鹿皮公乃真仙人也。岑山有神泉，人不能到。昔小吏白府君，请木工石匠数十人，轮转作业，数十日，梯道成。上其巅，作祠屋，食芝草，饮神泉，七十馀年。一日，小吏从梯而下，唤宗族六十余人，命上山。不日，水来，尽漂一郡，没者万计。小吏辞遣家室，令下山，著鹿皮衣，飞升而去。"①

"此地颇有仙家气象，"郦范摸着山羊胡笑道，"不想确为仙人飞升之所。"

① 此处长者所说记载于《水经注》卷二十六、淄水篇，引自《列仙传》，此处稍做改写使用。

"此等仙人，不要也罢。"一旁的郦道元不屑地说。

"善长，不可无理！"父亲喝道。郦道元却不服地抬起头，倔强道："这位鹿皮仙人定非真仙人是也。"

当地长者的面色有些尴尬，他转向郦道元，轻声问道："公子何出此言？"

郦道元不顾父亲有些愠怒的脸色，侃侃而谈："其一，天地不仁，以万物为刍狗。此鹿皮仙为何要救人？其二，救也救了，为何只救本宗族之人？其他万人就该死吗？"说完之后，他冷哼一声，"如若他一人不救，尚乃真仙人所为，如若全救，也乃真仙人所为。只救宗族之人，此人心胸何其狭窄，私心甚重！绝非真仙人是也！"说完之后，郦道元挺身直立，静待父亲训斥。

郦范却微微一笑，没有说话。长者思索片刻，向郦道元深深地施了一礼："小公子，老朽受教。"

郦范摆摆手，嘴上却道："莫听他歪理。"

"非也，"长者摇摇头，"小公子明白事理，定成大器。此传说乃凡人编造，却是以凡人之心度仙人之腹了。小公子一言既道破，非常人也。然，此地确有神异之处 ——"老者指向天梯脚下的一片深潭，"此潭古名为登仙潭，传说乃鹿皮公取水之处，现名为白龙潭，确有一条白龙居于潭底。"

"唔？竟有此事？"郦范颇有兴趣地望向白龙潭。只见那汪潭水不过方圆十丈大小，墨绿幽深，一条溪水从东南汇入，却无通道流出，而潭水周围怪石嶙峋，竟无青苔附着，看似确有不凡之处。

"此潭深不可测，直通海眼，"长者道，"有一白龙栖身其间，风雨晦暝之时，白龙偶有现身，飞腾云间，此地有多人亲眼见过。"

"老人家，此传说有多久了？"郦道元突然问道。

"至少已有百年，"老者回道，"白龙为此地的守护神灵。"

"那么，这百年间，此地风调雨顺，从无大灾？"郦道元又问道。

"这……"老者有些语塞，郦范微微摇头，他及时转移了话题，帮老者化解了尴尬，"老人家，真有人亲见白龙？"

"不错，"老者仿佛找回了自信，他将了将山羊胡，点头道，"刺史大人，老朽不敢妄语，确有白龙居于潭中，老朽就曾亲眼见过白龙。"

……

白龙……回忆到这里，已过知命之年的郦道元长叹一声，那位老者和父亲并不知晓，从那一刻起，小小的郦道元心里就种下了一颗种子。

他望向天空，云彩神龙已经消散，化为金色的云团汇入云海。龙……这个世上真的有龙吗？十二岁的郦道元第一次开始认真思考这个问题。

"愿闻其详！"郦范果然被老者的话吸引住了，郦道元也睁大眼睛望着老者。

"那是正平二年（452 年）……"老者捋着山羊胡，陷入了遥远的回忆，"一日，乌云蔽日，狂风大作，光天化日竟如黑夜。老朽和几个伙伴从潭边经过，赫然见一白龙伏在潭边巨石之上，牛头蛇身，有角有爪，鳞甲森然，双目如电，两爪深陷沙石之中，腥膻不可闻。吾等惊惧异常，纷纷调头退走。吾在最后，忽闻一声龙啸，声如惊雷，顿时瘫软在地。回视之，只见云雾大起，白龙盘桓而上，腾跃空中，没入云霄……"

老者说到这里，歇息片刻，仿佛依然沉浸在三十多年前的那个震撼的时刻。

"那一次只有吾见到了神龙升天。"老者平复了心情，继续说道，"隔日再来，一道深沟出现在潭边，巨石上还有神龙爪印。"

"这么说，白龙已经离去了？"郦道元不由自主地问道。

"非也，非也。"老者摇摇头，"白龙潭乃白龙在人间的居住之所，白龙承蒙天帝召唤时，才会腾跃九天……"

"后来又有人见过白龙？"郦道元追问道。

"不错，"老者点头道，"能见白龙者，乃有福之人。老朽今年已是古稀之年。都是托了白龙之福啊！"

说话间，三人已行至潭边，老者指着岸边一块巨石说道："请看，那就是神龙爪印。"

郦道元兴奋地跑过去，只见一块足有八仙桌大的巨石卧在岸边，巨石上赫然可见一个硕大的爪印，清晰可辨，可见力道之大。郦道元爬上巨石，小心地比画了一下，他的脚掌能轻易放进爪印的脚心处。郦范也走到巨石边，面色严肃地看着爪印，"此物定非自然形成，"他斟酌着说道，"莫非此潭中果真有神龙？"

"自然如此。"老者自信地说，"古有大禹驱使应龙治水，黄帝乘黄龙登天，豢龙氏董父为舜豢龙，御龙氏刘累以龙食孔甲。古往今来，堕龙之事常有耳闻，龙骨也非罕见之物。"

"如若神龙真乃神灵，岂能为人所食？"郦道元暗自摇头，他嘴里说出的却是，"龙居住于何处？"

"龙逐水而居，"老者道，"江河湖海甚至井中，都尝闻有神龙出没。譬如这深潭，底通海眼，幽深不可探，为绝佳栖身之所。吾尝闻，虎从风，龙从云，神龙随云掠行天地之间，腾跃万里，又可深入幽泉峡谷，凡人自然难得一见。"

"逐水而居……"郦道元陷入了深深的沉思，他转头看向那汪墨绿深邃的水潭，脑海中想象着一条通体遍布着白色鳞片的龙从水潭中探出头来，乘风雨扶摇直上，盘旋飞舞，在云中穿梭，声若惊雷。

一时间，幼小的郦道元竟然有些痴了。

直到父亲呼唤，他才恋恋不舍地离去。从那以后，龙就像一块磁石一般牢牢地将郦道元吸引住。他觉得，自己的命运冥冥之中似乎已有定数。

已近花甲的郦道元从回忆中惊醒，惨白的太阳在云层之上散发着雾蒙蒙的光芒。他踩踩已经有些发麻的脚，走回书房。郦道元将完成的《七聘》收好，放入一个黑漆木匣。

御史中尉唤来四子郦继方，将书稿郑重地交给他："吾儿继方，此书是为父一生之心血，切记要好生保管，切勿示于外人。"

郦继方今年正值舞勺之年①，生得眉清目秀，眉眼之间颇有祖父郦范的神韵。与两位兄长不同，郦继方性情略显柔弱，更好读书，不喜舞枪弄棒。此时，父亲严肃的表情感染了郦继方，他整肃面容，伸出双手接过木匣，一时间，竟如千斤之重。

"父亲，"郦继方大胆问道，"孩儿不懂，此书为何不能如《水经注》一般外示于人？"

"世人昏昧，此书一旦现世，恐招来杀身之祸。"郦道元看着儿子漆黑如墨的眼眸，在心里轻叹一声。事实上，他怀疑汝南王的敌意正是因为此书。世上没有不透风的墙，汝南王想必听到了某些传言。尽管郦道元知晓那些传言都是无稽之谈，但他却不能一一辩解。丘念之事，郦道元从无悔意，丘念徇私枉法，买官卖官，私吞治河巨款，祸乱人伦纲常，罪无可赦。世人只道汝南王因丘念之事记恨于郦道元，此绝非全部实情。

"如若不能外示于人，父亲为何要作此书？"郦继方再次问道。

"世间真理，不辨不明。"郦道元正色道，"继方，为父问你，为父为何要作《水经注》？"

———————
① 舞勺之年：出自《礼记·内则》，十三岁至十五岁之间的男孩。

"父亲作《水经注》，记述千余条河流，人文地理，举凡干流、支流、伏流、河谷山川，神话传说，风俗人情无所不包，以传后世，于水患治理、漕运、开挖运河、行军布阵皆大有裨益。"

郦道元满意地点点头，看来郦继方已熟读《水经注》："如此，为父再问你，世间多兵灾人祸，根源何在？"

这个问题对于郦继方颇有些难，他沉吟了一会儿，老老实实回答父亲："孩儿不知。"

"世间兵灾人祸，不在山川河流，在乎人心也。"父亲徐徐道来，"若要治理水患，开发漕运，造福于民，乱世不可为。《水经注》为外敷之药，不能治人心，不能开民智，不能清民怨，不能平乱世，于乱世乃无用之书也。而此《七聘》实为《水经注》伏流篇，乃格物之书、内服之药，专治昏昧人心。"

郦继方眼睛一亮："父亲，孩儿不懂，既如此，为何会招来杀身之祸？"

"时机未到。"郦道元轻叹一声，"此药效力过猛，常人服之，必生祸乱。且容易为奸人所用，为祸四方。许千年之后，后人读之，方解其本意。故为父将其单独成卷，取名《七聘》是也。"

"孩儿懂了。"郦继方若有所思地点点头，他将黑木匣紧紧地抱在怀中，心中有一丝不祥的预感，"父亲且保重，孩儿定不负父亲嘱托。此书当为郦家秘宝，代代相传。"

"如此甚好。"郦道元站起身，拍了拍幼子的肩膀，沉吟半晌，他又道，"继方，为父一行此去并无凶险，你不必忧心，若是……"他斟酌片刻，却只是轻叹一口气。

聪明的郦继方听出了父亲话语中的隐意，抬头看向父亲，朗声道："孩儿谨记父亲嘱咐，断不会让父亲失望。当父亲归来，孩儿还要向父亲讨教江水篇。"

中午时分，一队车队在百名士卒的护卫下从洛阳城西门鱼贯而出，向雍州方向行去。

3. 打凤牢龙

洛阳城西，汝南王府邸。

当郦道元的车队行至西门之外二十里之时，有两人正在书房中密谈。

"王爷，郦道元已经出发了，两位公子和郦道峻一同随行，"一个身穿紧身宽袖、头戴纶巾之人低声说道，言语中掩饰不住得意之情，"我的人亲眼看见他的车队出了西门。"

"大善！"书房的主人目光阴骘，恨恨地说，"郦道元胆敢杀我爱将，此仇当报！不过，那萧宝夤……"汝南王依然有些疑虑。

"王爷不必担心，那萧宝夤屡战屡败，早已如惊弓之鸟，惶恐不安。如若是其他人去雍州，萧宝夤是否起事尚不可知，但郦道元是何许人也。郦道元做这个关右大使，萧宝夤不反也得反了。"魏收阴笑道。

"这郦道元既然不能为我所用，"汝南王冷声道，"也怪不得本王了，只是便宜了他，死于反贼之手，也得青史留名。"

魏收不屑地摇摇头："非也，若我主修《魏史》，我能举之则使上天，按之当使入地。郦道元者，酷吏尔。"

元悦抚掌赞同。那郦道元行事素来严酷。太和年间，郦道元任治书侍御史，执法严苛，被免职。景明年间，郦道元被下放为冀州镇东府长史，为政严酷，以至人民纷纷逃亡他乡，朝中颇有微词。延昌年间，郦道元为东荆州刺史，苛刻严峻，以致百姓曾到朝廷告御状，被罢官。但此人依然不肯收敛，正光四年（523 年）任河南伊，更是变本加厉，帮助元渊开脱，得罪城阳王元徽。更让元悦震怒之事，则是郦道元竟敢抓捕他的近臣丘念。元悦上奏灵太后，已获得了赦免诏令，而那郦道元听闻风声，竟然先斩后奏，抢先在诏令下达之前将丘念处死。更为可恨的是，这御史中尉竟然假借丘念之事上奏弹劾汝南王元悦。

"郦道元此人就像茅坑里的石头一样又臭又硬，"想到丘念，元悦感到一阵怒火自小腹升起，胸口抑郁难平，"该杀！"

"此獠当诛！"魏收附和道。

汝南王略颔首，道："让你的人盯好了，如果郦道元半途而返，立即告知于我。"

魏收心领神会:"大人不必担心,我已派人远远盯着车队。如若郦道元半途逃走或者折返,我定上表弹劾他抗旨不遵之罪!"

"如此甚好,去吧!"汝南王摆摆手送客,魏收急忙点头哈腰退了出去。

魏收走后,元悦在书房里来回踱了几步,依然不太放心,他招来一个内府心腹,吩咐道:"立即派人速速前往雍州附近,沿路散布郦道元前来治罪萧宝夤的消息。"

心腹领命而去,元悦站立半晌,恨恨地自言自语:"郦道元,你这是何苦,若你相助本王,何至于此?"

与此同时,端坐在马车中闭目养神的郦道元突然睁开眼睛,有些不安地看着窗外。此时车队已经远离城郭,进入荒野。目力所及之处,一片昏黄萧瑟,枯黄的野草中偶尔可见一两棵枯死的老树,一只老鸦被车队惊起,发出嘎嘎的叫声远去了。

郦道峻拍马向前,来到郦道元的窗边,道:"兄长,我有一言,不知……"

"讲。"

"我听闻,朝堂之上,汝南王元悦力荐你为关右大使,前去宣抚刺史,但那萧宝夤的反意人尽皆知,此乃借刀杀人之计也!"

"正因为有此传言,我更要前往。如传言属实,正是我履行职责之时，若传言为虚，我当助刺史一臂之力。"

"话虽如此，但古人云，君子不立危墙之下，切不可掉以轻心。我建议派遣先行使者乔装前往打探虚实，如有异动，也可及时避险。"郦道峻急切道。

见郦道元沉默不语，郦道峻恳切地说："兄长，你我的安危不足挂齿，但两位公子可也在车队中。"

"如此，便依你所言。"御史中尉终于点点头。

"好。"郦道峻大喜，他拍马向前，召唤了两个使者，做了一番吩咐。两名使者换下官服，各乘一匹快马，先行向西而去。

郦道元放下窗帘，将寒风隔绝在外。他将双手置于袖筒之中交握，靠在车厢上，双眼微闭，只听见侍卫们的脚步声和车轮压过崎岖地面的嘎吱声不绝于耳。此行有凶险，但绝非死路。郦道元深知自己恪守法度，严格执法，得罪了不少朝中之人，但郦道元知晓自己所作所为乃是顺应天道人心。韩非子云："明其法禁，察其谋计。法明，则内无变乱之患；计得，则外无死虏之祸。故存国者，非仁义也。"商鞅既死，但法度犹存，后大秦横扫山东六国。前秦苻坚既死，群雄并起，帝国崩坏，实乃法度失衡也。任法而治，可避人存政举、人亡政息，此乃千秋存续之道也。

丘念不杀，则法度无存，法度无存，则纲常崩坏，国家危矣！君子当恪守心中之道，大丈夫行走世间，何惧险恶？大义当前，区区一个汝南王又如何？

郦道元在心中微微叹息一声，思绪转向他处。

他今年已经五十有七，年近花甲，腿脚多有不便，想必是年轻时走过太多的路。

郦道元熟读古籍，对上古奇书更是如数家珍。尤其是那居于西海之南、流沙之滨，赤水之后、黑水之前的昆仑山，更是让幼时的郦道元心向往之。他想知道，那昆仑山是否真有神池与西王母，佛国恒水是否真的源出昆仑？ ①

但昆仑山太过遥远，此生已难亲至，每思至此，郦道元不免心中暗自叹息。如若不是生于官宦之家，郦道元必将行至大地尽头，如有可能，他想亲往昆仑之西，亲自查探《山海经》中的记载是否属实。他更想知道脚下的大地究竟有没有尽头，大海的尽头是否真的存在无尽的归墟……归墟之下是否有龙类？

自从十二岁那年在登仙潭边亲手抚摸了白龙爪印，郦道元就开启了寻龙之旅。

---

① 《山海经》曰：西海之南，流沙之滨，赤水之后，黑水之前，有大山，名曰昆仑。《释氏西域记》中所云遥奴，萨罕，恒伽三水俱入恒水。《扶南传》曰：恒水之源，乃极西北，出昆仑山中，有五人源。

4. 天龙八部

太和十三年（489年），父亲去世后，郦道元承袭永宁侯爵位，依例降为伯爵，那一年，郦道元一十七岁。太和十七年（493年）秋，大魏迁都洛阳，郦道元担任尚书郎。后来，郦道元在多地任职，他四处探访古籍中见龙的地点，足迹踏遍了所能行至的河流山川。他在《水经注》中详细记载了踏足过的河流山川，世人只知他在为《水经》做注，却无人知晓他也在寻龙。

龙究竟为何物？在利慈池旁，郦道元知晓了一种说法。

一日，郦道元行至沫水，听说晋泰始元年（265年），有两条黄龙现于利慈池①。他立即亲自前往利慈池观之，只见池水深不见底。路人云，池底直通海眼，有黄龙居于池底，往返于大海与水池之间。这个说法和白龙潭的传说毫无二致，郦道元在水经注中记录了此事。他在池边盘桓数日，希望能亲眼见到黄龙，但却未能得偿所愿。临行时，郦道元偶遇一行脚僧，行脚僧瞧见他的失望之色，开口问道："这位施主，何故忧虑？"

行脚僧的慈眉善目让郦道元放下戒备，他告诉行脚僧，他在寻龙。

行脚僧笑了："龙乃天龙八部众之一，不足为奇。"

① 此事记载于《水经注》卷三十六青衣水，详情可见附录。

"世上真的有龙？"郦道元惊奇道。

"然也。能为凡人所见之龙有四种，一守天宫殿，持令不落，人间屋上作龙像之尔；二兴云致雨，益人间者；三地龙，决江开渎；四伏藏，守转轮王大福人藏也。施主所寻，乃地龙也。"行脚僧肃然道。

"这地龙，又居于何处？"郦道元急急追问。

行脚僧指指水池，道："地龙蛰伏于深渊之中，顺伏流而行，常人难以见之。偶有现身世间，非大德者不能见。"

"吾尝闻，人多见兴云致雨之龙。"

"兴云致雨之龙乃奉龙王之令行云布雨，福泽四方，龙常从云雾探首从江河湖海中吸水，故多为人见。"

"如此说来，龙实非人间之物……"郦道元沉思道。

"龙有神通，变化莫测，能大能小，能隐能现。龙的种类不同，有金龙、白龙、青龙、黑龙，有胎生、卵生、湿生、化生，又有虬龙、鹰龙、蛟龙、骊龙，又有天龙、地龙、王龙、人龙，又有鱼化龙、马化龙、象化龙、蛤蟆化龙。"行脚僧终于说出了更多，"但施主需要明了，龙虽神异之物，但依然是轮回之中的畜生，未得解脱。"

"大师的意思是？"

"龙有四苦：被大鹏金翅鸟所吞苦；交尾变蛇形苦；小虫咬身苦；热沙烫身苦。"僧人肃然道，"施主，龙本非人道之物，实乃虚妄，切莫陷入执念。"

郦道元心中一动，紧接着他恭敬地向行脚僧施了一礼："小子受教了。"

"施主不必多礼，"行脚僧回了一礼，"人身难得，切莫虚度在追寻虚无之物上。苦海无边，苦海无边啊！"

与行脚僧分别之后，郦道元仔细翻阅佛经典籍。末了，郦道元却不完全赞同行脚僧之语，尽管行脚僧是出于好意，但也未免过于轻率。他心知，行脚僧之言乃佛经之语，对龙的描述多有传说夸大之意。他曾在古籍中见到记载，知上古夏朝有豢龙氏与御龙氏。可知，上古之时，龙类并非罕见之物[1]。

由此看来，古人不仅见过龙，而且竟然豢养龙，甚至胆敢食龙之肉。郦道元每思至此，不禁有匪夷所思之感。由此可见，龙实非神异之物，上古之时，龙并非罕见之物，也许存在一个人与龙共存的时代。行脚僧所言，绝非可信之词，龙非神异之物，只是一种罕见生物，古籍也多有食龙记载[2]。

在一个深夜，郦道元提笔在伏流篇中写下：

　　……行脚僧之论，大谬也……

---

[1]　《九州要纪》云：董父好龙，舜遣豢龙于陶丘，为豢龙氏。《水经注》卷三十一淯水：尧之末孙刘累为御龙氏，以龙食帝孔甲，孔甲又求之，不得，累惧而迁于鲁县，立尧祠于西山，谓之尧山。

[2]　《述异记》卷上：汉元和元年（25 年）大雨，有一青龙堕于宫中，帝命烹之，赐群臣龙羹各一杯。《博物志》中有载："龙肉以醯渍之，则文章生。"意思是龙肉用醋来淹泡过，就会产生五色花纹。此记载多不可信，读者可姑妄听之。

落笔之后，郦道元突然想到，龙可畜又可食，绝非神物，既然龙非神物，所谓真龙天子，也实属杜撰之言，但世人皆以为龙乃神物……如若有人知晓他在寻龙，恐怕……

他警觉地打消了自己的思绪，也第一次意识到手中之笔可能带来杀身之祸。

此伏流卷绝不可外示于人，在那个夜里，郦道元在心里做了决定。

花甲之年的郦道元在颠簸的车厢中沉沉睡去，睡梦中，一条黑色巨龙在云间蜿蜒穿梭，引颈长吟。

5. 亢龙有悔

雍州。

征西将军、雍州刺史、假车骑大将军、西讨大都督萧宝夤最近非常烦恼。正光五年（524 年），羌人莫折大提聚众叛乱，称秦王；三月后，莫折大提死去，其子莫折念生率众称帝，建元天建。大魏皇帝令萧宝夤去讨平莫折念生，但萧宝夤连年出军，耗费甚大，却屡战屡败，心中甚是不安，生怕朝廷降罪于他。

前些日子，朝廷将他削职为民的情景还历历在目。若非忌惮他滞留雍州，麾下有兵，朝廷断然不会重新起用。这位西讨大都督本想厉兵秣马一鼓作气击溃叛军，奈何军士疲惫，物资短缺，屡战屡败。今日，从京师传来的消息更是让萧宝夤心惊肉跳——朝廷居然派来了御史中尉郦道元！郦道元此人素来严酷，想必此行绝非善意。而且此人胆大包天，连汝南王的宠臣丘念都敢斩首。

昨夜，一名来自京师的密使拜访了他，给他带来一条消息，郦道元此行名为宣抚，实乃降罪于他，且有先斩后奏之权。

"本都督为平叛之事殚精竭虑，可是朝廷要粮无粮，要兵无兵，空封一堆名号，又有个鸟用！"萧宝夤狠狠地一拳砸在桌子上，他狐疑地看向来使，"汝南王为何帮我？"

"汝南王实不忍看大都督如此忠臣良将遭宵小奸贼所害。"使者压低声音道，"那郦道元行事乖张，早已惹得天怒人怨，朝堂之上，谁人不想除之而后快？"

萧宝夤冷冷一笑："非也，吾听闻那汝南王之宠臣丘念为郦道元所杀，故出借刀杀人之计！妄图借本都督之手，除去郦道元尔。"

使者面色不变："汝南王若想诛杀郦道元，何须假手他人？若汝南王想保丘念，谁人能伤他一根寒毛？汝南王此举实属无奈，若郦道元治关中，大魏危矣！"

"使者何出此言？那郦道元绝非等闲之辈。他领军克彭城，诛伪帝元法僧，官拜御史中尉，谁人不知？"

"大都督只知其一不知其二。郦道元生性残暴，素有酷吏之名。任冀州镇东府长史期间，为政严酷，以致人民纷纷逃亡。如他治关中，人心即散，谁来抵挡叛军？"

"倒有一分道理，"萧宝夤略微沉吟，再道，"不过，那郦道元麾下只有百余兵士，如何治罪于我？"

"都督可别忘了，"使者冷笑道，"都督麾下兵士，大部皆为大魏兵将，而大都督你乃南人，倘若那钦差郦道元振臂一呼……"

萧宝夤沉思片刻，正色道："使者请回，汝南王好意在下心领，但诛同僚之事，绝不可为。为陛下尽忠乃臣子本分，若御史中尉奉旨来取下官人头，下官也绝无怨言。"言毕，挥手送客。

使者深深地看了萧宝夤一眼，拱手道："如此，大都督好自为之。"

萧宝夤彻夜未眠，那密使之言不无道理。萧宝夤本非大魏之人，而是大齐鄱阳王，若非那逆贼萧衍篡位谋反，祸乱大齐，更欲加害于他，何至于赤脚乘船，风餐露宿，惶惶然如丧家之犬逃至大魏？他数次引大魏之兵南征伪梁，却屡屡功败垂成，复国之望愈加缥缈。他坐镇关中平叛，又遭接连兵败，朝廷早有猜忌，以致年初竟将他削职为民。

天色微明，萧宝夤急招柳楷，共商对策。

"孝则，吾命休矣！"萧宝夤叹道，"朝廷派来御史中尉郦道元做关右大使，这是来治罪于我啊！"

"大人莫慌，"柳楷道，"我听闻郦道元此行带了一百兵士，财物两车，且有两公子随行，想必是来宣抚，而非治罪。"

"非也，"萧宝夤正色道，"此乃掩人耳目之举。那郦道元素来狡诈，吾听闻郦道元抓捕丘念之前，丘念早已得知风声，藏匿在汝南王府第中不露面。郦道元放出风声，声称不会对丘念不利，暗中却进行侦查，发现丘念每隔几日都会在深夜离开王府返回家中小住两日。据此将丘念逮捕入狱，更是在赦免圣旨到来之前先斩后奏。此人素有酷吏之名，怎会安抚于我？"

"这……"柳楷的脸色也变了。

"我已得到确凿消息，郦道元此行是来治罪于我的。我若束手待毙，难免成为下一个丘念！"萧宝夤愤愤地说。

柳楷察言观色，立即道："雍州非京师，大人你也非丘念，万不可束手待毙。"

"不束手待毙，又当如何？"萧宝夤目光炯炯地看着柳楷。

柳楷已然心中有数，他心一横，决然道："大王乃齐明帝之子，如今起兵，符合天意。歌谣也曾道'鸾生十子九子鷃，一子不鷃关中乱。'昔周武王有乱臣十人，乱即为理，大王本应治关中，何以疑虑至此？当断不断，反受其乱！"

"如此，"萧宝夤面色一凛，终于下定了决心，"我即刻令行台郎中郭子恢率兵前往截杀郦道元！"

半个时辰后，在夜色掩护下，两千兵士在郭子恢率领下出了雍州，向东疾行而去。

6. 似龙非龙

此时此刻，郦道元的车队正沿着官道不疾不徐地向雍州进发，对即将到来的危险一无所知。

郦道元中途醒来几次，他睁开昏花的双眼，掀开窗帘向外望去。月光如水，骑士和士兵们沉默地行进着。月光倾注在苍茫大地上，让大地看起来像一片银色的海洋。车队就像一叶孤舟在大海上行进。

老人放下窗帘，在月光之海中沉沉睡去……

遇到行脚僧之后，郦道元继续四处探访，路途之中，听闻许多见龙之事，甚至多见亲历者。郦道元每夜都详细将见闻进行记录，但他却从未亲眼见龙，引为一大憾事。久而久之，竟有些疯魔。

直到有一天，郦道元遇到了龙。

一日，郦道元行至淮河，恰逢雷雨，暂在路边一草屋中躲避。雷声隆隆，大雨倾盆。忽闻有人惊叫："有龙！"

郦道元疾行而出，见河边数人正抬头望向天边，指指点点，嘴里大呼小叫着："神龙！龙吸水！"

郦道元望向天边众人所视之处，只见一巨形水柱自云间垂落，旋转不休，云雾缭绕，浊浪滔天。郦道元心中一凛，不禁回忆起行脚僧所言兴云致雨之龙，想必眼前这就是了。龙吸水足足持续了小半个时辰，才渐渐散去。郦道元矗立河边良久，他仔细观察"龙身"，却未发现任何鳞爪，那的确是一条水柱。他也仔细观察水柱与云层相接之处，也未发现龙角龙须，更未看到龙身龙爪和龙尾。那一次是郦道元第一次亲眼看到龙吸水，自此之后，他多有寻访，却从未有人见到龙的躯体。以后的数十年里，郦道元又见过数次龙吸水，同样未见龙体。渐渐地，郦道元有了自己的想法。他心知此"龙"绝非真龙，更类一种自然现象。世人传说神龙兴云致雨，乍见此景，难免以讹传讹，做牵强附会之语。

一夜，郦道元提笔写道："所谓兴云致雨之龙，余观之，无鳞无腿，更不见首尾，不类活物。虽能吸水致雨，但实非真龙也。"——《七聘》（《水经注》伏流篇）

又一日，郦道元行至一集市，见众人围观一营帐，营帐入口有人把守，不时有人交钱进入，有人尽兴而出。郦道元上前询之，出者云：幼龙是也。郦道元顿时好奇心大起，毫不犹豫花钱进入营帐。营帐中央地面上摆放着一只古怪的动物。此物身长不过一丈，遍体漆黑，浑身披甲，阔嘴，四条短腿，趾间有蹼，长尾，早已死去多时，貌似稻草填充。郦道元并未见过此物，但确有一种莫名熟悉之感。

只听一人大笑，道："此非真龙，乃猪婆龙也！"

众人愕然，然后哄堂大笑。摊主瞪圆了眼睛，脖子通红，争辩道："猪婆龙，岂非龙乎！"

郦道元也恍然大悟，此物又名地龙，古籍多称鼍，传说龙与蛇交合出蛟（双犄角为龙，单犄角为蛟），龙跟蛟交合出猪婆龙[①]。

郦道元此时再细观此物，确与传说之龙有相似之处，难免有误认之嫌。他若有所思地看了一会儿，才面带笑意离去。

"鼍，又名猪婆龙、地龙，长三尺，有四足，背尾俱有鳞甲，南人嫁娶，尝食之。北人不知有鼍，故多误传为龙也。"——《七聘》（《水经注》伏流篇）

7. 困龙失水

车队离开京师已经四天。郦道峻急急来到兄长面前，肃然道："斥候仍未归来。"

郦道元思索片刻，道："前方乃何处？"

"阴盘驿[②]。此地地形险峻，乃绝佳伏兵之处，不可不防！我已新派斥候前往探路，发现似有伏兵之象。"

"如此，"郦道元面色不变，沉声道："宣令，停止行进，就地

[①]《山海经·中次九经》云：岷山，江水出焉，东北流注于海，其中多良龟，多产鼍。鼍、猪婆龙皆为扬子鳄别称（笔者注）。
[②]阴盘驿：今陕西省临潼县东十三里。

扎营！"

郦道峻点头，道："甚好，若有伏兵，必按捺不住……"

"若真有伏兵，以百人之力，恐难以抵挡。"郦道元打断弟弟的话，"速速派人绕过阴盘驿，前往长安联络南平王与封伟伯，若萧宝夤果有反意，请大陇都督[①]与封伟伯相机行事。"

郦道峻领命而去，片刻之后，随着一声声号令，车队缓缓地停止了行进。

郦道元走下马车，车队正行进于一片开阔的山谷之中。此路为淮水旧道，河道早已干涸，大大小小的鹅卵石堆积在道路两旁。远处，群山叠嶂，黑影幢幢，在月光下如一群群远古巨兽般森然匍匐。

郦道元负手而立，向前望去，群山逼近，山谷逐渐收缩为峡谷，一座小山峰矗立在峡谷入口，想必前方即是阴盘驿亭了。

此地乃绝地，若果有伏兵，一齐杀出，此地也绝非防守之地。他传来郦道峻，指着前方山峰，道："速速起营，攀援此山，若伏兵来袭，可据高而守。"

刚刚扎下营盘的车队骚动起来，如一条长蛇般向阴盘驿亭开去。

与此同时，一名兵士正向郭子恢密报。"报将军！抓到两个形迹可疑之人。"

---

① 南平王乃元仲冏，大陇都督，萧宝夤阴谋反叛北魏，元仲冏和封伟伯察觉之后，暗中准备起兵讨伐他，计划败露，孝昌三年十月廿日（527年11月28日），元仲冏在长安的公馆中被萧宝夤派人杀死，时年虚岁三十八。

"带上来！"郭子恢命令到。

片刻后，两个被五花大绑的人被带了上来，一个校尉禀报道："此二人骑乘快马，形迹可疑，喝令不止。我恐泄露风声，将二人拿下，请将军处置。"

"做得好！"郭子恢道，"你等何许人也？欲前往何处？"

"小人乃此地山民，欲前往长安……"一个俘虏张口说道。

"山民哪里来的军马，"校尉冷声道，"如再出胡言，立斩之！"

"不必再问了。"郭子恢挥挥手，他眼尖，早已看出二人乃行伍之人，"事情已经败露，不必再埋伏，传令，全军出击！"

但是已经晚了。当大军前行至阴盘驿亭时，郦道元一行已经登上山岗，据险而守。此山岗只有一条小路上山，周围尽是峭壁，易守难攻，颇有"一夫当关，万夫莫开"之象。

郭子恢立即下令进攻，兵士们如潮水般向山岗涌去，又一次次被击退，山坡上遗尸无算。守军凭借有利地形，居高临下不停放箭抛石，箭矢如雨，乱石齐飞，一时竟陷入僵局。

山岗之上是阴盘驿亭。在临时搭建的营帐内，郦伯友擦了一把汗水，愤愤道："幸而我等上山，那萧宝夤果然反了！"

"勿慌。"郦道峻刚刚指挥兵士收集山岗石块，堆积在阵前，建造防御墙，"此地险峻，叛军一时无法攻上来。"

"你可看清楚了，山下之人可是白贼①？"郦道元面色凝重。

"父亲，山下兵士身着大魏甲胄，是萧宝夤部下无疑。萧宝夤果真反了！"郦仲友急道。

"仲友所言不虚。"郦道峻道，"山下之兵非白贼，乃萧宝夤部下。"

"恐怕南平王也已凶多吉少。"郦道元心道，他一时有些恍惚，那萧宝夤竟然真的反了。寒风瑟瑟，郦道元的心更如浸入冰水，一股彻骨的寒意将他包围。他走尽山川河流，阅尽世间繁芜，却终参不透人心。

"死守！"郦道元下令，"传令下去，只需坚守三日，援军必至。"

但营帐中诸人都心知，派往长安的使者恐怕凶多吉少。此地虽然险峻，易守难攻，但也难以突围。只要叛军封锁消息，不说三日，恐怕三十日之内，朝廷也难以得知萧宝夤叛乱之举。但为了稳定军心，也不得不为之。现在只能寄希望于朝廷尽快察觉异常，以及派往长安的使者能否顺利联络到南平王。

值得欣慰的是，叛军又发动了几次攻击，由于路径狭窄，一次只通数人，守军推落滚石，杀伤无算，屡屡击退叛军，而己方只有数人阵亡，十数人被流矢击中受伤。

---

① 白贼，即羌人叛军，萧宝夤事后谎称郦道元死于羌人叛军之手。

　　三日内，叛军发起了无数次冲击，都被守军击退，但守方的伤亡也开始变得多了起来。而且，山岗上的众人发现了一个严重的问题，他们有足够坚持数月的粮草，但是没有水。叛军似乎也发现了这一点，开始围而不攻，似乎是想把守军困死在山岗上。

　　"粮草倒还充足，但山岗上根本无水，"营帐内，郦道峻忧心忡忡地说，"阴盘驿亭都在山岗下取水，现在取水之地已被叛军占据。"

　　"掘井，"郦道元下令，"地下有水。"

　　郦伯友疑道："父亲，平地三丈尚难出水，这山岗之上……"

　　"地下有水。"郦道元重复道，他坚定的语气不容置疑，"掘井便是。"

8. 潜龙在渊

　　地下有水，世人皆知。

　　《管子》曰：水者，地之血气，如筋脉之通流者。又《禹本纪》曰：河出昆山，伏流地中万三千里，禹导而通之，出积石山。

　　可见上古先贤早已知晓大地之下也有河流、地脉、深渊。水流如大地之血脉，在大地深处奔涌不息，大地之下，无数暗流涌动，偶有暗河流向地面，形成涌泉，或从山洞流出，变为显流。

郦道元多处走访，如白龙潭、利慈池者深不可测、底通海眼之水，多不胜数。以龙渊、龙潭、龙泉、龙池、龙巢、龙穴、龙井等等为名之水更是不计胜数。细考察之，郦道元发现此等以龙为名之水皆通伏流地脉，深不可测，且皆有各色神龙出没之传闻。

道元思忖，兴云致雨之龙已为虚妄，深渊潜龙尚可一寻。若潜龙实存，必潜于大地极深之处、九幽之渊之中，人力所不能达。郦道元遍寻古籍，多见黄龙、青龙、白龙现于水井。让郦道元惊喜的是，他查到两则就发生在京师的水井见龙事件[①]。

这些见闻更让郦道元坚定了龙潜于大地深渊之说。暗流奔涌，在大地极深之处汇集成地下之海。无数龙族蛟类栖身其中，偶有蛟龙从暗河跃出，或现身江河，或现身水井，或现身水潭……所谓潜龙在渊，即为此意。龙非天降之物，而是来自大地深渊也。

郦道元遍寻伏流地脉，却从未亲眼见过蛟龙。

一日，郦道元行至夷水佷山县东十许里之平乐村，探访一石穴。石穴乃伏流地脉出口，出清流，汇成深潭。传闻中有潜龙出没，每逢大旱之年，村民即将污秽之物置于石穴口，潜龙发怒，则水喷涌而出，扫平污秽之物，农田也得以浇灌[②]。

郦道元历经千辛万苦方寻得此石穴。此地高山险峻，人迹罕至。他抵达此地已是夜晚，不得已，只好露宿山石之上，以躲避猛

---

① 世祖神麚三年（430年）三月，有白龙二见于京师家人井中。——《魏书·灵征志上》；真君六年（445年）二月丙辰，有白龙见于京师家人井中。——《魏书·灵征志上》。
② 此处记载于《水经注》卷三十七，夷水，详见附录。

兽。夜半，潭中水声突起，似有巨物击水。郦道元悚然起身，月光下，只见一黑色巨龙在潭中翻滚。

郦道元屏住了呼吸，胸中如有黄钟大吕敲响，周围所有的一切都消失了，天地之间只有他和黑龙在清凉如水的月光下遥遥对视。他已经寻龙三十余载，今日终于得见，是上苍终于被他的诚意所感动了吗？郦道元的眼睛湿润了，恍惚中，他看到黑龙游至岸边，攀援上岸，四爪着地，盘旋屈曲，昂首，数根龙须随风颤动。

郦道元慢慢爬下山石，此时，他距离黑龙仅有三丈之遥。若古人所言不虚，龙必非凶猛野兽，乃性情温和之物也。但古人也说，龙有逆鳞，触之则怒①。郦道元细观之，黑龙脖颈下似有异色鳞片覆之，但他不敢进行验证。

郦道元慢慢走近，细细观之。此黑龙身长十数丈，牛首鼍身，而非蛇身；额有双角，类牛角，而非鹿角；脖如马颈，鳞甲森然，颏下有龙须数根，四爪粗壮，腥气袭人。远观之，更类蜥蜴之属，而非蟒类。

此时，黑龙正目光如电望向郦道元，郦道元的心脏几乎停止了跳动。他想停住脚步，但却一步步走向黑龙，直到走到黑龙面前，直至近之可触。似乎察觉到了郦道元的善意，黑龙并无异状，它低下头颅，龙须微微颤动，眼皮微闭。郦道元大着胆子伸手摸向黑龙脖颈，触之微凉。细细观之，黑龙全身覆青灰色鳞片，身脊之上的最大，脖子与尾部的鳞片稍小，鳞片之形类于鲤鱼之鳞。

---

① 《韩非子·说难》中曾云：夫龙之为虫也，柔可狎而骑也。《韩非子·说难》又云：然其喉下有逆鳞径尺，若人有婴之者，则必杀人。

　　黑龙垂下脑袋，把脖颈让于郦道元之前，同时微晃头颅。郦道元心中一动，此龙虽非神异之物，但也绝非畜类，而乃灵物，可与人心意相通。他试着将双手放置于黑龙脖颈之上，黑龙并无异状，他把心一横，抬腿翻身而上，乘坐在黑龙脖颈，抓住黑龙双角。黑龙察觉到脖颈上有人，仰天长啸一声，挺起身躯，调转方向向水中爬去。郦道元心知黑龙并无恶意，却依然有些惊惶，但更多的是兴奋。能在此生得见黑龙已属万幸，能骑乘黑龙者又有几人？此时，虽死亦无憾矣！

　　韩非子诚不我欺，龙族性情温顺，柔可狎而骑也！

　　在郦道元的放声大笑声中，黑龙入水，乘风破浪，但郦道元知晓它绝无恶意，黑龙刻意让脖颈浅浮，以令郦道元不至入水窒息。黑龙在潭中游弋两圈，转头向石穴冲去。起初非常狭小，且水浅，黑龙四爪并用，爬进石穴。入数十丈，水又变深，黑龙转而潜游。郦道元双手紧抓黑龙之角，身体紧伏在黑龙脖颈之上。黑暗中不能视物，他不知头顶石壁距离几何，只知双脚沉浸在水流之中，冰冷刺骨。黑龙身体矫健，如鱼得水，在暗河中飞快前行。郦道元只知他们正一直向地下潜行，突然，他发现已能视物，原来是黑龙身上的鳞片发出青色幽光。

　　本应如此！郦道元心中大喜，这更验证了他的推论：龙族本生活于地底深渊，暗无天日，若要视物，自会另有光源，借助鳞片之光，足以视物捕食。但龙族也不类某些暗河无眼之鱼。龙生于水，欲上则凌于云气，欲下则入于深泉①。借助鳞甲之光，郦道元已经能看清身处的环境。他望向四周，他们正身处一条蜿蜒向下的暗河之中，暗河多有分叉，黑龙显然十分熟悉路径，遇到岔路从不犹豫。水流随地势时而平缓，时而湍急，气温也变得湿热起来。郦道元仿佛已经失去了时间感，不知深入地下多久，突然前方水声大了起来，雾气氤氲。郦道元心道不好，前方乃地脉瀑布是也！还未及多想，黑龙猛然一跃，已然腾空飞跃至半空之中。

郦道元心猛地一沉，他们已然来到了一个巨大的山洞，这是一个存在于地底的巨大空间。但黑龙并未真的腾空，而是在雾气氤氲中飞速下降，落入水中。郦道元屏住呼吸，随黑龙在水底潜行片刻，才再次浮出水面。他回头望去，他们出来的地方隐约悬挂着一条白色的瀑布，在去地表不知几千丈之深的空间中汇聚成渊②。

此渊不知多深，举目望去，其间氤氲雾气笼罩，不见洞壁边缘。道元思忖，此地下之海必有出口，出口可能在深渊之底，更通极深之渊，但郦道元以人身恐难亲至。黑龙驮负郦道元在水中游弋，渊水温热，隐约可见极深之处有发光之物穿行隐没。不知是其他龙族还是某些会发光的奇异生灵。

不久之后，一人一龙行至一岛，黑龙四爪并用，攀援上岸，低下头颅。郦道元从龙身跃下，踏足岛上。他回头望向黑龙，黑龙也正望着他。郦道元抚摸龙角，轻声道："汝带吾至此，是有事相求于我？"

---

① 此处出自《管子·水地》。
② 据估算，埋藏在地下的水是地球表层之水的 6 000 倍以上。加拿大学者推测，在距离地面 15～20 公里的岩层中仍有可能存在含水层。

黑龙眨巴一下眼睛，龙须兀自抖动不已，它没有理会郦道元的问询，而是四爪并用，向岛屿深处爬去。郦道元心知黑龙必有事相求，他迈开脚步，紧随黑龙向前走去。黑龙似水中之物，行于陆地之上颇显吃力，四爪无力托起修长的身躯，伏地而行。一人一龙在四周传来的水声中行进。郦道元忽然意识到，此深渊之水另通其他伏流地脉，涌泉无数，为地下庞大水系的一部分。伏流地脉如同人之血管筋脉，此类深渊湖海如同人之五脏六腑，万物皆有灵也。郦道元以人之躯，恐怕只能抵达这里。行进良久，黑龙停住了身躯，郦道元向前望去，隐约可见一座白色小山。这时，黑龙做出一个奇异举动，它盘起身躯，以头触地，做俯首状，龙须顺服贴在嘴边，紧接着，黑龙抬起头颅，发出一声清亮龙吟。

郦道元这才看清，那白色小山并非土石小山，乃龙骨堆成，无数龙骨盘绕堆砌，发出幽幽磷光。此地……郦道元惊骇地倒退两步，此地原为龙族埋骨之地。他终于明白了黑龙为何要带他来此，黑龙想告诉他，为什么人间从未见过龙族遗骨。当龙预感到自己死期之时，会来到这个岛屿，这个实为龙之墓的岛屿。

远处也传来附和的龙吟声，渐渐地，龙吟声此起彼伏，无数龙族纷纷引颈长吟。郦道元浑身发抖，泪如雨下，这些灵物世代生活在大地深渊、地下之海，经伏流地脉潜至地表深潭水池甚至人家水井之中。

有龙腾空飞跃，在洞穴的雾气中蜿蜒飞腾。又有无数黄龙、黑龙、白龙引颈长吟，此情此景，如梦似幻，郦道元已然痴了。

……

一道亮光袭来，郦道元不禁闭上了眼睛，待眼睛适应了光线，他睁开双眼坐了起来，却发现自己依然身处山石之上。已是清晨，第一缕阳光越过陡峭山峰射进山谷，照在他栖身的山石之上。

是梦？

竟然是梦？

郦道元悚然站起，望向水潭，水潭依然古井无波，却无黑龙身影。

原是一场奇梦！郦道元想放声大笑，所谓日有所思夜有所梦，郦道元已经思龙数十载，却只换得这一场虚妄之梦！

虚妄之梦！

郦道元终于放声大笑，又放声大哭，涕泪交并。他爬下山石，绕潭奔走，状若疯癫。忽有一道亮光炫目刺眼，郦道元走向前，见一物于石缝间闪闪发亮。他将其捡起，细观摩之，乃归。

自此归来，郦道元再未远行，此次夷水之行，是为郦道元一生之行的绝唱。

9. 龙血玄黄

阴盘驿亭。

叛军在山岗下扎下营盘，围而不攻。山岗之上，士卒已掘井十数丈，仍未见水。越来越多的士卒因缺水而无力作战，郦道元心急如焚。

"兄长，"郦道峻的嘴唇业已干裂，声音沙哑，"依然无水。"郦伯友与郦仲友也焦虑地看着父亲，他们两人的情况也非常不好。

"十数丈？不够。"郦道元道，"还需更深。"

"十数丈已是极限，井底多石，难以挖掘，"郦道峻叹道，"这阴盘驿亭取水之处原本在山岗之下，这……唉！"

郦道元默然无语，他心知人若三日不饮水，则有性命之虞，更无体力挖井和作战。可是今天已经是断水的第七日了。郦道元走出营帐，郦道峻和两位公子追随在他身后。士卒们东倒西歪地躺在临时搭建的石墙之后，看到御史中尉，甚至都无力气站立。一个士兵中箭，伤口竟无鲜血流出。

郦道元并不惧死，但这些士卒却因他而死，弟弟郦道峻、长子郦伯友与次子郦仲友也将因他而死。一思至此，郦道元就心如刀绞。他一生都在寻水，可今日，却要死于无水。他一生刚正不阿，却要死于奸佞小人之手。苍天真是与他开了一个天大的玩笑！

郦道元举头向天，天空没有一丝云迹。

"道峻，"郦道元看向弟弟，"此次恐怕凶多吉少，兄长对不住你。"

郦道峻肃然道："兄长何出此言，援军必至，南平王一定已经得到了消息。"

郦道元再看向两子，道："伯友、仲友，郦家世代为官，为国尽忠，今日之难，恐难脱身。为父……"他竟已说不出话。

郦伯友和郦仲友对视一眼，一起铿锵说道："父亲不必自责，郦家子孙何惧一死？若在死前能手刃几个逆贼，也死而无憾！十八年后又是一条好汉！"

"好！"郦道元点点头，他行至井边，有麻绳缒下，此时井底已经空无一人，他张开双臂，道，"给为父绑上！为父亲自掘井！"

"父亲不可！""兄长不可！"

三人急急阻止，郦伯友抢先道："这井下幽暗狭窄，不能视物，父亲你……"

"老夫遍寻天下之水，你们谁人比我更懂水？"郦道元威严道，"绑上！"

三人执拗不过，只好含泪帮郦道元腰间绑上绳索，目送老人缒井而下。

郦道元下至井底，抬头望去，井口已如铜钱大小，井底狭窄，昏暗不可视物。他摸到一支铁锹，开始向下挖掘。地下有水，郦道元知道，地下不仅有水，还有暗流涌动，江河湖海。

郦道元站立半晌，开始挥动铁锹。

无水。

鲜血淋漓，染红了铁锹的木柄，依然无水。

一筐筐泥土被吊出井口，依然无水。

他遍寻天下之水，对每一条河流都如数家珍，他见过全天下最多的水，却难以从井中挖出一滴水。他恪守为官之道，执法公正，却遭奸贼算计。

但郦道元已无憾矣，《水经注》已成，足以流传后世，造福万民。《七聘》已成，足以慰藉天下苍生。

他继续挥动铁锹，依然无水。

老人力竭，终于昏厥过去。

当郦道元清醒过来之时，发现自己已经身在井边。叛军已经攻进石墙。幸存的士卒拼死抵抗，但却无力地倒地死去。更多的士卒连站起来的力气都没有，被叛军杀死在地。

郦道元看到郦道峻已经身首异处，郦伯友与郦仲友也已伏尸在地。他站立起身，手拄铁剑，怒视来人。

"御史中尉郦大人，"来者明盔明甲，深鞠一躬，"吾乃行台郎中郭子恢是也，特来取你项上人头一用。"

"本官知尔乃萧宝夤属下，"郦道元挺直身躯，一头花白的头发在风中飞舞，"当年，那萧宝夤如丧家之犬般逃至寿春，大魏庇之！萧宝夤事魏已久，封王爵，拜尚书令，许以重任。即一再免官，亦由宝夤之丧师致罪，非魏之过事苛求也。况旋黜旋用，宠眷不衰，彼乃妄思称尊，构兵叛魏，实属罪无可赦！萧宝夤者，于家为败类，于国为匪人，于物类为禽虫，不忠不孝不仁不义不信之匪类也！"[①]

郭子恢大怒，挥动腰刀，气急败坏地喝道："杀！杀！杀！"

郦道元仰天长笑，道："无胆鼠辈，若要本官人头，且自来取之！"

《北史 卷二十七 列传第十五》：宝夤虑道元图己，遣其行台郎中郭子恢围道元于阴盘驿亭。亭在冈下，常食冈下之井。既被围，穿井十余丈不得水。水尽力屈，贼遂逾墙而入。道元与其弟道峻二子俱被害。道元瞋目叱贼，厉声而死。宝夤犹遣敛其父子，殡于长安城东。事平，丧还，赠吏部尚书、冀州刺史、安定县男。

鲜血从郦道元的无头尸身汩汩流出，流入井底，最终回归伏流地脉，汇至九旋之渊。后人评曰：道元之死，犹神龙失水而陆居兮，为蝼蚁之所裁。

---

① 此处改编自《南北史演义》蔡东藩语。

尾声

郦道元死后，萧宝夤谎称为叛军所为。不久之后，萧宝夤又杀死南平王元仲冏和封伟伯，自称齐帝，改年号隆绪元年，正式反叛。武泰元年（528年）春，魏军收复长安，郦道元还葬洛阳。道元陵墓所在何处，今日已不可考。

幼子郦继方将一方黑匣放置于父亲灵柩，随同下葬。黑匣之中，除了《七聘》之外，匣底还有一片巴掌大的奇异鳞片。

三子郦孝友承袭爵位。现存郦氏后人，皆为郦继方之后。

郦道元死后，晋阳与京师发生两件奇事：

庄帝永安二年（529年），晋阳龙见于井中，久不去。

——《魏书·灵征志上》

肃宗正光元年（530年）八月，有黑龙如狗，南走至宣阳门，跃而上，穿门楼下而出①。

——《魏书·灵征志八上第十七》

另，魏收修撰《魏书》，将郦道元列入《酷吏传》。

---

① 史载此事实际发生于约520年，此处行文需要，略作改动，请读者见谅。

附录（水经注中部分关于龙的记载）：

县北十余里有神穴，平居无水，时有渴者，诚启请乞，辄得水。或戏求者，水终不出。县东十许里至平乐村，又有石穴，出清泉，中有潜龙，每至大旱，平乐左近村居，辇草秽著穴中。龙怒，须臾水出，荡其草秽，傍侧之田，皆得浇灌。

《水经注》卷三十七　夷水

祁夷水东北迳青牛渊，水自渊东注之。耆彦云，有潜龙出于兹浦，形类青牛焉，故渊潭受名矣。

《水经注》卷十三　漯水

县有龙泉，出允街谷。泉眼之中，水文成交龙，或试挠破之，寻平成龙。畜生将饮者，皆畏避而走，谓之龙泉，下入湟水。

《水经注》卷二　河水

秦武公十年，伐邽，县之。旧天水郡治，五城相接，北城中有湖水，有白龙出是湖，风雨随之。故汉武帝元鼎三年，改为天水郡。

《水经注》卷十七　渭水上

县有赤水，下注江。建安二十九年，有黄龙见此水，九日方去。此县藉江为大堰，开六水门，用灌郡下。北山，昔者王乔所升之山也。

《水经注》卷三十三　江水一

灵道县一名灵关道，汉制：夷狄曰道。县有铜山，又有利慈渚。晋太始九年，黄龙二见于利慈。县令董玄之率吏民观之，以白刺史王濬，濬表上之晋朝，改护龙县也。沫水出岷山西，东流过汉嘉郡，南流冲一高山，山上合下开，水迳其间，山即蒙山也。

《水经注》卷三十六　青衣水

白狼水又东北迳龙山西，燕慕容皝以柳城之北，龙山之南，福地也，使阳裕筑龙城，改柳城为龙城县。十二年，黑龙、白龙见于龙山，皝亲观龙，去二百步，祭以太牢，二龙交首嬉翔，解角而去。皝悦，大赦，号新宫曰和龙宫。立龙翔祠于山上。

《水经注》卷三十七　浿水

建武中，曹凤字仲理，为北地太守，政化尤异。黄龙应于九里谷高冈亭，角长三丈，大十围，梢至十余丈。

《水经注》卷三十七　河水三

水上有燕室丘，亦因为聚名也。其下水深不测，号曰龙渊。

《水经注》卷三十九　深水

图书在版编目（CIP）数据

扭曲时空 /何夕等著． —北京 :北京理工大学出
版社，2024.3
（科幻硬阅读．牧星人）
ISBN 978-7-5763-3380-0

Ⅰ．①扭… Ⅱ．①何… Ⅲ．①幻想小说－小说集－中
国－当代 Ⅳ．① I247.7

中国国家版本馆 CIP 数据核字（2024）第 031724 号

责任编辑: 高　坤　　　**文案编辑:** 高　坤
责任校对: 刘亚男　　　**责任印制:** 施胜娟

出版发行 / 北京理工大学出版社有限责任公司
社　　　址 / 北京市丰台区四合庄路 6 号
邮　　　编 / 100070
电　　　话 / （010）68944451（大众售后服务热线）
　　　　　　（010）68912824（大众售后服务热线）
网　　　址 / http:// www.bitpress.com.cn

版 印 次 / 2024 年 3 月第 1 版第 1 次印刷
印　　刷 / 三河市华骏印务包装有限公司
开　　本 / 880 mm×1230 mm　1/32
印　　张 / 10.75
字　　数 / 194 千字
定　　价 / 46.80 元

科幻不是目的，思考才是根本。
科幻小说是献给那些聪明的头脑和有趣的灵魂的一份礼物。
喜欢科幻的书友请加科幻 QQ 一群：26725844 ，QQ 二群：869132197。